权威·前沿·原创

广视角·全方位·多品种

产业安全蓝皮书

**BLUE BOOK**
OF INDUSTRIAL SECURITY

# 中国产业安全报告
# （2010~2011）

## 产业外资控制研究

主　编／李孟刚

ANNUAL REPORT ON CHINA'S INDUSTRIAL SECURITY
(2010~2011)

社会科学文献出版社
SOCIAL SCIENCES ACADEMIC PRESS (CHINA)

# 法 律 声 明

"皮书系列"（含蓝皮书、绿皮书、黄皮书）为社会科学文献出版社按年份出版的品牌图书。社会科学文献出版社拥有该系列图书的专有出版权和网络传播权，其 LOGO（▮）与"经济蓝皮书"、"社会蓝皮书"等皮书名称已在中华人民共和国工商行政管理总局商标局登记注册，社会科学文献出版社合法拥有其商标专用权，任何复制、模仿或以其他方式侵害（▮）和"经济蓝皮书"、"社会蓝皮书"等皮书名称商标专有权及其外观设计的行为均属于侵权行为，社会科学文献出版社将采取法律手段追究其法律责任，维护合法权益。

欢迎社会各界人士对侵犯社会科学文献出版社上述权利的违法行为进行举报。电话：010－59367121。

社会科学文献出版社

法律顾问：北京市大成律师事务所

本书受教育部专项任务"中国产业安全指数研究"（项目编号：B09C1100020）资助

# 主编简介

**李孟刚**　男，1967 年 4 月出生，山东省博兴县人；经济学博士，交通运输工程和理论经济学双博士后；北京交通大学教授、博士生导师，国家社科基金重大招标项目首席专家，新华社特约经济分析师，国家社科基金评审专家，中国博士后科学基金评审专家。

现任北京交通大学中国产业安全研究中心（CCISR）主任，北京市哲学社会科学北京产业安全与发展研究基地（省部级科研平台）负责人、首席专家；兼任中国产业安全论坛秘书长，《管理世界》常务编委，《管理现代化》编委会副主任，《中国国情国力》编委会副主任，《中国流通经济》专家指导委员会委员，《北京交通大学学报》（社科版）编委会委员。2009 年 12 月入选教育部新世纪优秀人才支持计划。

博士学位论文《产业安全理论的研究》入选"2009 年全国优秀博士学位论文提名论文"，专著《产业安全理论研究》（经济科学出版社，2006）先后获得 2008 年度第十届北京市哲学社会科学优秀成果奖（省部级）二等奖、2009 年度高等学校科学研究优秀成果奖（人文社会科学）二等奖。

在《光明日报》（理论版）等权威学术报刊发表论文 80 余篇，多篇被《新华文摘》、人大报刊资料复印中心全文转载；主持或积极参与撰写各种高水平内参报告，获得党和国家领导人的专门批示，相关政策建议多次被有关部委采纳。

作为首席专家主持国家发改委"十二五"规划前期重大研究课题"我国'十二五'粮食安全保障体系构建研究"，2008 年作为首席专家中标国家社科基金重大招标项目"应对重大自然灾害与构建我国粮食安全保障体系对策研究"，主持的国家级、省部级科研课题还有国家社科基金重点课题、中国博士后科学基金特别资助项目、国家商务部部级课题、教育部重大研究专项课题、国家保险监督管理委员会部级课题等。

# 摘 要

我国自改革开放以来,利用外资取得了举世瞩目的成就。根据中国投资指南网,中国实际使用外商直接投资(Foreign Direct Investment,FDI)金额从1983年的6.36亿美元,增长到2010年的1088.21亿美元,增长了170多倍。这些外资带动了我国经济增长、技术进步、管理水平提高和就业增加等,但根据垄断优势理论,FDI与外商间接投资(Foreign Indirect Investment,FII)的根本区别在于前者凭借其垄断优势对其所投资企业具有控制力。我国作为东道国,利用FDI相应地产生了外资控制问题。

本报告选择了第一产业、第二产业、第三产业三大产业和机械、汽车、钢铁、纺织、石化、轻工、建材、有色金属、电子信息以及高技术产业等十个重要行业,用外资(包括外商投资企业和港澳台商投资企业)市场控制度、股权控制度、技术控制度(其中包括拥有发明专利控制度、研发费用控制度和新产品产值控制度)、总资产控制度和固定资产投资控制度等五个指标定量分析近年来的外资控制情况。在分析过程中,本报告先分析了各个产业/行业的每个指标的产业/行业总体情况,然后分析各个产业/行业的每个指标的细分产业/行业情况。

本报告通过分析近年来的数据,揭示了外资在中国产业控制中的变化趋势。在定量分析的同时,本报告补充了一些相应的案例分析,提出了一些对策建议。

# Abstract

Since Reform and Opening up, our country has made remarkable achievements by absorbing the foreign investment. According to the report by the website-Chinese investment guide, from 1983 to 2010, Foreign Direct Investment (FDI) actually used by China has increased more than 170 times, from 636 million to 108.821 billion. FDI brought about economic growth, technology progress, improvement of management standard and job creation. However, as the theory of monopoly advantage says, the primary difference between FDI and Foreign Indirect Investment (FII) is that the former one can rely on its monopoly advantage to show domination on enterprises it once invested. As the host country, China is faced with the problem of industry controlled by using FDI.

This report contains three major industries such as primary industry, secondary industry, tertiary industry, and ten subdivision industries, such as machinery industry, automobile industry, steel industry, manufacture of textile industry, petrochemical industry, light industry, building materials industry, smelting and pressing of non-ferrous metals industry, electronic information industry and high-technology industries. Then, it analyses quantitatively the recent situation of FDI using five indexes which are foreign capital market control degrees (including industrial enterprises with Hong Kong, Macao, Taiwan and foreign funds), equity control degrees, technology control degrees (including invention patents control degrees, expenditures control degrees on R&D and new products output value control degrees), total assets control degrees and invest of fixed assets control degrees. In the process of analysis, this report analyses the general situation of every index of different industries, and then the subdivision industry situation. Owing to the limit of statistical data, only some subdivision industries whose data is available are analyzed.

By analyzing recent data, this report reveals the mutative trends of foreign investment in industrial control of China, and some case studies are included in the report, some suggestions are presented.

# 目 录

## ᗷ I 总报告

## ᗷ II 三次产业篇

## ᗷ III 行业篇

皮书数据库阅读使用指南

# CONTENTS

## B I   General Report

## B II   Section for Three Industries

## B III   Section for Subdivision Industries

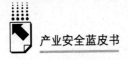

# 总报告

## General Report

# B.1
# 产业外资控制分析

## 一 产业外资控制研究的理论基础

产业控制理论是研究产业控制力的产业安全理论。它主要研究外资（FDI）通过股权、技术、品牌、经营权、决策权等方面的控制，对东道国的产业安全产生的影响以及东道国应该采取的对策措施。

### （一）产业控制理论综述

第二次世界大战以后，外国直接投资得到了前所未有的发展，在世界经济中的地位不断上升，成为各国参与国际经济竞争的重要形式。在我国，FDI 是随着改革开放而发展起来的。新中国成立初期，我国吸收外资的规模很小，只有 19 亿美元，主要集中在当时的苏东国家。到了改革开放，特别是 20 世纪 90 年代以后，我国吸收外资进入快速增长时期。到 2008 年底，我国累计吸收的外资达到了 8700 多亿美元，连续 17 年位列发展中国家第一位。外国直接投资实践的发展引起了西方学者的广泛关注，经过大量的研究形成了多个理论流派。处于主流地位的现代外国直接投资理论大致沿着两条主线发展。一是以产业组织理论为基础。此类理论研究的基本问题是跨国公司对外直接投资的决定因素和条件，将对外直接投资视为企业发展到一定阶段和具有某种垄断优势时的必然选择。海默（S. H. Hymer）—金德尔伯格（Kindleberger）的垄断优势论、巴克莱（Buckley）—卡森（Casson）的内部化理论为此类理论的代表。二是以国际贸易理论为基础。此类理论强调投资产生与发展的决定因素，以弗农（Vernon）的产品生命周期理论等为代表。20世纪70年代后期，两类理论出现融合趋势，形成了"综合性学说"，产生了邓宁（Dunning）的国际生产折中理论，另外还有以科高为代表的技术溢出理论。

1960年，美国学者海默对外国直接投资理论进行了开创性的研究，经过他的导师金德尔伯格对其主要理论进一步发展和完善以后，形成了经典的外国直接投资理论——垄断优势理论。垄断优势理论是西方最早研究跨国公司对外直接投资动机的独立理论。海默从美国跨国公司的实证研究入手，将产业经济学中的垄断概念运用到跨国公司的对外投资中，提出了垄断优势的概念。其基本论点是：跨国公司的对外投资不是简单的资本流动，而是与控制权相联系的生产性投资，由于世界市场的不完全性，跨国公司形成了某种垄断优势，可以抵消海外投资中的不利因素。金德尔伯格按照来源将跨国公司的垄断优势分成四类，其中之一就是由于企业拥有不完全竞争的产品技术而形成的优势，包括产品差异、营销技术和定价策略等。约翰逊更加强调技术本身的优势，提出了知识资本的概念，认为知识资本的生产过程中，企业进行R&D的成本很高，而一旦研发成功，使用成本很低，这使得跨国公司拥有当地企业无法比拟的优势。该理论的基本结论就是：垄断和优势的结合构成了跨国公司对外投资的主要动机。跨国公司若要维持长久的垄断优势，则必须牢牢控制住研发的中心环节，不能轻易对外转移（刘云，2007）。总之，垄断优势理论较好地解释了第二次世界大战后的一段时间美国大规模进行海外投资的行为。该理论也可以较好地解释实力较强、在某些方面具有优势的公司对外直接投资行为。该理论也为其他理论的发展奠定了基础，比如后续的国际生产折中理论就源于此。从局限性来讲，垄断优势理论着重解释跨国公司的初始行为，很少考虑其扩展，适用范围较小。另外，该理论强调了结构性市场失效和共谋行为，忽视了交易成本（刘秀玲，2003）。

内部化理论可以追溯到科斯定理。该理论的出现标志着跨国公司理论发展的重要转折。它首次从公司层面研究国际投资的动机，有助于解释跨国公司第二次世界大战后快速发展的现实。内部化理论有三个假设前提：一是不完全竞争的市场条件下，企业经营的目标是利润最大化；二是当中间产品不完全时，企业就会产生通过对外投资建立企业内部市场的动力，以替代外部市场；三是企业内部化市场超越国界就形成了跨国公司。因此，跨国公司的研发国际化，就是更好地利用技术优势的内部化途径之一，通过在当地设立研发机构，将相关成果应用于产品的生产和销售，可以保持技术优势，获得研发收益的最大化（刘云，2007）。内部化理论被认为是西方学者研究对外直接投资的另一个重要转折。它开创了与垄断优势理论不同的研究思路，提供的理论框架能解释较大范围的跨国公司与对外直接投资行为，对公司的扩展行为提供了较好的解释。其局限性表现在：一是忽视投资主体的冲动性对投资过程的初始作用，二是较少考虑竞争力量的影响，三是解释公司的扩展方面有明显的局限性（刘秀玲，2003）。

美国哈佛大学教授弗农在研究美国跨国公司对外直接投资行为的基础上，于20世纪60年代末创立了产品生命周期理论，建立了产品生命周期模型。产品生命周期理论认为企业的对外直接投资是在产品周期运动过程中，因生产条件、竞争条件等因素发生变动后所做的理性选择。产品生命周期模型把产品生命周期即一个产品从研制开发到退出市场，划分为产品导入期、产品成熟期和产品标准化时期三个阶段。发达国家的对外投资通常发生在产品成熟期，从而形成产品生产的对外转移乃至产业的国际转移。发展中国家通过模仿制造发达国家的成熟化产品，由于成本优势使得发达国家的产品市场开始缩小，发达国家将失去竞争优势的产品转移到国外，开始对外投资，同时从发展中国家进口已经标准化的产品。弗农从微观角度论及了产品生命周期引起的国际直接投资阶段性的演变，同时也从宏观层面刻画了从贸易输出到国际直接投资再到技术输出的演化过程。该理论使得公司的对外直接投资具备了动态特性，较好地解释了某一产品的境外生产最终是怎样替代该产品出口的。与区位理论结合在一定，它能较好地解释公司进入国外市场时的考虑因素，以及随后在国外市场进一步扩张时的考虑因素。其局限性是仅强调了决策面向公司内部的因素，而且假定公司生产单一产品，对不同产品生命周期的差异性没有考虑（刘秀玲，2003）。

以1977年发表的《贸易、经济活动的区位和跨国公司：一种折中理论的探索》一文为标志，英国经济学家邓宁综合、吸收垄断优势论和内部化理论的观点，并引入区位理论，形成了国际生产折中理论。该理论将企业进行对外直接投资必须具备的三个条件概括为所有权优势、内部化优势和区位优势，简称"三优势范式"。国际生产折中理论认为，这三类优势都不能单独用来解释企业对外直接投资行为，企业只有同时具备这三类优势时，才能从事对外直接投资。在此基础上，邓宁提出了投资阶段发展模式，把一国引进外资和利用外资的转化与各国经济发展阶段和结构联系起来，揭示了一个国家吸收外资与对外投资之间的内在联系，并按人均国民收入来划分不同的阶段。第一阶段，没有所有权优势和内部化优势，欠缺区位优势，所以几乎没有直接投资流出和流入；第二阶段区位优势增加，直接投资流入增加，但所有权优势增加有限，直接投资流出很少；第三阶段，所有权优势和内部化优势大大增强，对外直接投资流出大大增加；第四阶段，投资的流出量超过流入量，有较强的所有权优势和内部化优势，并能发现和利用他国的区位优势。

邓宁的对外投资阶段划分的依据是国民收入，然而对外投资的决策是由企业做出的，由于企业所处产业发展状况参差不齐，所以小岛清以产业发展状况作为划分依据更具有参考价值。根据产业的发展状况可以将产业发展分为四个阶段：产业的创新阶段、发展阶段、成熟阶段和边际阶段。当一个产业的成熟阶段发展到一定程度，必须要严格控制成本，采取价格手段进行竞争的时候，那么这个产业就到了该向国外转移的时候了。同时，不同的国家也可以根据其产业结构的发展状况分为四类：第一类，产业结构低下，只有少量的投资流入；第二类，有自己比较全面的产业结构，但较为落后，需要大量吸收外部投资流入，仅有少量投资流出，只有部分比较成熟的产业有升级的要求；第三类，产业结构比较完善阶段，投资的流出与流入并存，且投资的流出将大大增加，这已发生在新兴工业化国家中；第四类，产业结构成熟阶段，这发生在发达国家中，它们是主要的投资流出国。这四个阶段，在时间和空间上是并存的：一个国家的发展需要依次经历四个阶段，同时，这四类国家在现实中是同时存在的。产业阶段的区分是每个国家都具有的产业分类，这就形成一个产业的传递链。按照边际产业发展论，第四、三、二类国家的产业将分别在本国发展成熟，形成价格竞争的产业向比本国较低的国家传递。这种顺级传递可以加速投资国和东道国的产业结构调整。而且，投资国和东道国的技术和管理方面的落差不大，有利于东道国的吸收和消化，所以从技术层面来说比跨级传递更为可行（刘震宇，2005）。

## （二） 产业控制力的界定

所谓产业控制力简单讲就是指控制产业的能力或者程度。产业控制力，首先强调的是东道国对本国产业的控制力，但在开放市场条件下，东道国产业的发展需要外资的进入和支持，而外资和东道国对产业的控制力是一种零和博弈关系，外资产业控制力的增加是以东道国产业控制力的等量减少为条件的，也就是说，外资产业控制力的不断提高必然会削弱本国资本的产业控制力。因此，基于产业控制力的产业安全研究，往往就着重于外资的产业控制力研究和分析，用外资产业控制力的强弱反映本国资本产业控制力的大小，从而来判断其对产业安全影响的程度。基于此种分析，产业控制力是指外资对东道国产业的控制能力，以及对东道国产业控制力的削弱能力和由此影响产业安全的程度。产业控制力的实质是外资产业控制力和东道国产业控制力两种力量的对决博弈能力。当外资对产业的控制力大于东道国对产业的控制力时，可以认为该国的产业安全出现了问题（李孟刚，2006）。

产业控制力与产业风险是密切相关的两个概念，正是由于 FDI 本身蕴涵着产业风险的诱因，因此更需要从产业风险的含义中加强对产业控制力的认识。外商直接投资带来的产业风险是客观存在的，不以人们的意志为转移，并且在各国经济发展的初期普遍存在，即使像美国、日本等发达国家，在经济发展初期同样也面临外国直接投资带来的产业风险问题。第二次世界大战后日本对外商投资的控制及小心谨慎的开放，在国际上是非常出名的。在目前的发展中国家更是如此，从拉美到东南亚，如何有效规避外国直接投资带来的产业风险是许多国家要面对的共同问题。对此，中国也毫不例外。特别要引起注意的是，外商直接投资带来的产业风险有一个日积月累、逐步形成积聚的过程，短期内不容易被东道国察觉，或者即使有所认识，但由于 FDI 能够解决东道国的资金短缺、就业困难问题，带来相对先进的管理经验和技术，提高 GDP 等，这些表面甚至是虚假的繁荣很容易让急功近利的人难以看到或者不愿意看到 FDI 给东道国产业带来的潜在巨大风险（乔颖、彭纪生、孙文祥，2005）。

## （三） 基于产业控制力的产业安全观

产业控制力是表述产业安全基本内涵的观点之一，其核心就是强调本国资本对本国产业的控制能力。产业控制力的产业安全观一方面主张东道国的产业发展需要国外资金的支持，另一方面又强调要防止跨国公司对东道国经济和产业命脉实行控制，危害其经济自主和健康发展，进而危及政治独立。因此只有主张始终保持东道国资本对本国产业的控制，才能赢得经济发展的独立，不至于受制于人。值得注意的是，本国资本具有产业控制力，应该是竞争实力的体现和市场竞争优胜劣汰的结果。如果产业控制力是运用行政干预力量进行暂时的资本控制，即强制规定控股权，这种不从培养自身核心竞争力入手，片面强调控制权的做法，在开放的条件下很快就会出现有控制之名而无控制之实的现象。比如在某些重要产业中，我们掌握着合资企业的控股权，表面上看这些产业似乎是安全了。实际上，关键技术却没有掌握在我们手中，关键的零部件可能仍需依赖外方。而在生产诸要素中，技术特别是核心技术的作用至关重要，谁掌握了核心技术，谁才能在竞争中赢得主动权乃至控制权。跨国公司到发展中国家投资主要是为了开辟市场，核心技术是它制胜的法宝，跨国公司一般可以向东道国转让普通技术，对其核心技术却极力封锁。可见，产业控制力必须与产业竞争力相融合才具有真正的意义。

### （四）产业控制的基本内容

综合国内外相关研究成果及对国际实践的考察，FDI 主要通过市场控制、股权控制、品牌控制、技术控制等几种途径对东道国的产业安全产生影响。因此，产业控制的基本内容应该包括外资对市场的控制、外资对品牌的控制、外资对股权的控制、外资对技术的控制四项主要内容，除此之外，外资对经营决策权的控制、某个重要企业受外资的控制、受控制企业外资国别集中度也在一定程度上反映了 FDI 对东道国产业的控制情况（史忠良，2003）。

外资控制力或者控制程度可以通过相应的控制率来量化表达。限于目前中国公开的统计资料的限制，为从较长的时间周期中分析外资对国内产业的控制情况，我们在指标选择上采取了求大同存小异的思路，尽可能地按照产业控制理论的研究脉络寻找定量的实证分析数据，选择了外资市场控制度、股权控制度、技术控制度（其中包括拥有专利技术的控制度、研发费用控制度和新产品产值控制度三个指标）、总资产控制度和固定资产投资控制度等指标进行定量分析。即便如此，在有些产业也缺乏完整的数据，只能对指标进行相应的取舍，并同时补充了相关的案例分析。

本报告的总体思路是定量分析为主，尤其是通过重点分析最近十年的数据结果，揭示外资在中国产业控制中的变化趋势，并补充相应的定性分析。在产业选择上，分成两个层次：一个层次是研究外资在第一产业、第二产业和第三产业的控制情况，第二个层次是实证研究了机械、汽车、钢铁、纺织、石化、轻工、建材、有色金属、电子信息以及高技术产业中的外资控制问题。在计算相关指标的基础上，分析外资在不同产业和不同指标方面的控制度，并给出了一些政策建议。

## 二 国内外产业安全与外资控制的研究现状

### （一） 国外关于产业安全的研究现状述评

纵观西方发达国家在全球化时代的各种产业保护政策，不难发现，以国家利益为根本的产业保护从来就是这些国家立法的一个基本精神。加拿大在 20 世纪 60 年代初，开始就一些具体部门和产业制定单行法规，限制外国资本扩张。1973 年 11 月，加拿大联邦议会制定并颁布了全球第一部《外国投资审查法》，同时成立了外国投资审查局，负责审查外国人在加拿大的投资。在美国，20 世纪 60 年代末，一些学者便提出要全面关注"国家经济安全"，20 世纪 70 年代开始关注外国在美国的投资问题。西方发达国家对产业安全问题尤为重视，尽管缺乏系统的理论研究，但他们在产业安全的应对上有着相当丰富而成熟的经验，其完备的法律体系、高效的审查机构和灵活的运作方式，都非常值得我们学习和借鉴（李孟刚，2006）。

关于产业安全问题的探讨最初可以追溯到重商主义的贸易理论。英国首先拉开了工业化序幕，随着国际贸易的盛行，英国古典经济学家亚当·斯密从国防安全的层面提出了保护民族经济的问题，主张对外国船舶绝对禁止或课以重税，目的是让本国船舶垄断国内市场。斯密的论点后来被概括为国防需要论，斯密也是民族工业保护理论的开先河者。这种为了国防而实行保护主义的观点被广泛接受，成为许多国家制定产业保护政策的依据。

在重商主义之后，是以汉密尔顿和李斯特为代表的近代贸易保护主义。18

世纪末的美国是一个农业国，工业革命刚刚开始启动。出于保护美国利益的立场，汉密尔顿（1791）在《关于制造业的报告》中提出了保护幼稚产业的理论。19世纪40年代以前的德国，由于受古典政治经济学的影响一贯实行的是自由贸易政策，李斯特（1840）在《政治经济学的国民体系》里，批评了这种忽视民族经济发展的思想，提出了贸易保护的政策，主张运用关税作为保护国内幼稚产业的手段。李斯特认为，保护民族经济的根本原因在于民族利益，在当时的世界形势下，"任何大国要获得恒久的独立和富强的保障，首先要做到的就是使自己的力量与资源能够获得独立的、全面的发展……在各国的利益还不一致时，对本国经济的保护政策和对外国经济的限制政策是不能舍弃的"。汉密尔顿和李斯特的观点后来被称为幼稚产业保护论。幼稚产业保护论得到了学术界的普遍承认，成为一套较为成型的理论。

主张实行自由贸易的英国经济学家穆勒虽然对保护本国工业的理论持反对意见，但也认为幼稚产业必须实行保护。穆勒在《政治经济学原理》中指出，从外国移植产业时，如果政府扶植的产业处在学习和试验期间，则必须对其实行保护，等到学习和试验期结束后再撤销保护。

第二次世界大战以后，发展中国家出现了以普拉维什为代表提出的针对发达国家的贸易保护主义。到20世纪70年代又有以英国经济学家高德莱为代表提出的新保护主义等出现，以凯恩斯主义理论为基础的新重商主义和新保护主义则侧重于保护国际收支和就业等宏观经济目标。

到目前为止，关于产业安全的研究主要贯穿在有关国际贸易理论，特别是贸易保护主义理论和保护民族工业理论中。对这一问题的关注多是出于这样一个逻辑：经济安全是国家安全的重要组成部分，是国家繁荣和发展的保障；而产业安全问题则是一国国家经济安全的核心问题，保障国家经济安全，关键是保障产业安全。因此，产业安全问题虽是各国在不同程度上探讨过的问题，但是，尚没有形成独立的理论体系，这方面的研究始终没有得到充分和独立的发展。

## （二）国内关于产业不安全的原因分析

产业发展偏离安全状态的因素有外部和内部两个方面。外部威胁包括外国投资、外国商品倾销、国外反倾销、金融全球化、科技进步等，内部因素则主要是制度环境、产业周期波动等。杨公朴等（2000）撰文指出，产业安全性问题是在跨国公司对发展中国家的直接投资和市场争夺规模不断扩大并在一定程度上威胁民族经济主权的背景下提出的。夏兴园和王瑛（2001）也认为，外资凭借其技术、规模等垄断优势，通过兼并、收购和新建企业，挤压我国民族企业，挤占我国国内市场，使我国的产业发展缺乏动态比较优势而成长乏力。曹秋菊（2001）估计，国外产品倾销每年至少给我国造成上百亿元的损失，几十万人失业或潜在失业，不仅使我国已建立的产业受损，而且使一些新兴产业的建立和发展受挫。王金龙（2004）则指出，国外对我国出口产品的反倾销诉讼案件数量呈逐年上升趋势，涉及金额不断增加，严重影响了出口产业的可持续发展，危及我国产业安全。崔健和刘忠华（2004）从发展中国家的现实情况和国际投资自由化角度出发，对涉及产业安全的相关问题展开了讨论。景玉琴（2005）认为，引发产业安全问题的根本原因在于我国的制度环境，相比较外部因素而言，这一内部因素的影响是至关重要的，不适当的政府规制对产业发展的负面影响远大于任何外部因素。蒋志敏和李孟刚（2007）撰文指出，产业空心化已成为影响我国产业安全的又一隐患。在我国，产业空心化发端于技术要素的空心化，并逐渐向产业链上下游延伸，而近年来，劳动力要素的空心化也已初现端倪，进一步加剧了我国产业的空心化，这一问题对我国制造业安全的影响不容忽视。

在产业安全对策方面，研究产业安全问题，归根结底是为了提升产业竞争力，提高产业安全度，从而保障国家经济安全。因此，针对当前我国存在的产业安全问题，许多学者积极寻求对策。纪宝成和刘元春（2006）等认为，中国应采取措施合理引导外资流向，提高利用外资水平，规范外商投资行为，以免外资流向发生变化，影响我国经济的持续增长。马有才和陈爱萍（2006）认为，倾销与反倾销问题已成当前危害我国产业安全的主要障碍，通过国内与国际市场进行的反倾销联动，对于维护产业安全、保障产业发展具有非常重要的现实意义。蓝海涛（2006）则认为，今后中国产品出口将主要面临反补贴和反倾销双重威胁，中国必须积极防范国外的反补贴行动，并主动适时发起反补贴行动，以防止跨国公司和进口产品以政府补贴方式获取不正当竞争优势。杨益（2008）认为面对目前我国产业安全存在的问题和压力，必须通过进一步改革开放来解决。一方面企业自身要采取积极的应对措施，另一方面政府也要采取相应的措施，支持和保护国内产业又好又快发展。王潇健（2009）认为外资企业在华并购加速了资本的集中和垄断，增加了产业发展的不稳定性和潜在风险，必须采取

适当的措施保护国家的产业安全，包括建立保护产业安全的相关法律、建立产业安全专门审查机构、完善外资并购的行业和领域等。

## 三 中国产业外资控制概况

### （一） 第一产业的外资控制

第一产业虽然所利用的外资绝对量非常少，但增长比较快。自 1999 年以来，农、林、牧、渔业利用外资的合同项目数和金额都有较快的增长，其中实际使用外资金额翻了一番，从 1999 年的 7.1 亿美元提高到 2009 年的 14.3 亿美元。但是其实际使用外资金额在全国利用外资总额中的比例一直都在 2% 以下，2002 年开始这个比例一直在下降，2006 年跌到 1% 以下，只有 0.9%。之后虽有恢复，到 2009 年也只达到 1.6%。第一产业实际利用外资额在我国利用外资总额中所占的比例虽然比较小，但纵向来看，外资对第一产业的投入有不断上升的趋势。2009 年农、林、牧、渔业利用外资项目个数同比减少 2.3%，而实际使用外资金额同比增加 20%，说明外商直接投资的单个项目的资金规模在不断增大，并且第一产业实际利用外资额在全国利用外资总额的比重较前几年有所上升。可见，外资企业看好中国第一产业的发展前景，农、林、牧、渔业在利用外资方面还有着巨大的潜力。

2005~2008 年这 4 年来，我国农、林、牧、渔业外资注册资本有小幅度增加，平均涨幅不超过 15%。外资企业股权控制度一直在 8% 上下，不超过 10%，可见外资对我国第一产业的股权控制度不高。在外资投入的企业当中，大多数是外资独资和通过并购方式获得控制权的企业，并且近年来外资并购的企业都是行业中的龙头企业，这些企业所占的市场份额、盈利能力和技术水平在行业中所占的比例都比较高。目前，在农、林、牧、渔业及其服务业中，外资企业的并购步伐还在加快，积极参股行业中的龙头企业和大型农业企业，以期由关键企业开始，逐步向上、下游企业渗透，控制整个产业链和市场。

2002 年以来，我国对第一产业的研发费用投入逐年递增，外资对研发的投入经历了连续 5 年的增长后，于 2007 年出现下降，下降幅度为 14%。2008 年继续下滑，下降幅度达到了 20%。2009 年虽然较同期回升了 17%，但是外资研发费用所占比例降到了 2002 年以来最低的水平。从外资研发费用所占比例来看，第一产业中外资企业的技术控制度一直很低，处于 0.5% ~ 1.6% 之间。2007 年为 1%，接下来两年比例继续降低，2009 年只有 0.55%。从总体上来说，外资企业对我国第一产业的技术控制度不高。从第一产业所包含的 5 个细分产业来看，林业的技术控制度最高，但也没有超过 7%，2003 年开始逐年下降；其他 4 个产业波动幅度都不大，一直在 2% 以下。

我国第一产业的外资固定资产控制度呈逐年下降趋势。2006 年以来外资固定资产控制度保持在 1.8% 以下的水平。从细分行业来看，外资对于第一产业的固定资产控制度也较低，都在 8% 以下，从 2004 年以来这个比例还在缓慢地下降。第一产业所包括的 5 个产业中，外资固定资产控制度一直处于低水平，并且变化不大；2004 年渔业的外资固定资产控制度比较高，接近 16%，但是此后有大幅度的下降。

## （二）第二产业的外资控制

1999 ~ 2004 年，外资对我国工业的市场控制程度稳步上升，到 2005 年开始逐年下降，但是都超过了国际惯例警戒线 20% 的标准，并且 2003 ~ 2007 年，外资对我国工业的市场控制程度均在 30% 以上。可见，近年来，外资在我国工业市场已占有一定的份额，且平均占有程度接近 1/3，超过了国际"标准值"，我国工业安全面临威胁。在工业的采矿业，制造业，电力、燃气及水的生产和供应业 3 个细分行业中，外资对采矿业的市场控制程度最低，且市场控制度比较稳定，都保持在 5% 以下。但是，1999 ~ 2009 年，外资对采矿业的市场控制度仍从 0.76% 上升到 4.02%，上升 3.26 个百分点。外资对电力、燃气及水的生产和供应业的市场控制程度也较低。1999 ~ 2000 年，外资对该行业的市场控制度从 0.64% 上升到 9.96%，自 2001 年开始基本在 10% 上下波动，2005 年控制度最高，为 11.42%。制造业是工业中最主要的、包含大类行业最多的门类，也是外资市场控制程度最高的门类，近年来外资对其市场控制度基本在 30% 以上，2005 ~ 2007 年三年更是达到了 35% 以上。1999 ~ 2006 年，外资对制造业的市场控制度基本呈现上升的态势，尽管 2007 年以来略有下降，但仍高于 30%，超过了一般行业市场控制度的警戒线。外资对整个工业的市场控制度的变化趋势与外资对制造业的市场控制度的变化趋势几乎是一致的，只是整体上，制造业的该指

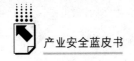

标比整个工业的该指标略高一些。由此可见，外资对工业的市场控制程度主要取决于制造业，因此，制造业产业安全对我国工业乃至第二产业安全都有着极其重要的影响。

自1999年以来，外资对我国工业的股权控制度稳步上升，并且从2006年以后基本稳定在27%左右。从股权控制的角度来讲，外资对我国工业的股权控制情况比较稳定，但控制度已接近30%，需要引起警惕。从外资对我国工业中采矿业，制造业，电力、燃气及水的生产和供应业3个细分行业的股权控制情况来看，外资对采矿业的股权控制程度最低，但1999~2009年呈波动性上升的趋势，其控制度保持在5%以下。外资对电力、燃气及水的生产和供应业的股权控制程度也较低。1999~2000年，外资对该行业的股权控制度从0.34%上升到11.25%；2000~2004年外资对该行业的股权控制度继续上升，但每年的上升幅度较小并趋于平稳；2005年及以后各年外资对该行业的股权控制度在11%上下浮动。制造业是外资股权控制程度最高的门类，1999~2009年外资对其股权控制度基本在27%以上，2003年及以后都超过了30%，并在2006年达到最高值34.57%，尽管2007~2009年略有下降，但仍高于30%。

自1999年以来，外资对我国工业拥有专利的控制程度呈上升趋势，并且从2005年起上升幅度有所增加，2007年外资对我国工业拥有专利的控制程度已达到32.29%，2008年略有下降。从外资对我国工业中采矿业，制造业，电力、燃气及水的生产和供应业3个细分行业各自的拥有专利控制情况看，外资对采矿业拥有专利的控制程度最低，但从2006年开始其控制度呈逐年上升趋势，且增加幅度较大，在2008年达到6.51%，尽管该控制度不大，但其增加趋势值得引起关注。外资对电力、燃气及水的生产和供应业的拥有专利控制程度也极低。外资对制造业拥有专利的控制程度自1999年以来是呈波动性上升的，2007年已达到33.16%，到2008年有所下降，为26.92%。外资对制造业拥有发明专利的控制程度较大，这将对我国制造业安全造成威胁，因此我国应当加大力度鼓励国有企业拥有专利发明。

自2003年以来，外资对我国工业的研发费用控制程度呈现波动性上升的趋势，从2003年的22.7%上升到2007年的29.1%，到2008年有所下降。在工业的3个细分行业中，外资对采矿业的研发费用控制程度最低，2003~2008年分别为0.01%、0.17%、0.57%、0.05%、0.60%和3.22%，可以说，在2007年及以前，外资对我国采矿业的研发费用几乎没有控制力，2008 年，外资对我国采矿业研发费用的控制度增加 2.62 个百分点，增加幅度较大。外资对电力、燃气及水的生产和供应业的研发费用控制程度也较低，2003 ~ 2008 年呈现波动变化趋势，拐点分别在 2004 年、2006 年和 2007 年，控制度保持在 3% ~ 10% 之间。外资研发费用控制程度最高的门类是制造业。自 2003 年以来，除 2005 年略有下降外，其他各年均呈现稳定上升的趋势，控制度在 24% ~ 31% 之间。

自 1999 年以来，外资对我国工业的新产品产值控制度较高，在 31% ~ 42% 之间，并且呈现持续上升的趋势（除 2002 年、2005 年和 2008 年略有下降外）。从外资对我国工业细分行业中新产品产值控制情况来看，对采矿业的新产品产值控制程度最低，从 1999 ~ 2007 年各年的总体情况来看，控制度几乎为 0，但在 2008 年出现了大幅度增加，其控制度高达 39.76%。2008 年外资对我国采矿业新产品产值控制度出现异常，需要引起相关部门的警惕。外资对电力、燃气及水的生产和供应业的新产品产值控制程度也较低，1999 ~ 2006 年一直在 0% ~ 7% 之间波动，2007 年直线上升至 31.75%，2008 年回落到 10% 左右。制造业 1999 ~ 2008 年外资对新产品产值的控制度呈波动性上升趋势，数值保持在 30% ~ 42% 之间。总之，外资对我国制造业的技术控制度很高，这与外资长期以来以技术占据中国市场的策略是分不开的。我国若要摆脱外资对我国工业的技术控制，必须大力发展我国企业的创新研发能力。

自 1999 年以来，外资对我国工业的总资产控制度呈现上升趋势，到 2008 年、2009 年有所下降，其控制度保持在 19% ~ 28% 之间。1999 ~ 2009 年，外资对制造业总资产控制程度的变化趋势与外资对工业总资产控制程度的变化趋势一致，从 1999 年的 23.21% 上升至 2007 年的 33.48%，2008 年、2009 年略有下降，分别为 32.06%、30.84%。

1999 ~ 2007 年，外资对我国工业的固定资产控制度呈直线上升趋势，从 1999 年的 18.75% 上升至 2007 年的 24.71%，2008 年、2009 年略有下降。在工业的 3 个细分行业中，外资对采矿业的固定资产净值控制程度最低，1999 ~ 2009 年呈现波动性上升趋势，并且保持在 0% ~ 5% 之间。外资对电力、燃气及水的生产和供应业的固定资产净值控制程度也较低，1999 ~ 2000 年从 0.73% 直线上升到 12.68%，之后保持在 10% ~ 14% 之间。外资对制造业固定资产控制度的变化趋势与外资对工业总资产控制度的变化趋势大体上一致，从 1999 年的 23.08%

上升至 2007 年的 34.16%，2008 年和 2009 年略有下降，分别为 33.31% 和 30.77%。

### （三）第三产业的外资控制

2005～2009 年从实际使用的外资直接投资金额占外商直接投资总金额来看，房地产业、租赁和商务服务业、批发和零售业等是第三产业中外商重点投资领域。而且，第三产业总体实际使用外资的金额也有逐年走高的趋势，其占我国外商直接投资的比例由 2004 年的 23.17% 提升至 2009 年的 41.79%。这表明，我国第三产业正日渐成为外资进入的热点。在第三产业实际使用外资的细分行业中，房地产业所占的比重较大，而科学研究和综合技术服务业所占的比重极低。外资在第三产业的竞争模式由以投资劳动密集型产品和服务为主转变为对品牌、技术标准等无形资产的竞争，利用知识产权方面的核心优势拓展市场，并且通过对供应链的整合和占领市场制高点来增强市场影响力甚至主导产业的发展。

外资对我国第三产业正在逐步强化控制，除了电信、传媒、保险、医疗等政府有着较为严格政策限制的领域外，外资对其他开放的盈利较高领域的控制逐渐加强。2005 年与 2006 年外资对我国第三产业市场控制度均在 10% 以下，2007 年也仅为 10.3%，2008 年和 2009 年有进一步提高，分别达到了 11.4% 和 11.6%，从总体情况来看市场控制度并不高。

从细分行业来看，外资企业对批发和零售业、餐饮业以及房地产业的市场控制度较高，尤其是餐饮业，2005～2009 年平均市场控制度均在 26% 以上，已经超过了国际外资市场控制警戒线 20% 的标准。从外资市场控制度的变化来看，其在批发和零售业以及房地产业内的市场扩张十分迅速，2008 年较 2007 年增长了 21.1%，但餐饮业 2008 年外资市场控制度较 2007 年有较大幅度的下降。

2005～2009 年期间，外资企业对我国第三产业的股权控制度逐年走高。尽管从总体看比例不高，但外资控股或入股的均是我国第三产业各行业内的优质企业或龙头企业，因此，外资对我国第三产业的实际影响力不容小觑。批发和零售业的外资股权控制度 2005～2009 年有逐年上升的趋势，由 2005 年的 8.6% 上升至 2009 年的 13.3%；餐饮业的外资股权控制度 2005～2007 年逐年上升，2008 年有较大幅度的下降；银行业从总体上来说外资股权控制度变化比较平稳，维持在 10% 的水平；外资在房地产开发领域股权控制度一直保持在 20% 以上，呈缓慢上升趋势。

从总资产控制度的发展变化看，2004～2009 年间，第三产业外资企业总资产控制度保持在 8% 左右。2007 年比 2006 年的控制度提高了 0.8 个百分点，之后增幅降下来，2009 年比同期还下降了 0.9 个百分点。我国的批发和零售业外资总资产控制度逐年提高，由 2005 年的 8.2% 增长至 2009 年的 12.0%。就餐饮业来看，2005～2007 年外资总资产控制度一直处于温和上升态势，2008 年和 2009 年连续两年出现较大幅度的下滑。2004～2007 年外资对房地产业的总资产控制度变化比较平稳，略有下降，2008 年和 2009 年则出现较大幅度的下降，表明近几年来境内房地产企业扩张较迅速，其势头盖过了外资企业。

2004～2008 年第三产业外资企业城镇固定资产投资控制度变化较小，始终维持在 11%～12% 之间，控制度并不高。2009 年，控制度下降，跌至 9%。2004～2009 年期间，外资对于住宿、餐饮业和房地产业的固定资产控制度较高，都达到了 10% 以上，对于批发和零售业以及金融业的固定资产控制度稍低，维持在 7% 以下，主要原因在于这两个行业主要以其他流动性资产为主，固定资产占比本身较低。受金融危机的持续影响，四大行业的外资企业城镇固定资产控制度都在 2008 年和 2009 年这两年里有较大幅度的下滑。

## （四）汽车产业外资控制

自 1998 年以来，外资企业在我国汽车工业的市场占有率呈总体上升趋势，并稳定在 30% 左右，其中在 2006 年，外资企业的销售收入高达 57405.21 亿元，占整个中国市场的 41.5%。外资汽车公司在产品研发、零配件、品牌推广等方面不断加强控制，并逐步渗入汽车销售领域，力图占领和控制中国市场。自 2007 年开始，外资市场占有率有所下降，再次趋向 30%。这与我国民族汽车品牌的不断发展壮大有一定的相关性。从我国汽车产业的细分行业（包括汽车整车，改装汽车，摩托车，车用发动机和汽车、摩托车配件五类）来看，外资对改装汽车的市场控制度较低，除了 2000 年、2006 年和 2007 年较高以外，其他年份的外资市场控制度均不超过 10%，数据走势比较稳定。摩托车行业的外资市场控制度也不是很高。2009 年世界经济总体低迷，虽然摩托车的外资控制度有所提高，但是摩托车整体的产销量都出现了下滑。在汽车整车行业，我国对外资的进入设置了很多的限制条件，但对于零配件行业如发动机和配件行业限制较

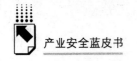

少，导致这些行业的外资市场控制度较高。其中，在车用发动机行业中，2000～2009年期间，外资对车用发动机的市场控制度有4年超过40%，从2000年的24.5%提高到2009年的42.3%，增长了近18个百分点。

1998～2008年期间，外资对我国汽车产业股权控制度呈总体上升趋势，2006年高达43.62%。细分行业的汽车市场，无论是整车还是配件行业，外资的股权控制度也呈总体上升趋势。很显然，除了改装汽车，其他行业外资股权控制度都比较高。车用发动机尤为突出，2006年的外资股权控制度高达78.26%。

从总体上来看，外资企业对整个汽车产业的研发费用控制度逐年上升，受金融危机的影响，2008年略有下降，但仍然占整个行业研发水平的25.65%。从细分行业来看，作为汽车产业发展重要基础的汽车、摩托车配件产业，外资研发费用控制度最高，汽车整车紧随其后，而增长速度最快的则是车用发动机行业。外资对车用发动机行业的研发控制度在逐年上升，到2007年上升到37.66%，2008年开始有所下降。目前，我国在汽车、摩托车配件行业中有2514家企业，其中内资企业占2068个。但是，就研发费用而言，外资企业的控制度却达到了38.1%。

汽车产业的外资总资产控制度呈现总体上升态势，其中2006年和2007年的总资产控制度分别为31.9%和28.8%，2008年略有下降，2009年又呈现了上升的趋势。5大细分行业中，摩托车行业外资总资产控制度波动较大，2008年达到50%以上，2009年又出现了大幅度的回落，降为22.9%。其他细分行业的总资产控制度呈现逐年增长趋势，但2008年外资受金融危机冲击较大，控制率略有下降。相比之下，在车用发动机和汽车、摩托车配件行业，外资对其总资产的控制度较高，接近50%。

1998年以来，外资对我国汽车产业固定资产控制度呈总体上升趋势。外资对固定资产净值的控制度在2006年以后保持在30%以上。2009年控制度略有下降，为26.1%。外资对汽车产业5大细分行业的固定资产净值控制度逐年上升，其中车用发动机行业和汽车、摩托车配件的控制度较高。2002年外资对汽车、摩托车配件行业的固定资产净值控制度超过70%，之后几年一直稳定在30%～50%之间。自2007年以来，这一比重逐年下降。外资对摩托车行业固定资产净值控制率的变化比较平稳，除2006年达到44%，其他各年份均保持在20%以下。

### （五）钢铁产业外资控制

1999～2004 年，钢铁产业外资市场控制度均未超过 10%，2006 年达到最高值 13.3%，之后外资市场控制度开始缓慢下降，2009 年的外资市场控制度为 12.4%。从整体上看，外资对我国钢铁行业的控制度是比较低的。在钢铁行业的两个细分行业中，黑色金属矿采选业的外资市场控制度较低，2004 年之前其市场控制度几乎都在 1% 以下，2005～2009 年的外资市场控制度上升到 2% 以上，这说明近年来外资在逐渐加入到我国的黑色金属矿采选业中，但是外资市场控制程度依然较低。与黑色金属矿采选业的外资市场控制度相比，黑色金属冶炼及延压加工业的外资市场控制度则较高，1999 年的时候就已经达到了 6.48%，并且一直呈现出上升的态势，2002～2005 年是外资对我国钢铁行业市场控制度上升较快的一个阶段，2005 年外资市场控制度超过了 12%，2008 年达到 13.67%，2009 年稍有下降，达到 13.22%。这说明近几年来外资在我国黑色金属冶炼及延压加工业的市场控制度在逐步提高。总体来看，外资对我国钢铁行业的市场控制主要集中在黑色金属冶炼及延压加工业，并且外资的市场控制度较低。

外资对我国钢铁行业的外资股权控制度一直呈现出上升的趋势。1999～2006 年，外资对钢铁行业的股权控制度呈现上升的态势，2006 年达到 10.6%，2007 年和 2008 年保持平稳态势，2009 年出现小幅度下跌，为 9.5%。钢铁行业的外资股权控制主要集中在黑色金属冶炼及延压加工业。1999～2005 年，黑色金属矿采选业的外资股权控制度一直都在 1% 以下，2006 年以后，黑色金属矿采选业的外资控制程度超过 1%，并且近几年来保持相当高的增长速度，2008 年达到 3.45%，2009 年继续增长到 3.74%。黑色金属冶炼及延压加工业的外资股权控制度在 1999 年就已经达到了 3.95%，除 2004 年以外，该行业的外资控制度一直保持着较高的增长幅度，2008 年达到了 11.44%，2009 年出现小幅度下跌，为 10.07%。但总体上来看，外资对我国钢铁行业的股权控制度是比较低的。

1999～2000 年、2003～2004 年钢铁产业外资技术控制度大幅度上升，2005～2007 年则呈现出下降的态势，而 2008 年出现大幅度上升，至 10.6%。这说明从技术控制度（拥有发明专利数量）来看，外资对我国钢铁行业的控制程度是比较低的。在我国钢铁行业的两个细分行业中，黑色金属矿采选业的外资拥有专

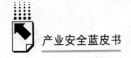

利发明数量比较少，外资技术控制度也很低；黑色金属冶炼及延压加工业的外资拥有专利发明数量则相对较多，外资技术控制度也相对较高。2006 年以前，黑色金属矿采选业外资拥有发明专利数量为 0，2007 年和 2008 年数量均为 1，外资技术控制度分别为 2.6% 和 2.8%。2004 年以前，黑色金属冶炼及延压加工业外资技术控制度除 2000 年为 2.4% 外，均比较低；2004 年外资控制度上升到 6.3%，但 2007 年下降为 3.7%，而 2008 年则又大幅度上升，为 10.8%。外资对黑色金属冶炼及延压加工业的技术控制度基本上与外资对我国钢铁行业的外资技术控制度一致，这表明外资对我国钢铁行业的技术控制主要集中在黑色金属冶炼及延压加工业，但是控制程度较低。

1999~2006 年，外资对中国钢铁行业的总资产控制度一直呈现上升的态势，并且在 2006 年达到了 11.3%。2007 年开始，外资对中国钢铁行业的控制度有了回落，到 2009 年回落到 10.0%。这说明 2007 年开始外资对我国钢铁行业总资产的投资受到了一定程度的限制。从整体上来看，外资对我国钢铁行业的总资产控制度是比较低的。从黑色金属矿采选业的外资总资产控制度来看，1999~2004 年都保持在 1% 以下；2006 年达到近 11 年来的最高峰，为 5.18；2007 年开始这一比例有所回落，2009 年回落到 3.26%。黑色金属矿采选业的外资控制度较小，但是近年来一直呈现出上升的态势。从黑色金属冶炼及延压加工业的外资总资产控制度来看，外资总资产控制度一直都处于相对较高的水平，且随着我国对外开放程度的加大，这一比例近年来一直呈现出上升态势，在 2006 年达到了近 11 年来的最高峰 11.87%，之后略有下降，2009 年降到 10.60%。

外资对我国钢铁行业固定资产投资的控制度，近 11 年来（除 2002 年外）一直保持着上升的态势，并且在 2006 年达到近 11 年来的最高峰 11.3%，之后出现小幅度下降。外资固定资产控制度总体来说是比较低的。在黑色金属矿采选业中，固定资产净值控制度保持着相对较低的比例，1999~2004 年外资固定资产净值控制度一直保持在 1% 以下，2005 年以后保持着较高的增长速度，2008 年达到近 11 年来的最高峰 3.44%，2009 年下降到 2.57%。黑色金属矿采选业的固定资产净值控制度较低，但是一直都在保持着上升的趋势，并且近 11 年来这一比例总体上在逐步提高。从黑色金属冶炼及延压加工业来看，外资固定资产净值控制度相对较高，除 2002 年、2007 年和 2009 年以外，一直保持着较高的增长速度，2006 年这一比例达到了 11.81%，为近 11 年来的最大值。相对于黑色金属矿采选业来说，黑色金属冶炼及延压加工业固定资产净值的外资控制度一直较高，并且增长速度也较快。

### （六）纺织产业外资控制

1999～2009 年的 11 年间，我国纺织产业的销售收入和外资控制企业的销售收入均呈逐年增长的态势。纺织产业属于竞争性行业，其外资市场控制度在 2005～2007 年都略微超过了 30%，2008 年始于发达国家的金融危机，使该指标在 2008～2009 年低于 30%。依据"少数竞争性不宜超过 50%"的标准，外资对我国纺织产业的市场控制度不算高，尚未构成产业安全威胁。从市场总体来看，自 1999 年以来，纺织产业外资销售收入和纺织产业总销售收入呈总体上升趋势，到 2009 年纺织产业外资销售收入达到了 10068.92 亿元，是 1999 年的 4.78 倍；而纺织产业总销售收入在 2009 年达到 36410.21 亿元，是 1999 年的 5.25 倍。外资企业在我国纺织产业的市场占有率稳定在 30% 左右。在纺织产业的 3 个细分行业中，纺织服装、鞋、帽制造业的外资市场控制度最高，近 10 年均在 40%～50% 之间，2009 年较之前略有下降，但仍在 40% 的水平。化学纤维制造业外资市场控制度波动较大，但自 2003 年以后一直处于上升趋势，在 2009 年达到 29.80%。纺织业外资市场控制度相对较低，但也超过了 20%，2009 年为 21.70%。

从总体来看，外资纺织产业股权控制度的趋势是倒"S"型。2001 年外资股权控制率处于"谷底"，为 32.4%；2006 年达到峰值，为 38.6%；以后几年，我国纺织产业外资股权控制度又呈现逐年降低态势，由 2006 年的 38.6% 降到 2009 年的 36.3%。纺织产业 3 个细分行业中，股权受外资控制最高的行业为纺织服装、鞋、帽制造业，外资股权控制度接近 50%，其中，2006 年超过了 50%，达到 52.4%。之后略有下降，到 2009 年为 47.8%。另外两个细分行业股权受外资控制度也在不断加深，2005 年均增长到了 30% 以上，之后一直保持在 30% 以上。到 2009 年，纺织业外资股权控制度达到 31.4%，化学纤维制造业外资股权控制度达到 37.5%。2006 年之后，3 个细分行业都出现了相似的下降趋势。

纺织产业外资拥有发明专利控制度在过去几年呈现出波浪式上升，2008 年外资技术控制度达到 23.9%，和 2007 年相比下降了 18.3 个百分点。3 个细分行业外资拥有发明专利控制度变化波动较大，都在 2000 年、2004 年达到高峰，且纺织服装、鞋、帽制造业和化学纤维制造业在 2007 年又达到一个高峰，而纺织业则在 2005 年降低后，2006 年与 2005 年持平，在 2007 年和 2008 年逐渐降低。

纺织产业外资研发控制度的变化不定，时高时低，2007 年的控制度为22.1%，是历年最高；而 2008 年达到历年最低水平，为 8.27%。分行业来看，纺织业外资研发费用控制度以 2004 年为最高，为 30.52%，之后呈下降趋势，到2008 年控制度为 22.78%。外资对化学纤维制造业研发费用的控制度也有较大的波动，2007 年和 2008 年较 2005 年有了较大的提高。外资对纺织服装、鞋、帽制造业研发费用控制度的变化较大，2000 年的控制度达到 34.84% 的水平，而 2008年却下降到 3.3%。

2006 年纺织产业外资新产品产值控制度最高，达到 28.3%，2007 年外资新产品控制度有所下降，比上年降低了 3.9 个百分点，2008 年外资新产品控制度回升为 28.1%。从细分行业来看，纺织产业新产品产值控制度都是呈现波动性上升趋势的，与纺织服装、鞋、帽制造业最为一致。纺织服装、鞋、帽制造业的外资新产品产值控制度在 2008 年达到 40.96%，为历年最高值。纺织业的最高控制度出现在 2007 年，为 30.41%，2008 年略有下降。化学纤维制造业的外资新产品产值控制度除 2005 年外，基本维持在 25%～30% 之间。

自 2001 年后，纺织产业的外资总资产控制度一直呈现上升的状态，并且在2009 年达到了 32.2%，这说明外资对我国纺织行业的总资产控制度不断升高。从纺织服装、鞋、帽制造业的外资总资产控制度来看，1999～2009 年的外资总资产控制度都保持在 40%～50% 之间，2006 年达到最高比例 48.2%，之后几年这一比例有所回落。化学纤维制造业自 2003 年开始一直呈现出上升的趋势。纺织业外资总资产控制度经历了 2001～2005 年的上升期之后，2006～2009 年变化不大，维持在 28% 左右的水平上。

外资对我国纺织行业固定资产净值的控制度稳定在 30% 左右。其中 2007 年的控制度最高，达到了 32.9% 的水平，2008 年和 2009 年较之前略有下降，2009年的控制度为 31%。除 2005 年外，纺织服装、鞋、帽制造业的外资固定资产净值控制度最高，维持在 40%～50% 的水平上，变化不大，最大值为 2007 年的48.8%，最小值为 2003 年的 45.1%，2009 年的控制度为 44.1%；纺织业外资固定资产净值控制度维持在 20%～30% 的水平，2005 年达到最大值 28.1%，之后呈下降趋势，到 2009 年该值为 25.8%；化学纤维制造业的外资固定资产净值控制度在 2005 年超过了纺织业和纺织服装、鞋、帽制造业，达到其最大值 52.6% 的水平，其他年份的控制度均低于纺织服装、鞋、帽制造业的外资固定资产净值控制度。

## （七）机械制造产业外资控制

1999～2009 年间机械制造业外资市场控制度均高于 20%，并呈逐年上升的趋势，在 2005 年以后趋于稳定并呈下降趋势，2009 年达到了近 11 年来的最低水平，为 28.05%，比 2005 年的最高控制度 35.46% 下降了近 7.5 个百分点。从细分行业来看，仪器仪表制造业的外资市场占有率最高，在 2004 年超过了 72%，到 2006 年开始下降，但仍维持在 50% 的控制水平；1999～2003 年排在第二位的是金属制品业，2004～2009 年是电气机械及器材制造业；除仪器仪表制造业外，其余 4 个细分行业的外资市场控制度在近 11 年以来变化幅度较小，并在 2009 年都有下降趋势，这与 2008 年的全球金融危机有一定的关系。国际通行的外资市场控制率警戒线标准是 30%，而在机械制造业 5 个产业中，只有通用设备制造业和专用设备制造业低于这个标准，其他 3 个细分行业及机械制造业总的外资市场控制度都偏高。

外资对我国机械制造业总的股权控制度在 1999～2006 年间呈上升趋势，2007 年保持不变，2008～2009 年连续两年出现下降，2009 年降到 33.34% 的较低水平，比 2007 年下降 4.47 个百分点。2003～2006 年仪器仪表制造业外资股权控制率超过 50%。一般来讲，单个企业外资股权份额超过 20% 即达到对企业的相对控制，超过 50% 即达到对企业的绝对控制。由此可见，自 2002 年，外资对我国机械制造业的 5 大细分行业已达到了相对控制的程度，在 2003～2006 年对仪器仪表制造业达到了绝对控制。

机械制造业的外资拥有发明专利控制度是浮动着上升的，2007 年达到近 10 年的最高水平，为 33.59%，尽管 2008 年有所下降，但下降幅度较小，其控制度仍超过了 25%。金属制品业、电气机械及器材制造业、仪器仪表制造业的外资专利控制度极不稳定。电气机械及器材制造业的外资拥有发明专利控制度在 2005 年高达 51.41%，外资对该行业达到了绝对控制，产业安全性极低。专用设备制造业的外资专利控制度在 2007 年及以前均低于 20%，但自 2006 年以来一直呈上升趋势，且上升幅度较大，在 2008 年达到 21.73%。2008 年除专用设备制造业和仪器仪表制造业外，金属制品业、通用设备制造业、电气机械及器材制造

业的外资专利控制度都有所下降，分别为 24.28%、17.04%、35.92%。

机械制造业的外资研发经费控制度整体是呈现上升态势的，2007 年的外资研发经费控制度最高，2008 年其控制度下降了近 4 个百分点。金属制品业和仪器仪表制造业是浮动较大的两个行业，金属制品业的外资研发经费控制率在 2004 年之前基本是呈上升趋势的，在 2004 年突然降到了 20% 左右；而仪器仪表制造业在 2001 年以前是下降态势，在 2001 年之后就呈现起伏着上升的趋势。专用设备制造业的外资研发经费控制率最低，在 2007 年达到 21.29%，其余年份都低于 20%，2008 年为 17.68%。

机械制造业的外资新产品产值控制度是呈现波动性上升趋势的，2004 年达到最高，为 28.94%，2008 年其控制度较 2007 年有所下降，但下降幅度极小，仅为 0.87 个百分点。仪器仪表制造业的新产品产值控制度在 5 个分行业中是最高的。金属制品业和仪器仪表制造业的波动相对较大，在 2003 年，金属制品业的新产品产值控制度降低到 20% 以下，仪器仪表制造业的新产品产值控制度从高于 50% 降到 40% 左右，可见这一年是一个拐点，但在 2003 年之后，这两个细分行业的新产品产值控制度又出现上升趋势，但在 2008 年都有大幅度下降。另外 3 个行业都比较平稳，专用设备制造业的新产品产值控制度在 2007 年达到最高，为 19.64%，其新产品产值控制度都控制在 20% 以内；通用设备制造业的新产品产值在 2007 年高达 31.10%，2008 年下降了 4.33 个百分点；电气机械及器材制造业的新产品产值也都保持在 30% 以内。

外资对机械制造业的总资产控制度自 1999 年以来呈逐年上升的趋势，在 2007 年达到最高，为 34.48%，2008 年和 2009 年其控制度有所下降，但下降的幅度较小。外资企业资产在 5 个行业的总资产中所占比重，在 2005~2009 年期间全部达到 20% 以上，在 1999~2002 年间，金属制品业总资产受外资控制度排在首位，之后在 2003~2009 年间，仪器仪表制造业最高。另外 3 个行业和机械制造业的总资产控制度自 1999 年开始一直持续上升，到 2007 年趋于稳定，在 2008 年及以后稍微有所下降。

机械制造业的固定资产净值控制度在小幅度地增长，近 11 年以来基本保持在 30% 的水平，到 2007 年趋于稳定且有下降的趋势，2009 年其控制度较 2007 年的最高水平下降了 4.28 个百分点。机械制造业全部细分行业和总的固定资产净值控制度自 2005 年开始均高于 20%，到 2007 年均呈现下降趋势。仪器仪表制造业的固定资产净值控制度自 2003 年开始高达 50%，金属制品业的固定资产净值控制度在 2003 年及以前高于 40%，之后逐年下降。

### （八）建材产业外资控制

1999 年以来，外资在建材行业的市场控制度总体上在 15%～20% 的区间波动。外资市场控制度从 1999 年开始增加，2001 年达到 19.3%，随后几年开始下降，2004 年降低到 17.1%，然后在 18% 左右徘徊了 3 年，2008 年下降为 17%，2009 年继续下降为 14.97%。

在建材行业，外资股权控制度出现明显的锯齿形变化。2000 年股权控制度升至 26.2% 后，之后连续出现下降，2005 年又增加到 25.3%；在经过一次回升后，2007 年达到历年最大值 26.40%，之后又下降，2009 年降低到 1999 年以来的最低点 21.56%。

1999 年以来，建材行业外资拥有发明专利控制度在 2005 年之前，基本上呈现逐渐增加的态势，从 1999 年的 6.5% 增加到 2005 年的 29.8%，随后出现连续大幅下降，到 2007 年降低为 9.6%，之后开始回升，2008 年回升到 30.68%。总体上，外资在拥有发明专利控制度上体现出逐年逼近 30% 警戒线的态势。

1999 年以来，建材行业外资研发费用控制度呈现逐渐提高的态势。1999～2002 年，外资研发费用控制度提高了将近 1 倍，2003 年与 2002 年持平，2004 年达到最高峰 26.11%。2005 年出现 18.8% 的低点后，之后连续 3 年回升，到 2008 年回升到 25.19%。

1999～2002 年建材行业外资新产品产值控制度经历了两次比较大的波动后，基本上保持不断提高的态势。2000 年时最低，为 10.64%，到 2006 年已提高到 26.26%，2007 年略有下降，为 25.78%，2008 年又回升至 27.95%。

建材行业的外资总资产控制度最近几年稳步提升，但是总体控制度还在 30% 以下。1999～2004 年，基本在 20% 上下波动；之后开始逐年增加，2007 年增加到 24.5% 后开始回落，2008 年回落到 23%，2009 年继续回落到 20.65%。

1999～2002 年，建材行业外资固定资产净值控制度呈缓慢上升趋势，到 2002 年为 25.40%。2002～2004 年开始出现下降趋势，随后几年逐年上升，到 2007 年增至 26.10%，2008 年和 2009 年出现回落，2009 年略降为 21.88%。

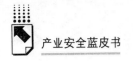

### （九）石化产业外资控制

自 1999 年以来，外资对我国石化产业的市场控制度总体呈缓慢上升的趋势，1999 年为 10.9%，2000 年为 10.8%，随后逐年上升，2007 年达到 19.5%，2008 年之后略有下降，2009 年为 18.9%。总体来说，我国石化产业受外资市场控制程度较低。在我国石化行业的 3 个细分行业中，受外资市场控制程度最高的是化学原料及化学制品制造业。该细分行业自 1999 年以来呈逐年上升的趋势，由 1999 年的 18.8% 逐渐上升至 2007 年的 27.8%，2008 年开始有所下降，2009 年下降到 25.3%。其次是石油加工、炼焦及核料加工业，受外资市场控制程度整体水平比化学原料及化学制品制造业要低，但自 1999 年以来也呈逐渐上升的趋势，到 2007 年达到最高值 14.5%，之后略有下降，2009 年为 12.9%。石油和天然气开采业是石化 3 个细分行业中，受外资市场控制度最低的产业，2001 年以来，一直在 4% 左右，只有 2008 年出现较大幅度增长，达到 7.2%，2009 年又出现小幅度下降，为 6.1%。

由于我国对石化企业外资股权比率的严格控制，外资对我国石化产业的股权控制度多年以来保持较低水平的平稳状态，但 2002 年以来也出现了一个小幅度的上升态势，2007 年最高达到 18.9%，2008 年和 2009 年有所下降。3 个细分行业中外资股权控制度从高到低依次是化学原料及化学制品制造业，石油加工、炼焦及核料加工业，石油和天然气开采业。化学原料及化学制品制造业的外资股权控制度呈逐年上升趋势，2006 年最高达到 29.8%，2007 年和 2008 年有所下降，分别为 29.5% 和 27.9%，2009 年出现小幅度上升至 28.9%。石油加工、炼焦及核料加工业的外资股权控制程度整体上也呈逐渐上升趋势，2007 年最高为 15.9%，2008 年降低为 11.1%，2009 年又涨至 12.7%。石油和天然气开采业外资股权控制度比较低，自 2001 年以来，年均控制度为 3.4%，2008 年最高为 3.9%，2009 年大幅度下降至 1.1%。

外资对我国石化产业的拥有发明专利控制度是比较低的，1998～2005 年间，只有 2003 年外资拥有发明专利控制度超过了 10%，2006 年达到最高值 17.3%，2007 年开始下降，2008 年降到 11.0%。我国石化产业 3 个细分行业中，石油加工、炼焦及核料加工业的外资拥有发明专利控制度在 2006 年之前呈波动上升的趋势，并在 2006 年达到最高值 29.72%，之后呈回落趋势，2008 年为 22.59%。

化学原料及化学制品制造业的外资拥有发明专利控制度在 1999 年最高，为 27.78%，2000 年开始出现大幅度下降，并在 2001 年达到最低值 2.96%，之后呈波动变化趋势，2002～2008 年的平均外资拥有发明专利控制度为 11.37%。

1998～2004 年，我国石化产业的外资研发费用控制度一直处于上升的趋势，从 1998 年的 4.4% 上升到 2004 年的 12.7%，年平均增长率为 19.8%。2005 年出现了较大幅度的下降（下降为 7.9%），2006 年与 2005 年基本持平，2007 年开始出现较大幅度的增长，2008 年达到 13.6%。总体来说，外资对我国石化产业的研发费用控制度处于比较低的水平。我国石化产业 3 个细分行业的外资研发费用控制度从高到低依次是化学原料及化学制品制造业，石油加工、炼焦及核料加工业，石油和天然气开采业。化学原料及化学制品制造业的外资研发费用控制度呈平稳波动趋势，1998～2008 年的平均外资研发费用控制度为 11.18%，2008 年为 16.36%。石油加工、炼焦及核料加工业的外资研发费用控制度在 2001 年和 2002 年较高，分别为 19.60% 和 19.45%，之后大幅度下降并保持平稳变化态势，2004～2008 年的外资研发费用控制度平均值为 6.45%。石油和天然气开采业外资研发费用控制度比较低，2008 年为最高值，也仅为 3.94%。

外资对我国石化产业新产品产值控制度一直处于波动状态。1998 年为 18.5%，1999 和 2000 年连续小幅下降，2001 年出现大幅提高，控制度达到 22.9%，比 2000 年提高 47.4%，2003 年大幅下降，比 2002 年下降 24%，2004 年小幅回升，2005 年又出现比较大幅度的下降，下降幅度为 39%，之后开始提高，并在 2008 年达到十年来最高值 25.6%。石油和天然气开采业只在 2008 年有数据，其外资新产品产值控制度高达 93.26%。石油加工、炼焦及核料加工业在 2003 年之前一直处于上升趋势，并在 2003 年达到 40.80%，之后开始下降，2008 年为 7.50%。化学原料及化学制品制造业的外资新产品产值控制度近 11 年来变动幅度不大，2002 年之前都在 20% 以上。2003 年开始一直处于 10%～20% 之间，其外资新产品产值控制度平均值为 14.54%。

我国石化产业总资产外资控制度从 1999 年以来处于缓慢上升的趋势，2007 年最高为 20.3%，2008 年略有下降，比 2007 年下降 5.4%，2009 年继续下降到 18.8%。3 个细分行业中化学原料及化学制品制造业总资产外资控制度比较高，自 1999 年以来，处于逐年上升的趋势，1999 年为 15.6%，2007 年达到 29.1%，2008 年开始略有降低，2009 年为 27.2%。石油加工、炼焦及核料加工业外资总资产控制度整体比化学原料及化学制品制造业低,1999 年以来,平均外资总资产控制度为 11.5%,最高为 2007 年的 17.3%,2008 年略有降低为 15.7%,2009 年和 2008 年几乎持平。石油和天然气开采业由于国家的严格控制,外资总资产的控制度非常低,平均仅为 2.7%。

我国石化产业受外资固定资产投资控制度比较低,但自 1999 年开始,整体呈上升趋势,2008 年达到 19.6%,2009 年略有降低,为 19.0%。3 个细分行业中化学原料及化学制品制造业固定资产净值外资控制度比较高,1999 年以来呈现逐年上升的趋势,2008 年达到 31.7%,2009 年略有降低,为 30.2%。石油加工、炼焦及核料加工业固定资产净值外资控制度自 1999 年以来平均为 11.6%,整体也是呈逐渐上升的趋势,2009 年达到 17.5%。石油和天然气开采业固定资产净值外资控制度比较低,近年平均为 2.7%。

### (十) 轻工业外资控制

自 1999 年以来,外资对我国轻工产业的市场控制度一直保持在 35% 以上,11 年的平均市场控制度为 37.0%。虽然自 2007 年起,控制度有所回落,2009 年达到 32%,但也已经超过了国际通行的 20%~30% 的警戒线标准。在 9 个细分行业中,文教体育用品制造业是外资市场控制度最高的行业,年均外资市场控制度为 59.6%,其次为皮革、毛皮、羽绒及其制造业,年均 51.9%。这两个细分行业的外资市场控制度都已经超过了国际上对竞争性行业 50% 的警戒线标准,所以这两个产业应该引起关注。其余细分行业年均外资市场控制度分别为:家具制造业 46.5%,塑料制造业 40.9%,工艺品及其他制造业 39.2%,食品制造业 38.8%,饮料制造业 33.5%,造纸及纸制品业 32.7%,农副食品加工业 26.6%。

1999 年以来,我国轻工业股权外资控制度一直比较高,保持在 40% 左右,其中 2006 年最高为 42.9%,2009 年最低为 38.8%。我国轻工业外资股权控制度距离 50% 的绝对控制已经非常接近。从股权角度分析,在 9 个细分行业中,文教体育用品制造业是外资控制度最高的行业,其次是皮革、毛皮、羽绒及其制造业,这与利用市场控制度指标得出的结论是一致的。2009 年这两个行业的外资股权控制度分别为 61.9% 和 52.3%,都已经超过了 50% 的绝对控制标准。其余细分行业在 2009 年的外资股权控制度分别为:家具制造业 43.8%,塑料制造业 44.7%,造纸及纸制品业 47.4%,工艺品及其他制造业 41.1%,食品制造业

41.5%，饮料制造业32.3%，农副食品加工业25.2%。

我国轻工业外资拥有发明专利控制度是比较高的。1998～2008年的11年中，2001年和2007年两年的控制度超过40%，2008年也接近40%，为38.8%。自1998年以来，9个细分行业中外资拥有发明专利控制度平均水平较高的是文教体育用品制造业和皮革、毛皮、羽绒及其制造业，平均外资发明专利控制度分别为46.4%和42.3%。2008年9个细分行业中拥有发明专利外资控制度最高的是文教体育用品制造业（78.5%），其次是塑料制造业（66.3%）、家具制造业（59.2%）和工艺品及其他制造业（44.5%）。

我国轻工业外资研发费用控制度整体呈现逐渐增长的趋势。2008年外资研发费用控制度达到39.8%，与2007年相比虽然有所回落，但是依然保持较高的控制度。自1998年以来，轻工业9个细分行业中外资研发费用控制度平均水平最高的是文教体育用品制造业，其次是皮革、毛皮、羽绒及其制造业，分别为47.3%和40.1%。其余细分行业平均外资研发费用控制度比较高的还有家具制造业（37.0%）、塑料制造业（29.7%）和造纸及纸制品业（28.9%）。

自1998年以来，我国轻工业外资新产品产值控制度整体呈上升趋势，2006～2008年已经连续三年都在40%以上，分别为42.8%、48.0%和40.9%。自1998年以来，轻工业9个细分行业中外资新产品产值控制度平均水平最高的是家具制造业，为52.2%，其次是造纸及纸制品业，为51.4%。其他细分行业平均外资新产品产值控制度比较高的还有文教体育用品制造业（46.4%）和食品制造业（38.0%）。2008年9个细分行业的外资新产品产值控制度有所回落，但家具制造业（43.6%）、造纸及纸制品业（49.4%）和文教体育用品制造业（51.5%）的控制度仍居于很高水平。

自1999年以来，我国轻工业外资总资产控制度一直在35%～42%的范围内，并且2005年以后一直在40%以上，在2009年稍有回落。我国轻工业中受外资总资产控制比较大的两个细分行业是文教体育用品制造业，皮革、毛皮、羽绒及其制造业，自1999年以来它们的年均外资总资产控制度分别为61.9%、54.8%，都超过了50%的绝对控制警戒线。另外，家具制造业（49.1%）、塑料制造业（45.5%）和工艺品及其他制造业（41.0%）的外资总资产控制度也都在40%以上。

我国轻工业外资固定资产投资控制度整体呈上升趋势，1999年以来一直在

36%以上，并且从2004年开始达到40%以上，2009年同比出现较大幅度的下降，由2008年的43.9%降到37.0%。自1999年以来，9个细分行业中，外资固定资产净值控制度较大的两个细分行业是文教体育用品制造业和皮革、毛皮、羽绒及其制造业，年均分别为63.7%和53.8%，均已超过50%的绝对控制警戒线标准。另外，食品制造业（40.2%）、造纸及纸制品业（42.9%）、塑料制品业（48.3%）、家具制造业（47.1%）和工艺品及其他制造业（42.0%）的外资固定资产净值控制度也都在40%以上。

### （十一）有色金属产业外资控制

我国有色金属产业外资市场控制度较小，始终为15%以下，但是保持着小幅增长的态势。2004年以后，外资市场控制度有了较快的增长。2008年增长到了1999年以来的最高值14.6%，2009年出现了2001年以来第一次较明显的回落，降到13.8%。从有色金属产业的细分行业看，外资对有色金属采矿业的控制度较低，在2005年之前没有超过2%，在2007年以后，出现了大幅度的上升，但是始终没有超过10%。外资对有色金属冶炼及压延加工业的控制度一直比较稳定，2004年以前，处在12%~14%之间，没有大幅度的波动。自2005年起，外资市场控制度有所提高，在2006年达到了最高点15.96%，2006年后略有下降，但都保持在14%以上。

我国有色金属产业外资股权控制度呈现上升的趋势，但是外资股权控制度整体不高，在2008年之前基本保持在15%以下。2008年之前，股权控制度的上升趋势也比较稳定，除2001年控制度为8.9%，其他年份均保持在10%以上。2008年以来股权控制度超过了16%，比2007年上升了2.6个百分点，2009年为最高值达到了16.7%，与2008年相比增长了0.4个百分点。总体来看，外资股权控制度不高，但是有上升的趋势。1999~2009年的11年当中外资对我国有色金属矿采选业的平均控制度为3.9%，但是这一控制度在不断地提高。对有色金属冶炼及压延加工业的平均控制度为14.4%，外资对有色金属冶炼及压延加工业的平均控制度明显高于前者。外资对我国有色金属矿采选业的股权控制度变化则比对有色金属冶炼及压延加工业的控制变化剧烈。例如，2009年外资对我国有色金属矿采选业的股权控制度比2004年增加了159.6%，而2009年外资对我国有色金属冶炼及压延加工业的控制度比2004年仅增加了9.8%。

2000 年有色金属产业外资研发费用控制度为 4.7%，2003 年大幅度上升，达到了 19.8%。2008 年外资研发费用控制度为 14.5%，与上一年相比增加了 4.4 个百分点。其他年份的外资控制度也有所波动，但整体的波动幅度不大，平均值为 7.8%，且均未超过 10%。

在 1999～2002 年之间，有色金属产业外资新产品产值控制度持续上升，一度接近 25%。2002 年开始出现了下降的趋势，到 2003 年降到 8.8%，与 2001 年相比下降 17.4 个百分点。虽然 2004 年有一定程度的回升，但 2005 年之后，下降的趋势更加的明显，2007 年达到十年来最低的 4.1%。2008 年又有所回升，增长至 13.5%。

1999～2004 年，有色金属产业外资总资产控制度一直保持在 10% 左右，2005 年开始，外资总资产控制度出现上升的趋势，2005 年比 2004 年上升了 3.8 个百分点，2008 年比 2007 年上升了 2 个百分点。2005 年以后，外资总资产控制度一直在 14% 以上，并且逐年上升，在 2009 年达到了最高值 16.1%。外资对我国有色金属矿采选业的总资产控制度比有色金属冶炼及压延加工业明显要高。1999～2004 年二者的波动都不大，有色金属矿采选业总资产控制度保持在 10% 左右，有色金属冶炼及压延加工业总资产控制度在 1% 左右。2004 年开始，有色金属矿采选业和有色金属冶炼及压延加工业外资总资产控制度都有了大幅度的增加，但是后者的波动幅度要比前者剧烈得多。2004～2009 年有色金属矿采选业总资产控制度最高为 2005 年的 16.5%，最低为 2004 年的 10.7%，相差 5.8 个百分点；有色金属冶炼及压延加工业总资产控制度最高为 2005 年的 10.9%，最低为 2006 年的 3.1%，相差 7.8 个百分点。2009 年有色金属矿采选业总资产控制度与 2008 年相比变化不大，有色金属冶炼及压延加工业的总资产控制度与 2008 年相比略有下降。

有色金属产业外资固定资产投资控制度呈现上升的趋势，1999～2004 年的固定资产投资控制度保持在 10% 左右，在 2005 年外资固定资产投资控制度上升了 2.9 个百分点，达到了 13.2%。2005～2009 年外资对固定资产投资控制度一直以每年 1 个百分点左右的速度递增，2009 年达到最高值 16.5%，是控制度最低的 2001 年的两倍。有色金属矿采选业固定资产投资控制度 1999～2004 年一直保持在 10% 左右，从 2005 年开始呈现大幅度增长的趋势。

## （十二） 电子信息产业外资控制

我国电子信息产业外资市场控制度 1999～2005 年稳步上升，2006～2009 年出现上下波动的情况。2004～2008 年期间，外资市场控制度均为 80% 以上，而在 2009 年，我国电子信息产业外资市场控制度下降到 80% 以下，这一下降结果不排除有金融危机的影响因素。

1999～2009 年的 11 年间，我国电子信息产业外资股权控制度的变化呈倒"S"型上下波动，外资股权控制度平均为 62%，而且 2005 年以后，外资股权控制度均高于 65%。

1999～2008 年以来的 10 年间，我国电子信息产业外资拥有发明专利控制度平均达到 38.9%；除了 1999 年之外，外资研发费用控制度维持在 40%～52% 之间；外资新产品产值平均控制度为 75%。这从侧面反映了内资电子信息产业技术开发能力不强，国内电子信息企业多数在为惠普、戴尔等国际巨头代工，在国际分工中仍处于产业链低端，产业附加值较低，产业利润水平较低。

2005～2007 年，我国电子信息产业外资总资产控制度维持在 70% 左右。虽然 2008 年以来外资对我国电子信息产业的总资产控制度有所降低，但仍在 65% 以上。

1999～2009 年以来的 11 年间，我国电子信息产业外资固定资产投资控制度平均高达 74.8%，而且除了 1999 年以外，外资固定资产净值控制度始终处于60% 以上。

## （十三） 高科技产业外资控制

高技术产业已经成为国家安全、经济发展、社会进步的新的决定因素，目前国内外学术界对高技术产业尚未形成统一的定义。中国高技术产业统计年鉴将高技术产业分为核燃料加工、信息化学品制造、医药制造业、航空航天器制造业、电子及通信设备制造业[①]、电子计算机及办公设备制造业、医疗设备及仪器仪表

---

① 对照高技术产业分类目录和国民经济行业分类标准 2002 后发现，高技术产业中电子及通信设备制造业不包括国民经济行业分类标准 2002 中通信设备、电子计算机及其他电子设备制造业类别中的电子计算机这一行业内容。

制造业、公共软件服务 8 个门类。受统计资料来源的限制，笔者在分析高技术产业外资控制情况时只针对以下 5 个产业的数据进行分析：①医药制造业，②航空航天器制造业，③电子及通信设备制造业，④电子计算机及办公设备制造业，⑤医疗设备及仪器仪表制造业。

我国高技术产业总体外资市场控制度很高，2004～2008 年已超过 70% 的水平，2004 年以前一直保持较高的增长速度，2004 年以后增速虽然有所放缓，到 2009 年外资市场控制度降低，但仍在 65% 以上。从细分行业情况看，电子计算机及办公设备制造业的外资市场控制度最高，在 2000 年就已突破 80%，2003 年突破 90% 大关，直至 2007 年达到 95% 的水平，并且该产业外资市场控制度的增长速度是相对最大的。2000 年以前电子及通信设备制造业外资市场控制度与电子计算机及办公设备制造业基本持平，之后一直保持稳定的水平，增长幅度很低。近两年来，电子计算机及办公设备制造业和电子及通信设备制造业的外资市场控制度有所下降，说明这两个行业的内资企业取得了卓有成效的发展。这跟我国政府大力扶持电子信息产业的政策有直接关系。5 个产业中，航空航天器制造业外资市场控制度一直保持在 20% 以下，外资市场控制程度最低。

我国高技术产业外资拥有发明专利控制度总体上低于外资市场控制度，1998～2009 年间有 5 年外资拥有发明专利控制度低于 30%，最高为 48.3%，低于外资市场控制度的平均水平。近 3 年数据显示，外资拥有发明专利控制度有降低的趋势。外资拥有发明专利控制度的波动幅度大于外资市场控制度，尤其对于电子计算机及办公设备制造业、电子及通信设备制造业和医疗设备及仪器仪表制造业 3 个细分产业，外资拥有发明专利控制度随着年份的波动非常显著；在 5 个产业中，电子计算机及办公设备制造业的外资拥有发明专利控制度在 2004 年以前波动剧烈，2004～2008 年持续上升，2009 年急剧下降。

我国高技术产业的外资研发费用控制度有较稳定的增长趋势，增长幅度比外资拥有发明专利控制度小。外资研发费用控制度在 1998～2007 年间有较稳定的增长趋势，但 2008～2009 年有下降的趋势。外资研发费用控制度近年来总体增长速度较慢甚至出现降低态势的原因在于金融危机使外国对华投资减少，直接影响到外资研发费用的数量。外资研发费用控制程度不如市场控制度和技术控制度高，然而电子计算机及办公设备制造业的外资研发费用控制度仍然是最高的。1998～2009 年间虽然其研发费用控制度连年波动，但是平均 R&D 控制水平近年

达到 65.7%；对医药制造业的 R&D 控制度在 2007 年超过了 30%。2007 年以前，医疗设备及仪器仪表制造业的外资研发费用控制度稳中有升，但 2008 年及 2009 年有较大幅度的下降。航空航天器制造业的外资研发控制度一直保持在很低的水平，说明我国对航空航天器制造业这样的特殊行业具备较强的控制能力。

2007 年以前我国高技术产业外资新产品产值控制度有明显的增长趋势，且增长幅度比外资拥有发明专利控制度大；2007 年以后，外资新产品产值控制度明显下降。细分行业中，电子计算机及办公设备制造业（平均约 83.6%）和电子及通信设备制造业（平均约 63.6%）是外资新产品产值控制度较高的两个行业。尽管各细分行业的外资新产品产值控制度没有明显增加，然而，1998～2001 年的电子及通信设备制造业、2003～2004 年以及 2006～2007 年的医疗设备及仪器仪表制造业的外资新产品产值控制度表现出一定的增长势头。航空航天器制造业的外资新产品产值控制度基本为零，医药制造业的外资新产品产值控制度较低（约 20%）。

1998～2007 年我国高技术产业外资总资产总体控制度增长快，增幅大，2008～2009 年略微有所下降，但整体上看外资总资产控制度的数值比技术控制度的数值都高。电子计算机及办公设备制造业和电子及通信设备制造业外资总资产控制度较高，且增长趋势比较明显，电子及通信设备制造业外资总资产控制度在 1999 年以前基本与电子计算机及办公设备制造业持平，2000 年以后虽有一定的差距，但增长的趋势与电子计算机及办公设备制造业持平。医疗设备及仪器仪表制造业外资总资产控制度增长较快，医药制造业外资总资产控制度增加的幅度反而较其他指标小。航空航天器制造业虽然外资总资产控制度一直基本低于 10%，但是，随着市场的不断开放，该产业受外资控制程度逐渐呈现正的增长趋势，至 2008 年，该产业外资总资产控制度首次超过 10% 的水平。

## 四 防范外资过度控制的思路

在全面建设小康社会的关键时期，深化改革开放、加快转变经济发展方式的攻坚时期，中共中央于 2010 年 10 月通过了《关于制定国民经济和社会发展第十二个五年规划的建议》，提出："我们必须坚持以更广阔的视野，冷静观察，沉着应对，统筹国内国际两个大局，把握好在全球经济分工中的新定位，积极创造参与国际经济合作和竞争新优势"。随着与国际经济联系的日益紧密，外商直接投资（FDI）也越来越影响到我国技术引进的结构和数量。外资不仅仅是一个资金的概念，它还是技术、品牌、标准、经营管理、全球生产经营和销售网络、信息和现代服务的载体。当代新技术革命使世界经济结构发生了深刻变化，引起了世界性产业结构重组。其中最突出的表现是随着国际分工的深化，制造业中某些国际化程度高的产业部门率先成为国际化产业，包括非电气机械和运输设备等。这些产业由跨国公司控制，通过采用资本输出的方法，主导着国际产业结构的变化趋势。中国商务部部长陈德铭于 2011 年 3 月 20 日表示，面对新的国际、国内形势，"十二五"期间，中国将坚持进口和出口并重，吸收外资和对外投资并重，把提高对外开放水平作为转变经济发展方式的重要动力。他说："中国转变经济发展方式、扩大内需不仅不排斥外资，相反，需要发挥外资更加积极的作用。"外资在给投资方带来巨额利润的同时，对促进我国经济增长方式转变起着推动作用。追求双赢固然是我们的目标，但若不根据国内各产业发展的状况，盲目地引进外资也会削弱我国相关产业的控制力，进而对产业安全造成威胁。

进入 21 世纪以来，信息技术的内涵和外延随着技术快速发展、应用领域加深与拓展而不断变化，孕育着新的突破，技术融合趋势进一步加深。这种趋势和变化，都在催生新的投资需求，如何利用好外资以及加大内资的投资力度，必须建立引进外资的国家产业安全管理与预警机制。应在保持吸收外资合理增长的同时，着力提高利用外资的质量和水平，调整和优化外商投资结构，促进区域经济协调发展，改善吸收外资综合环境，尤其是合理引导外资投向，优化产业结构。根据已经确定的利用外资的重点产品和地区等目标，不断提高利用外资的投资强度和技术先进水平，避免外资集中于劳动密集型的加工产业领域，引导外资投资于技术含量高、节能降耗和环境友好的产品，并加大鼓励外资实质性转让技术的政策支持力度。贯彻落实国家宏观经济政策，依据《外商投资产业指导目录》等政策，进一步鼓励外商投资研发中心、高新技术产业、先进制造业和节能环保产业，鼓励外商投资传统产业的技术改造和升级，严格限制外商投资"两高一资"和房地产产业，促进加工贸易转型升级。

产业控制理论是研究产业控制力的产业安全理论，它主要研究外资（FDI）通过股权、技术、投资、经营权、决策权的控制，而对东道国的产业安全产生的影响和应对措施。一般认为，产业发展偏离安全状态的因素有外部和内部两个方

面。外部威胁包括外国投资、外国商品倾销、国外反倾销、金融全球化、科技进步等，内部因素则主要是制度环境、产业周期波动等。通过借鉴国际上的相关经验以及联系中国国内的实际情况准确地反映出中国国内某些行业的产业安全状况，一旦发现经济运行的参数偏离"标准值"或接近"危险值"，就应及时提出预警，以备国家政府及相关行业调控部门能够迅速地作出反应。另外，注重深化企业机制和体制改革，不断提升其总体技术水平，尤其是消化吸收外资技术的能力和与其配套衔接能力，创造良好的有利于外资技术溢出的微观基础，不断提升自主创新能力。

现代市场经济中，跨国公司通过在世界范围内建立生产和营销网络，已成为世界范围内资源配置的核心力量。拥有一批大型的、先进的、在国内具有支柱地位、在世界市场上占有稳定份额的具有较强国际竞争力的世界性大企业是一国经济实力的体现。抓住全球跨国并购加快发展给我国承接产业转移和创新吸收外资方式带来的机遇，防范垄断并购和恶意并购，保持重要行业和关键领域的控制力，确保国家经济安全，尤其是创造条件积极利用外资促进自主创新。鼓励外商投资企业引进核心技术，推动外商投资企业在引进的基础上做好消化、吸收、再创新工作，鼓励研发合作，扩大技术溢出效应。由于新的全球化格局仍会继续深入发展，重化工业不仅是资本密集型产业，更是技术、知识密集型产业，从这个意义上讲，中国继续鼓励扩大外资流入所获得的利益，将会更快地缩小与发达国家的技术水平差距。

外商直接投资的早期阶段，对中国制造业的投入主要分布在加工工业，特别是技术密集型产业和深加工工业。外商对技术密集型加工工业投资比重的上升，将对这些技术水平、经营效率和国际竞争力较低的产业以及其中的民族工业带来较大的冲击。但从长远看，有利于促进包括多数民族工业在内的整个行业较快提高技术水平和经营效率，增强国际竞争力。从另一方面看，外商对技术密集型加工工业投资比重的上升和对一般性加工工业投资比重的下降，符合我国工业结构调整与升级的要求，将对我国工业结构升级的进程起明显的推动作用。抓好对引进技术消化吸收和创新，需要掌握好以下几条主线。

一是通过多种途径增加对引进技术消化、吸收和创新的投入。统一引进产业共性技术、关键技术，建立专门的消化创新基金。要运用财税、信贷等经济杠杆引导和鼓励企业加强对引进技术的消化、吸收和创新。

二是充分利用产学研合作机制联合引进。企业在引进技术时，应联合科研院所和高校做好技术引进、消化吸收的可行性论证，并制定详细的消化吸收规划。

三是注重对软件技术、关键技术的引进。要实现从重视引进硬件技术向主要引进软件、专利、图纸、工艺及关键技术转变。

四是对各种引进技术进行集成创新。从集成创新的角度考虑，统筹安排，分散引进，突出重点。要做好产业链上下游集成、单项技术系统集成、国外先进技术与国内技术系统集成、相关学科系统集成等，以有效消化、吸收引进技术。

五是采用国际并购方式引进技术。跟踪相关产业技术发展趋势及企业重组信息，以获取核心技术。企业的核心能力决定企业的竞争优势。技术能力、组织能力、市场开拓能力和管理能力都能成为企业的核心能力。

## 参考文献

[1] 曹秋菊：《如何应对国外反倾销和抵制进口倾销》［J］，《湖南商学院学报》2001年第6期，第67～69页。

[2] 陈勇：《FDI路径下的国际产业转移与中国的产业承接》［M］，东北财经大学出版社，2007。

[3] 崔健、刘忠华：《外国直接投资对东亚和拉美国家经济安全影响的制度分析》［J］，《东北亚论坛》2004年第1期，第19～23页。

[4] 傅正华等：《我国技术转移的理论与实践》［M］，中国经济出版社，2007。

[5] 纪宝成、刘元春：《对我国产业安全若干问题的看法》［J］，《经济理论与经济管理》2006年第9期，第5～11页。

[6] 蒋志敏、李孟刚：《外资并购危及中国产业安全》［J］，《瞭望》2007年第28期，第40～41页。

[7] 景玉琴：《开放、保护与产业安全》［J］，《财经问题研究》2005年第5期，第32～37页。

[8] 蓝海涛：《运用世贸反补贴规定维护我国产业安全》［J］，《宏观经济研究》2006年第5期，第48～51页。

[9] 李孟刚：《产业安全理论》［M］，经济科学出版社，2006。

[10] 李孟刚：《产业经济学》［M］，高等教育出版社，2008。

[11] 李孟刚：《产业安全》［M］，浙江大学出版社，2008。

[12] 刘秀玲：《国际直接投资与技术转移》［M］，经济科学出版社，2003。

[13] 刘云：《跨国公司技术创新研发国际化的组织模式及影响》［M］，科学出版社，

2007。

[14] 刘震宇:《中国企业技术积累与跨国化》[M],华东理工大学出版社,2005。

[15] 马有才、陈爱萍:《基于产业安全的反倾销与反倾销联动策略》[J],《对外经贸实务》2006年第7期,第9～11页。

[16] 迈克尔·波特:《国家竞争优势》[M],李明轩等译,华夏出版社,2002。

[17] 乔颖、彭纪生、孙文祥:《FDI对我国产业风险的实证研究》[J],《世界经济研究》2005年第9期,第26～32页。

[18] 史忠良:《经济全球化与中国产业安全》[M],经济管理出版社,2003。

[19] 王金龙:《反倾销视角下我国产业安全的维护》[J],《当代经济研究》2004年第11期,第64～67页。

[20] 王潇健:《外资企业在华并购对我国产业安全的影响及对策》[J],《对外经贸实务》2009年第2期,第66～69页。

[21] 夏兴园、王瑛:《国际投资自由化对我国产业安全的影响》[J],《中南财经大学学报》2001年第2期,第37～41页。

[22] 杨公朴、王玉、朱舟、王蔷、李太勇:《中国汽车产业安全性研究》[J],《财经研究》2000年第1期,第22～27页。

[23] 杨益:《当前我国产业安全面临的压力及其应对措施》[J],《国际贸易》2008年第9期,第4～7页。

# 三次产业篇

## Section for Three Industries

# B.2
# 第一产业外资控制分析

根据国家统计局的最新标准，第一产业是指农业、林业、畜牧业、渔业和农林牧渔服务业。第一产业包括以下五个方面①。

（1）农业：指对各种农作物的种植活动。包括谷物、豆类、薯类、棉花、油料、糖料、麻类、烟叶、蔬菜、园艺作物、水果、坚果、饮料和香料作物、中草药及其他作物的种植。

（2）林业：包括林木的栽培（不包括茶园、桑园和果园的栽培、管理和收获等活动），木材和竹材的采运，林产品的采集。

（3）畜牧业：包括牲畜饲养和放牧，家禽饲养以及野生动物的捕猎和饲养。

（4）渔业：包括水生动物和海藻类植物的养殖和捕捞。

（5）农、林、牧、渔服务业：指对农、林、牧、渔业生产活动进行的各种支持性服务，但不包括各种科学技术和专业性技术服务活动。

---

① 这种划分根据的是 2003 年国家统计局新制定的《国家产业划分规定》，与 1985 年制定的三次产业的划分相比，2003 年的三次产业划分规定将农、林、牧、渔服务业从原第三产业划归到第一产业。

许多文献（秦路、李嘉莉，2008；祝金龙、解志韬、李小星，2009）中所说的农业就是指第一产业。对我国来说，农业一直在国民经济中占有重要地位，农业是国民经济的基础，主要表现在三个方面：首先，农业是提供人类生存必需品的生产部门。其次，农业的发展是社会分工和国民经济其他部门成为独立的生产部门的前提和进一步发展的基础。再次，农业发展的好坏，直接关系到数亿农民的切身利益，农业解决了全国大多数人口的就业问题。农业的安全直接关系到国家粮食安全和经济安全，关系到国计民生。

根据《中国统计年鉴2010》的相关数据，可以计算得到三次产业就业比率，结果如图2-1所示。从图2-1中可以看出，尽管近年来随着我国对外开放和第三产业的快速发展，农村劳动力大量流向城市第三产业和建筑业等行业，使得第一产业的就业人口在整个就业人数中所占比率不断下降，但是从社会整体的就业情况来看，第一产业的就业人数依旧是最多的，解决了多数人的就业问题。我国是一个人口大国，大多数人是农民，因此第一产业的发展关系到大多数人的生活，是国家发展战略中不可忽视的一个重要产业。

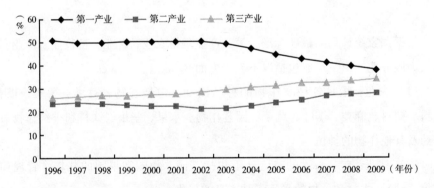

**图2-1 1996～2009年第一、二、三产业就业比率**

数据来源：根据《中国统计年鉴2010》相关数据计算得到，统计项目为"按三次产业分就业人员数（年底数）"。

尽管在国家发展改革委、商务部公布的最新版的《外商投资产业指导目录（2007年修订）》中对第一产业的许多项目都鼓励外商投资，但是长期以来，外资大都流向了二、三产业，第一产业所利用的外资非常少。表2-1列出了2008年全国外商直接投资的产业结构，从这可以看出进入中国的外商直接投资主要集中在第二、三产业，而第一产业对外资的利用非常少。从利用外资的项目数量来看，2008 年第一产业利用外商直接投资的比重仅为 3.3%，而第二产业和第三产业利用外资所占的比重分别为 44.7% 和 52.0%。从合同实际使用外资的金额来看，第一产业所占的比重仅为 1.3%，第二产业和第三产业所占的比重分别为 57.6% 和 41.1%。如上述统计资料所示，第一产业利用外资的项目数、合同实际使用外资金额及其各自所占的比重均远远低于第二产业和第三产业。

表 2-1　2008 年全国外商直接投资产业结构

| 行业名称 | 项目个数 | 比重(%) | 实际使用外资金额(万美元) | 比重(%) |
| --- | --- | --- | --- | --- |
| 第一产业 | 917 | 3.3 | 11.9 | 1.3 |
| 第二产业 | 12299 | 44.7 | 532.6 | 57.6 |
| 第三产业 | 14298 | 52.0 | 379.5 | 41.1 |
| 总　计 | 27514 | 100.0 | 924.0 | 100.0 |

数据来源：商务部"中国投资指南"外资统计数据。

表 2-2 给出了 1999~2009 年农、林、牧、渔业外商直接投资状况，从表 2-2 中可以看出，自 1999 年以来，第一产业对外资的利用项目和金额都有较大的增长，呈现出曲折中上升的趋势，利用外资金额增长较快，但是其对外资的使

表 2-2　1999~2009 年第一产业外商直接投资状况

| 年份 | 合同项目<br>(个) | 合同金额<br>(万美元) | 实际使用金额<br>(万美元) | 实际使用金额在全国利用<br>外资总额中的比例(%) |
| --- | --- | --- | --- | --- |
| 1999 | 762 | 147170 | 71015 | 1.7 |
| 2000 | 821 | 148314 | 67594 | 1.6 |
| 2001 | 887 | 176174 | 89873 | 1.9 |
| 2002 | 975 | 168804 | 102764 | 1.9 |
| 2003 | 1116 | 227611 | 100084 | 1.8 |
| 2004 | 1130 | 327096 | 111434 | 1.8 |
| 2005 | 1058 | 383729 | 71826 | 1.1 |
| 2006 | 951 | 319863 | 59945 | 0.9 |
| 2007 | 1048 | — | 92407 | 1.1 |
| 2008 | 917 | — | 119102 | 1.0 |
| 2009 | 896 | — | 142873 | 1.6 |

注：从 2007 年以后，《中国统计年鉴》没有合同金额这一项。

数据来源：根据《中国统计年鉴》(2000~2010) 相关数据整理、计算得到，"合同项目"、"合同金额"和"实际使用金额"的统计项目均为"按行业分外商直接投资"。

用额在整个外资总额中所占的比例一直都在2%以下，从2002年开始这个比例一直在下降。

虽然第一产业利用的外资额在我国利用外资总额中所占的比例比较小，但是近几年，随着我国对外开放范围的不断扩大，尤其是加入WTO之后，外资对第一产业的投入有不断上升的趋势。从表2－2可以看出，2009年农、林、牧、渔业利用外资项目个数同比减少2.3%，而实际使用外资金额同比增加20%，说明外商直接投资的单个项目的资金规模在不断增大，并且第一产业实际利用外资额在全国利用外资总额的比重较前几年有所上升。可见，外资企业看好中国第一产业的发展前景，第一产业在利用外资方面还有着巨大的潜力。

从图2－2可以看出，从1999年开始，第一产业实际利用外资金额徘徊上升，自2006年开始更处于直线上升状态，直接由2006年的59945万美元上升到2009年的142873万美元。2005年是我国主要产业在加入WTO谈判中争取的过渡期终点，这之后政府的一些管理手段逐步放开或取消，例如，2006年植物油的关税配额取消。随着这些管理约束条件的放开，外资企业也开始增加对中国农、林、牧、渔业及其服务业的第一产业投入。

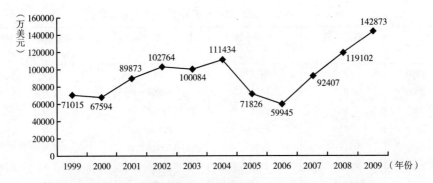

**图2－2　1999～2009年第一产业外商直接投资的实际使用金额**

数据来源：根据《中国统计年鉴》（2000～2010）相关数据整理、计算得到，"实际使用金额"的统计项目为"按行业分外商直接投资"。

尽管第一产业在国家经济安全中占有非常重要的地位，但是最近几年来，第一产业相对于二、三产业来说，在发展的速度、规模以及产值等方面都比较缓慢，与世界上其他国家相比，规模、产出效益和技术水平都处于落后地位，吸引外商直接投资对我国第一产业的发展有巨大的促进作用，但盲目地引进外资也会削弱我国产业的控制力，进而对产业安全造成威胁。

本文主要从外资对股权、关键技术、城镇固定资产投入等方面来分析其对我国第一产业的控制情况，并列举了一些个案，最后提出一些建议。

# 一　外资对我国第一产业的股权控制

一国利用外资和吸引跨国公司的进入具有一定的阶段性，而利用的方式又因阶段的不同而不同，其对东道国的产业安全的影响也不同。外资在进入东道国初期，考虑各种因素限制和自身安全，多会采取合资的方式，发展到一定时期，便会倾向于独资，即并购阶段，并购比较容易获得所有权优势，可以提高效率和企业的反应速度，能更快地进入市场，获得速度上的优势。2009 年对外直接投资的实际使用外资额中，外商独资企业达到了 74.8%，合资经营企业占 18.8%，合作经营企业只占 2% 不到，外商投资股份制企业占 2.2%①。在外商独资和并购阶段，会对东道国的产业安全造成影响。

由于第一产业数据搜集的限制，这里用 1999～2009 年农林牧渔业的注册资本分配情况来分析外资的股权控制。外资股权控制度公式见式（2-1）。

$$第一产业外资股权控制度 = \frac{农、林、牧、渔业外资企业注册资本}{农、林、牧、渔业年底总注册资本} \times 100\% \quad (2-1)$$

## （一）外资对我国第一产业股权控制的总体情况

根据《中国统计年鉴》（2006～2009）和《中国工商行政管理年鉴》（2006～2009）的相关数据和公式（2-1），得到表 2-3。从表 2-3 中可以看出，2005～2008 年这 4 年来，我国农、林、牧、渔业外资注册资本有小幅度增加，平均涨幅不超过 15%。外资企业股权控制度更低，一直在 8% 上下，不超过 10%，可见外资对我国第一产业的股权控制度不高。

从整体上来说，第一产业利用外资的比重较高，在外资投入的企业当中，大多数是外资独资和并购的企业，并且近年来外资所并购的企业都是行业中的龙头

---

① 根据《中国统计年鉴 2010》相关数据整理、计算得到，统计项目为"按方式分外商投资额"。

表 2 - 3    2005～2008 年农、林、牧、渔业外资股权控制度

| 年份 | 外资企业注册资本<br>（亿美元） | 全部企业年底注册<br>总资本（亿美元） | 外资股权控制度<br>（％） |
|---|---|---|---|
| 2005 | 94. 71 | 1209. 46 | 7. 8 |
| 2006 | 106. 36 | 1293. 18 | 8. 2 |
| 2007 | 118. 18 | 1434. 01 | 8. 2 |
| 2008 | 136. 20 | 1640. 96 | 8. 3 |

注：①外资企业指外商投资和港澳台商投资企业，下同。

数据来源："外资企业注册资本"根据《中国统计年鉴》（2006～2009）的相关数据整理得到，统计项目为"按行业分外商投资企业年底注册登记情况"；"全部企业年底注册总资本"根据《中国工商行政管理年鉴》（2006～2009）的相关数据整理、计算得到，统计项目为"全国内资企业登记管理基本情况"。

企业，这些企业所占的市场份额、盈利能力和技术水平在行业中所占的比例都是最高的。在大豆产业，外资参股或独资的大豆加工企业占国内市场份额的85％。在乳制品业，外资参股或独资企业已占领了1/3以上市场。在饮料和饮水上，外资品牌的市场占有率达到90％以上。外资并购农业产业引发的最大负面效应就在于外资并购导致外资垄断会削弱我国农业产业市场控制力（吕勇斌，2009）。以外资控制程度最高的大豆产业为例，2009年我国进口大豆4255万吨，比上年增加13.7％，早在2007年大豆进口量就突破3000万吨，而当年国内大豆产量仅为1273万吨①。由于进口大豆的价格低，在大豆主产省黑龙江，大豆种植面积减少了25％，价格也由原来的2.70元/公斤降到了2.06元/公斤，但当地农民的大豆还是卖不出去。我们目前所应预防的是，如何避免跨国公司在逐步控制农业龙头企业后最终影响整个中国农业发展，进而导致国内农业产业边缘化的问题（李建平、刘冬梅，2006）。如果仅仅只是吸引外资，而没有相应的措施来应对开放过程中遇到的股权控制和企业并购问题的做法是不明智的。

## （二）外资对我国第一产业股权控制的个案分析

被人誉为最富远见的国际投资家罗杰斯曾经说过："在中国最有投资价值的就是农产品。"目前，在农林牧渔业及其服务业中，外资企业的并购步伐正在加

---

①  联合国粮农组织（FAO）。

快。据统计，仅 2008 年上半年，我国生猪养殖领域的新批准外商投资企业就有 14 家，实际使用外资达 2118 万美元①。

2008 年 8 月，高盛斥资 2 亿～3 亿美元，在中国生猪养殖的重点地区湖南和福建一口气全资收购了十余家专业养猪场。新希望集团副总裁王航分析说近两年来，我国的生猪产业正在从"千家万户养殖"、"后院养殖"向专业户养殖与合作社养殖演变。目前，专业户养殖与合作社养殖已经迅速占到了全国养殖量的 40%，并在以加速度推进。到 2009 年，规模养殖会超过 50%，这为国际资本的并购进入提供了很好的机会。而高盛此次并购过来的养猪场并未自己进行经营，一般都是转手给他人承包，自己只控制最为敏感的价格部分。无独有偶，德意志银行同样正在大规模布局国内的养殖业。2007 年，德意志银行面向全球发行了"德银 DWS 环球神农基金"，该基金的起购点在 1 万美元以上，将投资定位于以农产品为主的食物产业链条上各个环节的不同企业，其中，相当一部分资金投向中国，可见中国农业市场存在的巨大机会。2008 年上海宏博集团有限公司共有 15 万头猪，在国内已经算是大型的养殖企业，尤其在养猪企业不多的上海更是名列前茅，在他们把融资需求抛向市场后，德意志银行短时间之内就表现出投资意向，向其注资 6000 万美元，获取养猪场 30% 的股份。据了解，近年来在天津发展势头很猛的农业产业集团宝迪也在进行大型私募，德意志集团也参与其中，计划注资金额同样达到 6000 万美元②。

中国处于该行业的企业普遍比较小，实力比较弱，国外资本通过股权融资的方式能很快介入，不多的资金就能控制终端市场。虽然生猪养殖及加工业集中度不高，即使大规模或大范围的收购也轻易不会构成垄断，但是，生猪养殖及消费的区域性，却足以使其在局部地区获得价格上的控制力或影响力③。

近年来，外资企业在第一产业的并购正在加快，积极参股行业中的龙头企业和大型农业企业，以期由关键企业开始，逐步向上、下游企业渗透，控制整个产

① 自中国经营网。屈丽丽：《高盛"养猪" 外资"偷袭"中国农业》，http://info. cb. com. cn/ News/ShowNews. aspx? newsId = 18624，2008 - 08 - 04。
② 自中国经营网。屈丽丽：《高盛"养猪" 外资"偷袭"中国农业》，http://info. cb. com. cn/ News/ShowNews. aspx? newsId = 18624，2008 - 08 - 04。
③ 自中国经营网。屈丽丽：《高盛"养猪" 外资"偷袭"中国农业》，http://info. cb. com. cn/ News/ShowNews. aspx? newsId = 18624，2008 - 08 - 04。

业链和市场。对于 13 亿人口的中国来说，粮食的重要性非常突出，粮食安全事关国家安全。并购后外资加强对我国农业下游加工业的控制，打压国内农产品的价格，造成了粮食种植面积的下降。如我国的大豆产业就是主要由 ADM、邦基、嘉吉和路易·达孚等四大跨国集团通过并购国内榨油企业来实现对其的控制，并大量进口美国高补贴和南美低成本的大豆。同样，目前小麦、玉米、水稻也都面临类似问题。粮食供给依赖进口是非常危险的，发达国家有可能会以粮食进口为要挟，迫使我们作出政治、经济妥协和让步（吕勇斌，2009）。

## 二 外资对我国第一产业的技术控制

我国第一产业发展缓慢，在一些领域没有掌握先进的技术是一个很重要的原因，而大部分先进技术一般是由外资企业所掌握和控制的。这里用第一产业中外资企业的研发费用额占总产业研发费用总额的百分比表示外资技术控制度[①]。外资技术控制度越高，产业发展安全受影响的程度越大。其计算公式见式（2-2）。

$$第一产业外资技术控制度 = \frac{第一产业外资研发费用}{第一产业研发费用总额} \times 100\% \qquad (2-2)$$

### （一）外资对第一产业技术控制的总体情况

根据《中国科技统计年鉴》（2003~2010）的相关数据和公式（2-2），可以计算得到第一产业外资技术控制度，结果如表 2-4。

从表 2-4 可以看出，从 2002 年开始，我国对第一产业的研发费用投入逐年递增，但是从外资研发费用所占比例来看，第一产业中外资企业的技术控制度一直很低，处于 0.5%~1.6% 之间。因此，从总体上来说，外资企业对我国第一产业的技术控制度不强。

---

① 显然，这样得到的数据会低估外资技术控制率，因为在我国的第一产业中，尽管近几年外资投入增多，然而外资企业所占比例仍然很少，但是由于外资进入的都是行业中的龙头企业，对先进技术和关键技术的控制度很强。

表 2 - 4    2002 ~ 2009 年第一产业外资技术控制度的总体情况

| 年份 | 外资研发费用额(万美元) | 研发费用总额(万美元) | 研发费用控制度(%) |
|---|---|---|---|
| 2002 | 1979 | 172803 | 1.15 |
| 2003 | 2942 | 194892 | 1.51 |
| 2004 | 3505 | 237158 | 1.48 |
| 2005 | 3415 | 273665 | 1.25 |
| 2006 | 4812 | 300363 | 1.60 |
| 2007 | 4134 | 411651 | 1.00 |
| 2008 | 3314 | 531628 | 0.62 |
| 2009 | 3874 | 701503 | 0.55 |

数据来源：根据《中国科技统计年鉴》（2003 ~ 2010）相关数据整理、计算得到，"外资研发费用额"和"研发费用总额"的统计项目均为"按服务的国民经济行业分研究与开发机构 R&D 经费内部支出"。

## （二）外资对我国第一产业技术控制的细分行业情况

根据《中国科技统计年鉴》（2003 ~ 2010）相关的行业数据和公式（2 - 2），可以得到外资对第一产业细分行业的技术控制度的趋势变化，结果如图 2 - 3 所示。从图 2 - 3 中可以看出：第一产业所包含的 5 个产业中，林业的技术控制度最高，但也没有超过7%，并且从 2003 年开始逐年下降；其他 4 个产业波动幅度都不大，一直在 2% 以下。

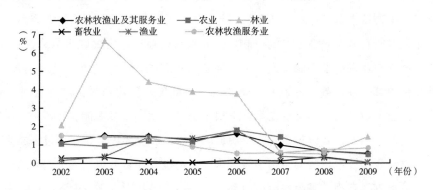

图 2 - 3    2002 ~ 2009 年第一产业外资技术控制度的细分行业情况

数据来源：根据《中国科技统计年鉴》（2003 ~ 2010）相关数据整理、计算得到，"外资研发费用额"和"研发费用总额"的统计项目均为"按服务的国民经济行业分研究与开发机构 R&D 经费内部支出"。

需要指出的是，即使外资在第一产业的研发费用没有绝对的控制权，外资企业也可以拥有技术的实际控制权。外方投资的企业一般是行业中的龙头企业，在投资中很多是以先进的技术投资，掌握着生产中的关键技术，在这种情况下，即使对研发费用的投入非常小，外资企业还会有对第一产业实质上的技术控制。

### （三）外资企业技术控制的个案情况

以山东寿光为例，寿光及周边地区蔬菜种植面积84万亩，年产蔬菜40亿公斤，被誉为"中国第一菜园"。寿光蔬菜种植业经历了3个阶段：20世纪90年代以前，菜农自留种子；20世纪90年代初期，选购国内科研单位种子；20世纪90年代后期，由于国内种子企业、科研院所生产不出高档种子，他们只能被迫接受国外优质高价的"洋品种"。而"洋品种"依仗其在品质、产量、抗病性等方面的优势，开价特别高。在寿光，菜农们不得不接受"一克种子一克金"的现实，比如以色列海泽拉公司推出的番茄种子"189"、瑞克斯旺公司推出的茄子种子"布利塔"、先正达公司推出的甜椒种子"方舟"，每克都在100元上下，折算下来，一粒种子价值3毛多钱，而甜椒品种"蔓迪"更是开出了每克种子180元的天价，1克种子相当于1克铂金。国外公司每年仅在寿光及其周边地区通过销售其高档蔬菜种子就拿走6亿元人民币（赵刚、林源园，2009）。

种子是一种特殊商品，事关农业生产和粮食安全。目前生物技术的开发和应用正成为种子产业竞争的焦点。孟山都、先正达等跨国种子公司在这些领域占绝对优势。生物技术是一把"双刃剑"，既可以给我们带来高产优质的农产品，也增大了技术所有者对农业生产的控制权。如果我们在这些方面缺少前瞻性意识，极有可能在农业发展上受制于人。孟山都公司研究成功一项"终极基因"技术，以此来保护其品种权益。种子生产周期长，如果我国种业市场由"洋品种"占据主导地位，将会给我国粮食安全带来很大隐患（赵刚、林源园，2009）。

更为严重的是，我国很多种子资源被国外偷取和克隆以后，又反过来成为跨国公司制约我国技术发展的专利手段。跨国公司投入经费搜集发展中国家的种子资源，分离克隆有用的基因并申请专利。比如，在转基因水稻方面，绿色和平组织和第三世界网络曾联合公布《国外专利陷阱中的"中国"转基因水稻》报告。这一报告称，目前中国最有可能商业化的3种转基因水稻，其多项专利属于外国公司，这可能导致中国对它的主粮失去控制。随着跨国公司在我国实行本土化战略,保护好我国宝贵的农业种质资源应提到战略高度(赵刚、林源园,2009)。

因此,尽管总体上,外资对我国第一产业的技术控制度不高,但是在种子研发、养殖技术等一些重要方面,应该注意外资对先进技术的控制度比较高。

## 三 外资对我国第一产业的固定资产投资控制

外资固定资产控制度指标反映外资企业对于某一产业固定资产的控制程度,它可以用外资企业在某产业的固定资产投资额与国内该产业总的固定资产投资额之比来衡量。由于数据获取的限制,这里采用第一产业外资企业城镇固定资产投资额和第一产业城镇固定资产投资总额进行分析。固定资产控制度计算公式见式(2-3)。

$$第一产业外资固定资产控制度 = \frac{第一产业外资企业城镇固定资产投资额}{第一产业城镇固定资产投资总额} \times 100\%$$

$$(2-3)$$

### (一) 外资对第一产业固定资产投资控制的总体情况

根据《中国统计年鉴》(2005~2010)相关数据和公式(2-3),可以得到2004~2009年第一产业的固定资产控制度①,结果如表2-5所示。从表2-5中的数据可以发现,我国第一产业的城镇固定资产投资呈逐年增长的趋势,外资固定资产控制度呈逐年下降趋势,可见外资对我国第一产业的固定资产控制度不高。

表2-5 2004~2009年第一产业外资固定资产控制度总体情况

| 年份 | 外资城镇固定资产<br>投资额(亿元) | 城镇固定资产投资<br>总额(亿元) | 固定资产控制度<br>(%) |
|------|------|------|------|
| 2004 | 25.67 | 645.12 | 3.98 |
| 2005 | 19.60 | 842.79 | 2.33 |
| 2006 | 19.15 | 1118.16 | 1.71 |
| 2007 | 25.82 | 1460.05 | 1.77 |
| 2008 | 32.94 | 2250.37 | 1.46 |
| 2009 | 39.00 | 3356.39 | 1.16 |

数据来源:根据《中国统计年鉴》(2005~2010)相关数据计算得到,统计项目为"按行业、隶属关系和注册类型分城镇固定资产投资"。

① 由于数据限制,采用2004~2009年的城镇固定资产投资数据。

### （二）外资对第一产业固定资产投资控制的细分行业情况

根据《中国统计年鉴》（2005～2010）相关数据和公式（2－3），可以得到外资对于第一产业细分行业的固定资产控制度，结果如图2－4所示。

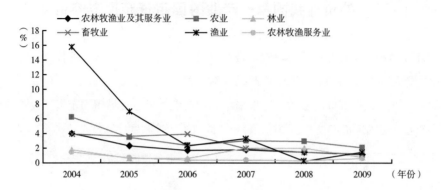

**图2－4　2004～2009年第一产业外资固定资产控制度的细分行业情况**

数据来源：根据《中国统计年鉴》（2005～2010）相关数据计算得到，统计项目为"按行业、隶属关系和注册类型分城镇固定资产投资"。

由图2－4可以看出：在第一产业中，外资企业的固定资产值控制度在8%以下，2004年以来这个比例在缓慢的下降。第一产业所包括的5个产业中，农业、林业、畜牧业和农林牧渔服务业的外资固定资产控制度一直处于低水平，并且每年的变化不大；2004年渔业的外资固定资产控制度比较高，接近16%，但是此后有大幅度的下降。可见，外资对我国第一产业的固定资产投资的控制度很低。

## 四　结论与对策建议

通过以上的分析可以看出，目前中国第一产业的外资利用体现出两个特点。从总体来说，外资对中国第一产业的控制度比较低，第一产业利用的外资与中国利用外资的总体情况相比明显偏少，这与第一产业所处的重要经济地位极不协调；从个别案例来看，外商在第一产业的投资倾向于创办独资企业和并购发展外资控股企业，凭借其经济技术优势控制产业链，长此以往会加大国家的产业控制难度。因此，提出如下政策建议。

## （一）根据第一产业的发展特点来规范、鼓励和引导投资行为

要进一步完善第一产业的投资环境，加强农村基础设施建设和农业生态环境建设，努力营造良好的农业投资硬环境以利于农林牧渔业及其服务业吸引外资、提高技术水平、发展产业化经营。积极引导外资流向我国第一产业中的一些弱势产业，如生态农业、植树造林、水产养殖等。要对外资投向的地区进行引导和调控，将外资更多地引向中西部等急需投资而当地建设资金又严重不足的地区，实现地区经济的协调发展。

## （二）进一步细化和完善外商投资农业指导目录

在《外商投资产业指导目录》中，我国规定了禁止外商设立独资企业和外商控股的产业内容，但可操作性不强。因此，根据我国第一产业的发展要求和外商投资特点，要适时修改《外商投资产业指导目录》，确定外商投资第一产业的开放重点和次序，进一步细化第一产业鼓励、禁止和限制的产业指导目录。对于粮食等关系国计民生和国家经济安全的农业领域，如水稻、玉米、大豆、肉制品的重点加工行业，应有禁止或限制的明确规定和措施。对于不符合国家第一产业政策的项目，应从立项、注册、审批等方面进行限制和禁止，从而引导外资的投向符合第一产业政策，保障第一产业安全。

## （三）加强对第一产业领域的立法工作，建立健全风险控制机制

政府要加快制定并实施一系列维护国家产业安全的法律，对吸收和利用外资进行合理的规划，防止危害国家产业安全行为的发生。要建立对外资并购农业企业的监管机制以及相应的审查机制，以对外资并购所造成的第一产业的产业安全问题进行审查，保障中国农林牧渔业及其服务业的持续健康发展。另外，要构建外资并购农业企业的预警系统。加强对外资收购公司的调查，弄清其并购的真实动机，谨防恶意收购及非正常并购。

## （四）加强外资进入农林牧渔业及其服务业领域的跟踪调研

外资进入中国农林牧渔业及其服务业所产生的影响将是深远的，需要进行认真细致的调查研究，只有在充分掌握大量资料的基础上才能得到科学的结论，所

提建议才会符合实际，进而帮助国家制定出正确的政策，引导第一产业的稳定发展。因此国家相关部门要在财力方面给予支持，尽快进行课题立项，开展对此问题的深入研究和跟踪研究（秦路、李嘉莉，2008）。

### （五）苦练内功，做大做强农业龙头企业

一方面要加强自主品牌的建设，提高品牌竞争力。在全球一体化条件下，自主品牌的成长对企业核心竞争力的提高具有重大意义，尤其是品牌的知名度和美誉度。长期以来，我国企业在品牌建设方面不够重视，确实没有一个在全球范围具有重大影响力的品牌。另一方面就是必须提高企业的自主创新能力。中央、地方和企业三方面加大研发投入力度，提高自主创新意识，培育具有自主知识产权的核心竞争力，做大做强龙头企业。只有规模上来了，核心竞争力提高了，才能增强企业盈利能力，不但不会轻易被跨国公司并购，而且还能与其展开竞争，打入全球市场，进而提升我国企业的市场竞争力（吕勇斌，2009）。

### （六）提高农、林、牧、渔业及其服务业企业的自主研发能力

国家和各级政府要增加用于第一产业的研究与开发投入，鼓励国内私人企业投资到农林牧渔业及其服务业，加强科技成果的转化与推广。只有提高企业的自主研发能力，努力控制和掌握核心技术，才能有效提升国内企业的竞争力，主动化危机为机遇，积极参与国际竞争，保护我国的第一产业不受外资控制（祝金龙、解志韬、李小星，2009）。

**参考文献**

［1］杜江：《外国直接投资与中国经济发展的经验分析》［J］，《世界经济》2002 年第8 期，第 27 ~ 30 页。

［2］李建平、刘冬梅：《外资并购对我国农业企业发展的影响及对策》［J］，《农业经济问题》2006 年第 11 期，第 69 ~ 71 页。

［3］李孟刚：《产业安全理论研究》［M］，经济科学出版社，2009。

［4］李强：《外资并购对中国产业发展的效应分析与风险防范对策》［J］，《国际贸易问题》2004 年第 2 期，第 68 ~ 70 页。

［5］吕勇斌：《外资并购与中国农业产业安全：效应与政策》［J］，《农业经济问题》

2009 年第 11 期，第 67~71 页。

［6］秦路、李嘉莉：《外资并购对中国农业发展的影响和对策》［J］，《世界农业》
2008 年第 1 期，第 4~7、28 页。

［7］王磊：《外资并购：合理利用与有效规制——基于国家经济安全视角的分析》
［J］，《生产力研究》2010 年第 8 期，第 86~88 页。

［8］王维、高伟凯：《基于产业安全的我国外资利用思考》［J］，《财贸经济》2008 年
第 12 期，第 93~97 页。

［9］赵刚、林源园：《跨国种业公司加紧研发布局　我国种业发展面临严峻挑战》
［J］，《中国科技产业》2009 年第 7 期，第 73~76 页。

［10］祝金龙、解志韬、李小星：《FDI 对我国产业安全的影响及对策分析》［J］，《中
国科技论坛》2009 年第 3 期，第 57~61 页。

# B.3
# 第二产业外资控制分析

第二产业是对第一产业和本产业提供的产品（原料）进行加工的部门①。在我国包括采矿业，制造业，电力、燃气及水的生产和供应业，建筑业②。其中，前3个行业又统称为工业。

工业的3个门类，又可以细分为39个大类行业。其中，采矿业包括6个大类行业，分别是煤炭开采和洗选业、石油和天然气开采业、黑色金属采选业、有色金属采选业、非金属矿采选业和其他采矿业③。制造业包括30个大类行业，分别是农副食品加工业，食品制造业，饮料制造业，烟草制造业，纺织业，纺织服装、鞋、帽制造业，皮革、毛皮、羽毛（绒）及其制品业，木材加工及木、竹、藤、棕、草制品业，家具制造业，造纸及纸制品业，印刷业和记录媒介的复制，文教体育用品制造业，石油加工、炼焦及核燃料加工业，化学原料及化学制品制造业，医药制造业，化学纤维制造业，橡胶制品业，塑料制品业，非金属矿物制品业，黑色金属冶炼及压延加工业，有色金属冶炼及压延加工业，金属制品业，通用设备制造业，专用设备制造业，交通运输设备制造业，电气机械及器材制造业，通信设备、计算机及其他电子设备制造业，仪器仪表及文化、办公用机械制造业，工艺品及其他制造业，废弃资源和废旧材料回收加工业④。电力、燃气及水的生产和供应业包括3个大类行业，分别是电力、热力的生产和供应业，燃气生产和供应业，水的生产和供应业。

第二产业在我国国民经济发展中发挥着重要的作用。据统计，2010年，全年国内生产总值（Gross Domestic Product，GDP）397983亿元，其中第二产业增加值186481亿元，占国内生产总值的比重为46.8%，而第二产业中工业增加值

---

① 第二产业，http://baike.baidu.com/view/198869.htm，2011-01-18。
② 《中国统计年鉴》，http://www.stats.gov.cn/tjsj/ndsj/2009/indexch.htm，2011-01-18。
③ 2002年及以前采矿业还包括"木材及竹材采运业"。
④ 2002年及以前制造业不包括"工艺品及其他制造业"和"废弃资源和废旧材料回收加工业"。

160030 亿元，建筑业增加值 26451 亿元①。由此可见，第二产业尤其是工业的发展主导着一个国家的经济发展。在现代，发达国家都是工业化国家，一个国家是否是经济强国，最主要取决于其工业发展状况和工业现代化水平。因此，工业的外资控制情况对包括我国在内的世界各国的国民经济都起着不可忽视的作用。

在第二产业中，外资对建筑业的进入程度很低。截至 2009 年，中国建筑业领域实现总产值 76807.74 亿元，其中，内资企业总产值为 76057.98 亿元，占比 99.02%，外商投资企业和港澳台商投资企业总产值为 749.76 亿元，占比 0.98%②。我国加入 WTO 后，在建设领域进一步扩大对外开放，建设部和对外贸易经济合作部（现为商务部）联合颁布了《外商投资建筑业企业管理规定》和《外商投资建设工程设计企业管理规定》两个新法令。同时，建设部还专门针对建筑施工和设计行业的不同环节颁布了一些法令和规定，这些法令在一定程度上对市场准入设置政策限制，导致外商投资者并未如其他行业一样大举涌入我国建筑市场。据统计，在加入 WTO 后至今，外商在国内建筑市场的份额还不到2%③。

在第二产业中，工业对国民经济的发展发挥着重要的作用，2009 年，我国工业的国内生产总值达到 135239.9 亿元，占国内生产总值的 39.7%④。我国工业的外商直接投资额自 1999 年以来基本呈现上升趋势，1999 年，外商直接投资额为 2686322 万美元，到 2004 年上升到 4469148 万美元，涨幅达到 66.4%，在 2005 年和 2006 年外商直接投资额有所下降，但仍保持在 4000000 万美元以上，2008 年我国工业的外商直接投资额达到近 10 年最高，为 5216368 万美元，受国际金融危机的影响，2009 年，其投资额有所下降，为 4938411 万美元⑤。由此可见，我国工业利用外资数较大，可能对我国工业的产业安全发展产生一定影响。

---

① 《中华人民共和国 2010 年国民经济和社会发展统计公报》，http：//www. stats. gov. cn/tjgb/ndtjgb/qgndtjgb/t20110228_ 402705692. htm，2011 - 01 - 18。
② 根据《中国统计年鉴 2010》相关数据整理计算得出。
③ 《外资进入我国建筑业市场的四大法律障碍》，http：//www. jointlawyer. cn/yanfa_ detail. asp? id =61，2011 - 01 - 18。
④ 根据《中国统计年鉴 2010》相关数据整理得到。其中，统计项目为"国内生产总值"。
⑤ 根据《中国统计年鉴》（2000～2010）相关数据整理、计算得到。统计项目为"按行业分外商直接投资"。

鉴于以上分析，外资对建筑业的进入程度很低，对中国第二产业外资控制程度的影响很小，而且建筑业与工业在统计指标和统计口径上不一致，本文在考察中国第二产业外资控制的情况时，仅就工业统计数据来代表第二产业的外资控制情况。

本文通过市场控制、股权控制、技术控制、总资产控制和固定资产净值控制5个指标来分析外资对我国工业及其细分行业的控制情况并提出相应的政策建议。

## 一 外资对我国工业的市场控制

外商投资的重要目的，是控制东道国市场（祝年贵，2003）。外资会利用其在资本、规模、技术、管理等方面的相对优势，占领和控制东道国市场，并且在某些行业形成垄断，阻滞东道国企业进入，甚至将东道国企业最终挤出市场（李孟刚，2010）。外资以大型跨国公司为载体进入中国市场，通过设立子公司、采取行业并购的方式控制我国工业的部分市场份额，影响我国的工业安全。

这里用"外资市场控制度"来表示外资对我国工业的市场控制情况，它直接反映外商对国内市场的占有份额与控制程度。外资市场控制度分四种情况：①总体市场控制度，按照国际惯例其警戒线一般为20%；②一般行业市场控制度，30%为警戒线；③关键行业市场控制度，一般警戒线可视为10%；④敏感性行业市场一般不会对外开放，所以外商市场控制度为零①（王涛、吴国蔚、曾诗鸿，2005）。其计算公式为式（3-1）。

$$第二产业外资市场控制度 = \frac{第二产业外资工业企业销售收入}{第二产业工业企业销售收入} \times 100\% \quad (3-1)$$

### （一）外资对我国工业市场控制的总体情况

根据《中国统计年鉴》（2000~2010）的相关数据和公式（3-1），可以计算出1999~2009年工业的外资市场控制度，结果见表3-1。

---

① 此段文字中所有的"市场控制度"原文均为"市场占有率"，两者代表相同的意义。

**表 3 - 1　1999 ~ 2009 年外资对我国工业市场控制总体情况**

| 年份 | 外资工业企业销售收入(亿元) | 工业企业销售收入(亿元) | 外资市场控制度(%) |
|------|------|------|------|
| 1999 | 17966.55 | 69851.73 | 25.72 |
| 2000 | 22545.74 | 84151.75 | 26.79 |
| 2001 | 26022.08 | 93733.34 | 27.76 |
| 2002 | 31189.27 | 109485.77 | 28.49 |
| 2003 | 43607.63 | 143171.53 | 30.46 |
| 2004 | 65105.85 | 198908.87 | 32.73 |
| 2005 | 78564.46 | 248544.00 | 31.61 |
| 2006 | 98936.12 | 313592.45 | 31.55 |
| 2007 | 125497.96 | 399717.07 | 31.40 |
| 2008 | 146613.62 | 500020.09 | 29.32 |
| 2009 | 150263.06 | 542522.00 | 27.70 |

注：表中所有数据指标为"主营业务收入＊"。

数据来源：根据《中国统计年鉴 2010》相关数据整理、计算得到。其中，统计项目为"按行业分规模以上工业企业主要指标"和"按行业分外商投资和港澳台商投资工业企业主要指标"。

＊ "主营业务收入"和"销售收入"等同，主营业务收入是一种一般性的叫法，它适用于所有的企业；而销售收入则是工业企业的叫法，因为其主营业务就是产品销售，所以可以直接叫做"产品销售收入"。http://iask.sina.com.cn/b/9740250.html，2011 - 01 - 20。

从表 3 - 1 可以看出，1999 ~ 2004 年期间，外资对我国工业的市场控制呈上升趋势，到 2005 年开始逐年下降，但都超过了国际惯例警戒线 20% 的标准。可见，近 11 年来，外资在我国工业市场已占有一定的份额，且平均占有程度接近 1/3，超过了国际"标准值"，我国工业安全面临危机。

## （二）外资对我国工业市场控制的细分行业情况

在了解了外资对我国工业市场控制的总体情况之后，再分别来看一下外资对我国工业中采矿业，制造业，电力、燃气及水的生产和供应业 3 个细分行业各自的市场控制情况。

根据《中国统计年鉴》（2000 ~ 2010）的相关数据和公式（3 - 1），可以计算出 1999 ~ 2009 年外资对于这 3 个行业各自的市场控制度，结果见图 3 - 1。

从图 3 - 1 可以看出，在工业的 3 个细分行业中，外资对采矿业的市场控制程度最低，且市场控制度比较稳定，都保持在 5% 以下。但是，1999 ~ 2009 年，

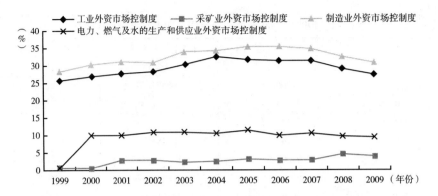

图 3 - 1　1999～2009 年外资对我国工业市场控制的细分行业情况

数据来源：根据《中国统计年鉴》（2000～2010）相关数据整理、计算得到。

外资对采矿业的市场控制度仍有所上升，从 0.76% 上升到 4.02%，上升了 3.26 个百分点。

外资对电力、燃气及水的生产和供应业的市场控制程度也较低。1999～2000 年，外资对该行业的市场控制度从 0.64% 上升到 9.96%，自 2001 年开始基本在 10% 上下波动，2005 年控制度最高，为 11.42%。

制造业是工业中最主要的、包含大类行业最多的门类，也是外资市场控制程度最高的门类，近 11 年来外资对其市场控制度基本在 30% 以上，2005～2007 年三年更是达到了 35% 以上。1999～2006 年，外资对制造业的市场控制度基本呈现上升的态势，尽管 2007 年及以后略有下降，但仍高于 30%，超过了一般行业市场控制度的警戒线，从外资市场控制的角度来讲，我国制造业的产业安全已面临危机。另外，从图 3 - 1 中还可看出，外资对整个工业的市场控制度的变化趋势与外资对制造业的市场控制度的变化趋势几乎是一致的，只是整体上，制造业的该指标比整个工业的该指标略高一些。由此可见，外资对工业的市场控制程度主要取决于制造业，因此，制造业的安全对我国工业的安全有着极其重要的影响。

事实上，不只是在工业中，在中国国民经济的所有行业中，外商投资结构倾向于制造业（刘晶，2007），特别是集中于劳动密集型的加工业。这是因为我国政府在引资开始阶段，特别偏重于生产型投资税收优惠，不仅对外资企业实行"免二减三"的基本税收优惠，还有再投资退税等税收优惠政策。另外许多外资企业进入中国还看准了中国的劳动力价格低、原材料多且便宜、投资回收期短等优点，于是大举在中国投资制造业，特别是对轻工业方面加工和制造的投资。这样，一方面投资制造业可以获得长期稳定的投资回报，并且方便与东道国企业就地展开市场竞争；另一方面，中国对外商投资企业的税收优惠政策也使外国投资商降低成本，从而更有利于企业的发展和竞争力的提高（黄志勇、王玉宝，2004）。

## 二 外资对我国工业的股权控制

一般说来，相对于输入国资本总量而言，外商投资通常只占一个较小的部分，似乎不会对输入国经济安全构成太大的威胁，然而像中国这样一个经济发展水平较低的国家，外资公司投入一定资本后就能掌握相当一批大企业的控股权，这样国家的经济安全就得不到有效的保障（王涛、吴国蔚、曾诗鸿，2005）。

近年来，随着我国改革开放力度的不断扩大和外商对中国国内环境的逐渐了解，越来越多的外资企业倾向于凭借其经济技术优势，创办独资企业和发展外资控股企业。目前，外商独资企业已经成为外商对华直接投资的主要部分，2009年外商投资额的实际使用外资金额中，外商独资企业达到了 76.28%，合资经营企业占 19.19%，合作经营企业只占 2.26%，外商投资股份制企业占 2.27%[①]。外资企业首先进行合资，然后采取让其陷入亏损的办法，连年制造账面亏损，再提出"增资扩股"建议，而中国企业往往没有能力相应增资，这样外资比例上升，企业变为外商独资企业（王苏生等，2008），从而达到其控股的目的。

这里用"外资股权控制度"来表示外资对我国工业的股权控制情况。计算公式为式（3-2）。

$$第二产业外资股权控制度 = \frac{第二产业外资工业企业所有者权益}{第二产业工业企业所有者权益} \times 100\% \qquad (3-2)$$

### （一）外资对我国工业股权控制的总体情况

根据《中国统计年鉴》（2000~2010）的相关数据和公式（3-2），可以计算出 1999~2009 年工业的外资股权控制度，结果见表 3-2。

---

① 根据《中国统计年鉴 2010》整理、计算得到。其中统计项目为"按方式分外商投资额"。

表3-2　1999～2009年外资对我国工业股权控制总体情况

| 年份 | 外资工业企业所有者权益（亿元） | 工业企业所有者权益（亿元） | 外资股权控制度（%） |
|---|---|---|---|
| 1999 | 9730.41 | 44618.80 | 21.81 |
| 2000 | 11054.36 | 49406.88 | 22.37 |
| 2001 | 12794.29 | 55424.40 | 23.08 |
| 2002 | 14359.94 | 60242.01 | 23.84 |
| 2003 | 17473.30 | 69129.56 | 25.28 |
| 2004 | 24298.79 | 90286.70 | 26.91 |
| 2005 | 27770.72 | 102882.02 | 26.99 |
| 2006 | 33663.65 | 123402.54 | 27.28 |
| 2007 | 41198.76 | 149876.15 | 27.49 |
| 2008 | 49307.20 | 182353.38 | 27.04 |
| 2009 | 54251.47 | 206688.83 | 26.25 |

数据来源：根据《中国统计年鉴》（2000～2010）相关数据整理、计算得到。其中，"外资工业企业所有者权益"指《中国统计年鉴》中1999～2006年的"'三资'工业企业所有者权益"和2007～2009年的"外商投资和港澳台商投资工业企业所有者权益"；"工业企业所有者权益"指《中国统计年鉴》中1999～2006年的"全部国有及规模以上非国有工业企业所有者权益"和2007～2009年的"规模以上工业企业所有者权益"。

从表3-2可以看出，外资对我国工业的股权控制度在1999～2007年期间稳步上升，到2008年趋于稳定，保持在27%左右，并有小幅度的下降趋势。从股权控制的角度来讲，外资对我国工业的股权控制情况比较稳定，但控制度已接近30%，需要引起警惕。

需要说明的是，股权的控制只是表象，真正的控制力是对其产业核心技术、标准和品牌的控制。目前，我国比较重视外资与国内资本谁的股份大，而忽视了问题的实质。如上海大众51%绝对控股的合资股权构架，成为中国汽车界股权构架的标准模式，但即使是改动桑塔纳轿车的一个门把手也必须经德方同意（赵元铭、黄茜，2009）。

## （二）外资对我国工业股权控制的细分行业情况

在了解了外资对我国工业市场控制的总体情况之后，再分别来看一下外资对我国工业中采矿业，制造业，电力、燃气及水的生产和供应业3个细分行业各自的股权控制情况。

根据《中国统计年鉴》（2000～2010）的相关数据和公式（3－2），可以计算出1999～2009年外资对于这3个行业各自的股权控制度，结果见图3－2。

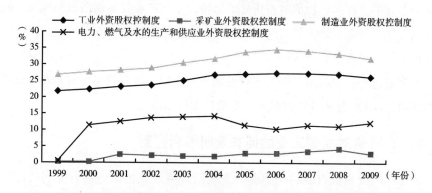

**图3－2　1999～2009年外资对我国工业股权控制的细分行业情况**

注：2004年的所有者权益是通过计算总资产与总负债的差额得到。

数据来源：根据《中国统计年鉴》（2000～2010）相关数据整理、计算得到。

从图3－2中可以看出，在工业的3个细分行业中，外资对采矿业的股权控制程度最低，且1999～2009年呈波动性上升的趋势，其控制度保持在5%以下。

外资对电力、燃气及水的生产和供应业的股权控制程度也较低。1999～2000年，外资对该行业的股权控制度从0.34%上升到11.25%；2000～2004年外资对该行业的股权控制度继续上升，但每年的上升幅度较小，趋势平稳；2005年及以后各年外资对该行业的股权控制度在11%上下浮动。

11年来，外资对制造业股权控制度基本在27%以上，2003年及以后都超过了30%，并在2006年达到最高值34.57%。1999～2006年，外资对制造业的股权控制度基本呈现上升的态势，到2007年开始略有下降。另外，从图3－2中还可看出，外资对整个工业的股权控制度的变化趋势与外资对制造业的股权控制度的变化趋势几乎是一致的，只是整体上，制造业的该指标比整个工业的该指标略高一些。由此可见，同外资对工业的市场控制程度一样，外资对工业的股权控制程度也主要取决于制造业。

## 三　外资对我国工业的技术控制

一国资本对产业控制力的考察，主要是通过对本国资本在该产业中对核心技

术的掌控率、标准的拥有率、在产业价值链中所处的地位、产品的市场占有率、品牌的拥有率以及股权的控制度等指标综合进行评估的。而核心技术的掌控率、标准的拥有率、在产业价值链中所处的地位，是该产业具有话语权和控制力的关键（赵元铭、黄茜，2009）。由此可见，我国工业要想安全稳定的发展，必须掌控其核心技术。

本节通过外资对我国工业的拥有发明专利控制、研发费用控制和新产品产值控制3项指标①来分析外资对我国工业的技术控制情况。

## （一）外资对我国工业的拥有发明专利控制

这里用"外资拥有专利控制度"来表示外资对我国工业拥有专利的控制情况。计算公式为式（3-3）。

$$第二产业外资拥有专利控制度 = \frac{第二产业外资工业企业拥有发明专利数}{第二产业工业企业拥有发明专利数} \times 100\%$$

$$(3-3)$$

**1. 外资对我国工业拥有发明专利控制的总体情况**

根据《中国科技统计年鉴》（2000~2009）的相关数据和公式（3-3），可以计算出1999~2008年工业的外资拥有专利控制度，结果见表3-3。从表3-3中可以看出，整体来看，自1999年以来，外资对我国工业拥有专利的控制程度呈上升趋势，并且从2005年起上升幅度有所增加，2007年外资对我国工业拥有专利的控制程度已达到32.29%，2008年略有下降。由此可见，在拥有专利这一项上，我国工业安全面临威胁。

**2. 外资对我国工业拥有发明专利控制的细分行业情况**

在了解了外资对我国工业拥有专利控制的总体情况之后，再分别来看一下外资对我国工业中采矿业，制造业，电力、燃气及水的生产和供应业3个细分行业各自的拥有专利控制情况。

根据《中国科技统计年鉴》（2000~2009）的相关数据和公式（3-3），可以计算出1999~2008年外资对我国工业的拥有发明专利控制情况，结果见图3-3。

---

① 《中国科技统计年鉴2010》中没有分行业"三资"企业的统计数据，因此，该3项指标的统计数据更新到2008年。

**表 3 − 3　1999 ~ 2008 年外资对我国工业拥有专利控制总体情况**

| 年份 | 外资工业企业拥有发明专利数量(项) | 工业企业拥有发明专利数量(项) | 外资拥有专利控制度(%) |
|---|---|---|---|
| 1999 | 834 | 5879 | 14.19 |
| 2000 | 1213 | 6394 | 18.97 |
| 2001 | 1348 | 8103 | 16.64 |
| 2002 | 1681 | 9388 | 17.91 |
| 2003 | 3416 | 15409 | 22.17 |
| 2004 | 6581 | 30315 | 21.71 |
| 2005 | 5762 | 22971 | 25.08 |
| 2006 | 7944 | 29176 | 27.23 |
| 2007 | 14096 | 43652 | 32.29 |
| 2008 | 21270 | 80252 | 26.50 |

数据来源：根据《中国科技统计年鉴》（2000 ~ 2009）相关数据整理、计算得到。其中：①2004年、2008 年的统计项目为"分行业规模以上工业企业科技项目与专利统计"，1999 ~ 2000 年的统计项目是"分行业大中型工业企业技术开发产出统计"；2001 ~ 2003 年和 2005 ~ 2007 年的统计项目是"分行业大中型工业企业科技项目与专利统计；②1999 年没有"拥有发明专利数"，数据为"专利授权"数。

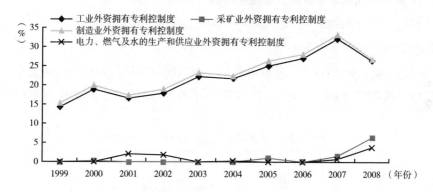

**图 3 − 3　1999 ~ 2008 年外资对我国工业拥有发明专利控制的细分行业情况**

数据来源：根据《中国科技统计年鉴》（2000 ~ 2009）相关数据整理、计算得到。

从图 3 − 3 可以看出，在工业的 3 个细分行业中，外资对采矿业拥有发明专利的控制度最低。但 2006 年开始其控制度呈逐年上升趋势，且增加幅度较大，在 2008 年达到 6.51%，尽管该控制度不大，但其增加趋势值得引起关注。

外资对电力、燃气及水的生产和供应业的拥有发明专利控制程度也极低，整体来说接近于 0。2001 年和 2002 年外资拥有发明专利控制度为 2% 左右，2008年增加到 3.9%，其余各年份外资对我国工业的该细分行业几乎不具有控制力。

外资对工业拥有发明专利的控制程度几乎等于外资对制造业拥有发明专利的控制程度,从图 3-3 中可以看出代表这两个指标的两条曲线 1999~2008 年的变化趋势完全一致,并且在数值上两条曲线相差无几。从趋势上来看,外资对制造业拥有发明专利的控制程度自 1999 年以来是呈波动性上升的,2007 年已达到 33.16%,到 2008 年有所下降,为 26.92%。外资对制造业拥有发明专利的控制程度较大,这将对我国制造业安全造成威胁,因此我国应当加大力度鼓励促进国有企业进行专利发明。

### (二) 外资对我国工业的研发费用控制

这里用"外资研发费用控制度"来表示外资对我国工业的研发费用控制情况。计算公式为式 (3-4)。

$$第二产业外资研发费用控制度 = \frac{第二产业外资工业企业研发费用总额}{第二产业工业企业研发费用总额} \times 100\%$$

$$(3-4)$$

**1. 外资对我国工业研发费用控制的总体情况**

根据《中国科技统计年鉴》(2004~2009) 的相关数据和公式 (3-4),可以计算出 2003~2008 年[①]工业的外资研发费用控制度,结果见表 3-4。从表 3-4 可以看出,自 2003 年以来,外资对我国工业的研发费用控制程度整体上呈现上升趋势,从 2003 年的 23.12% 上升到 2007 年的 29.12%,到 2008 年有所下降。

表 3-4  2003~2008 年外资对我国工业研发费用控制总体情况

| 年份 | 外资工业企业研发费用总额(万元) | 工业企业研发费用总额(万元) | 外资研发费用控制度(%) |
|------|------|------|------|
| 2003 | 1666384 | 7207749 | 23.12 |
| 2004 | 2995041 | 11044916 | 27.12 |
| 2005 | 3255589 | 12502918 | 26.04 |
| 2006 | 4444261 | 16301909 | 27.26 |
| 2007 | 6152117 | 21124561 | 29.12 |
| 2008 | 8237488 | 30731303 | 26.80 |

数据来源:根据《中国科技统计年鉴》(2004~2009) 相关数据整理、计算得到。其中 2004 年、2008 年的统计项目为"规模以上工业企业",其余年份统计项目为"分行业工业企业(三资) R&D 活动情况统计"和"分行业工业企业 R&D 活动情况统计"。

---

① 2003 年以前《中国科技统计年鉴》中关于研发费用的统计口径不一致,因此对"外资研发费用控制度"这一指标的统计年份为 2003~2008 年。

**2. 外资对我国工业研发费用控制的细分行业情况**

根据《中国科技统计年鉴》（2004～2009）的相关数据和公式（3－4），可以计算出2003～2008年外资对于采矿业，制造业，电力、燃气及水的生产和供应业这3个细分行业的研发费用控制情况，结果见图3－4。

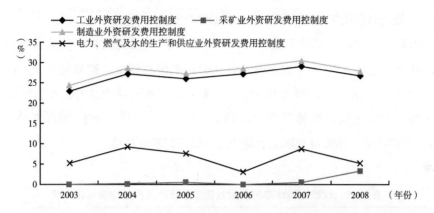

图3－4　2003～2008年外资对我国工业研发费用控制的细分行业情况

数据来源：根据《中国科技统计年鉴》（2004～2009）相关数据整理、计算得到。

从图3－4中可以看出，在工业的3个细分行业中，外资对采矿业的研发费用控制程度最低，2003～2008年分别为0.01%、0.17%、0.57%、0.05%、0.60%和3.22%，可以说，在2007年及以前，外资对我国采矿业的研发费用几乎没有控制力，2008年，外资对我国采矿业研发费用的控制度增加2.62个百分点，增加幅度较大。

外资对电力、燃气及水的生产和供应业的研发费用控制程度也较低，2003～2008年呈现波动变化趋势，拐点分别在2004年、2006年和2007年，控制度保持在3%～10%之间。

制造业是工业中外资研发费用控制程度最高的门类。自2003年以来，整体呈现稳定上升的趋势，控制度在24%～31%之间。同外资对工业的拥有专利控制度类似，代表外资对工业的研发费用控制度和外资对制造业的研发费用控制度的两条曲线变化趋势完全一致，并且在数值上两条曲线相差无几。

## （三）外资对我国工业的新产品产值控制

这里用"外资新产品产值控制度"来表示外资对我国工业的新产品产值控

制情况。计算公式为式（3-5）。

$$第二产业外资新产品产值控制度 = \frac{第二产业外资工业企业新产品产值}{第二产业工业企业新产品产值} \times 100\%$$

（3-5）

**1. 外资对我国工业新产品产值控制的总体情况**

根据《中国科技统计年鉴》（2000~2009）的相关数据和公式（3-5），可以计算出1999~2008年工业的外资新产品产值控制度，结果见表3-5。从表3-5可以看出，自1999年以来，外资对我国工业的新产品产值控制度较高，在31%~42%之间，整体呈现上升趋势（2002年、2005年和2008年略有下降）。由此可见，外资对我国工业新产品产值的控制度较高。

表3-5　1999~2008年外资对我国工业新产品产值控制总体情况

| 年份 | 外资工业企业新产品产值（万元） | 工业企业新产品产值（万元） | 外资新产品产值控制度（%） |
|---|---|---|---|
| 1999 | 187980558 | 598765490 | 31.39 |
| 2000 | 281324180 | 799736986 | 35.18 |
| 2001 | 35325051 | 91540233 | 38.59 |
| 2002 | 42700919 | 112413718 | 37.99 |
| 2003 | 57980807 | 146871442 | 39.48 |
| 2004 | 93947573 | 230417447 | 40.77 |
| 2005 | 98327944 | 253823290 | 38.74 |
| 2006 | 132346599 | 322619625 | 41.02 |
| 2007 | 176011099 | 427637650 | 41.16 |
| 2008 | 231716428 | 585227473 | 39.59 |

数据来源：根据《中国科技统计年鉴》（2000~2009）相关数据整理、计算得到。其中，2004年、2008年的统计项目为"分行业规模以上工业企业（三资）基本情况统计"和"分行业规模以上工业企业基本情况统计"，其余年份的统计项目为"分行业大中型工业企业（三资）基本情况统计"和"分行业大中型工业企业基本情况统计"。

**2. 外资对我国工业新产品产值控制的细分行业情况**

根据《中国科技统计年鉴》（2000~2009）的相关数据和公式（3-5），可以计算出 1999～2008 年外资对于 3 个细分行业各自的新产品产值控制度，结果见图 3-5。

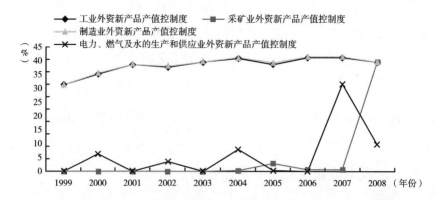

**图 3-5　1999～2008 年外资对我国工业新产品产值控制的细分行业情况**

数据来源：根据《中国科技统计年鉴》（2000～2009）相关数据整理、计算得到。

从图 3-5 中可以看出，在工业的 3 个细分行业中，外资对采矿业的新产品产值控制程度最低，1999～2007 年各年的总体情况来看，控制度几乎为 0，但在 2008 年出现了大幅度增加，其控制度高达 39.76%。2008 年外资对我国采矿业新产品产值控制度出现异常，需要引起相关部门的警惕，内资企业应大力研发新产品，掌握核心技术，避免外资对我国能源的控制。

外资对电力、燃气及水的生产和供应业的新产品产值控制程度也较低，1999～2006 年一直在 0%～7% 之间波动，2007 年直线上升至 31.75%，2008 年回落到 10% 左右，值得引起关注。

制造业是外资新产品产值控制程度最高的门类。1999～2008 年外资对新产品产值的控制度呈波动性上升趋势，数值保持在 30%～42% 之间。从图 3-5 还可以看出，2008 年，外资对电力、燃气及水的生产和供应业的新产品产值控制度转移到对采矿业的控制中；外资对工业新产品产值的控制度曲线和外资对制造业新产品产值的控制度曲线几乎重合，这是因为在采矿业和电力、燃气及水的生产和供应业中，外资新产品产值都几乎为 0。

通过以上 3 个指标的分析可知，外资对我国工业的技术控制度很高，尤其是制造业，这与外资长期以来以技术占据中国市场的策略是分不开的。我国若要摆脱外资对我国工业技术控制的危机，必须大力发展我国国有企业的创新研发能力。

## 四 外资对我国工业的总资产控制

总资产是指某一经济实体拥有或控制的、能够带来经济利益的全部资产。这里用"外资总资产控制度"来表示外资对我国工业的总资产控制情况。计算公式为式（3-6）。

$$第二产业外资总资产控制度 = \frac{第二产业外资工业企业总资产}{第二产业工业企业总资产} \times 100\% \quad (3-6)$$

### （一）外资对我国工业总资产控制的总体情况

根据《中国统计年鉴》（2000~2010）的相关数据和公式（3-6），可以计算出1999~2009年外资对工业的总资产控制度，结果见表3-6。

**表3-6　1999~2009年外资对我国工业的总资产控制总体情况**

| 年份 | 外资工业企业总资产（亿元） | 工业企业总资产（亿元） | 外资总资产控制度（%） |
|------|------|------|------|
| 1999 | 23018.92 | 116968.89 | 19.68 |
| 2000 | 25714.06 | 126211.24 | 20.37 |
| 2001 | 28354.46 | 135402.49 | 20.94 |
| 2002 | 31513.76 | 146217.78 | 21.55 |
| 2003 | 39260.26 | 168807.70 | 23.26 |
| 2004 | 55601.79 | 215358.00 | 25.82 |
| 2005 | 64308.47 | 244784.25 | 26.27 |
| 2006 | 77108.65 | 291214.51 | 26.48 |
| 2007 | 96367.04 | 353037.37 | 27.30 |
| 2008 | 112145.01 | 431305.55 | 26.00 |
| 2009 | 124477.56 | 493692.86 | 25.21 |

数据来源：根据《中国统计年鉴》（2000~2010）相关数据整理、计算得到。其中，"外资工业企业总资产"指《中国统计年鉴》1999~2006年中的"'三资'工业企业总资产"和2007~2009年中的"外商投资和港澳台商投资工业企业总资产"，"工业企业总资产"指《中国统计年鉴》1999~2006年中的"全部国有及规模以上非国有工业企业总资产"和2007~2009年的"规模以上工业企业总资产"。

从表3-6可以看出，自1999年以来，外资对我国工业的总资产控制度呈现上升趋势，到2008年、2009年有所下降，其控制度保持在19%~28%之间。由此可见，外资总资产占工业总资产的比重适宜，从总资产控制的角度来讲，外资对我国工业并未构成威胁。

## （二）外资对我国工业总资产控制的细分行业情况

根据《中国统计年鉴》（2000~2010）的相关数据和公式（3-6），可以计算出 1999~2009 年外资对于 3 个行业的总资产控制度，结果见图 3-6。

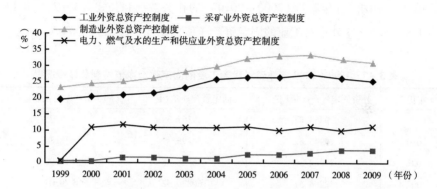

**图 3-6 1999~2009 年外资对我国工业总资产控制的细分行业情况**

数据来源：根据《中国统计年鉴》（2000~2010）相关数据整理、计算得到。

从图 3-6 中可以看出，在工业的 3 个细分行业中，外资对采矿业的总资产控制程度最低，1999~2009 年呈现波动性上升趋势，并且保持在 0%~5% 之间。

外资对电力、燃气及水的生产和供应业的总资产控制程度也较低，1999~2000 年从 0.43% 直线上升到 10.87%，2000 年以后该控制度一直较为平稳，保持在 10%~11% 之间。

1999~2009 年，外资对制造业总资产控制程度的变化趋势与外资对工业总资产控制程度的变化趋势一致，从 1999 年的 23.21% 上升至 2007 年的 33.48%，2008 年、2009 年略有下降，分别为 32.06%、30.84%。

## 五 外资对我国工业的固定资产净值控制

固定资产净值控制度是从固定资产投资角度反映外资对国内产业固定资产控制程度，这里用"外资固定资产净值控制度"来表示外资对我国工业的固定资

产净值控制情况。计算公式为式（3-7）。

$$第二产业外资固定资产净值控制度 = \frac{第二产业外资工业企业固定资产净值}{第二产业工业企业固定资产净值} \times 100\%$$

$$(3-7)$$

### （一）外资对我国工业固定资产净值控制的总体情况

根据《中国统计年鉴》（2000~2010）的相关数据和公式（3-7），可以计算出1999~2009年外资对工业的固定资产净值控制度，结果见表3-7。

表3-7　1999~2009年外资对我国工业的固定资产净值控制总体情况

| 年份 | 外资固定资产净值（亿元） | 固定资产净值（亿元） | 固定资产净值控制度（%） |
|------|-----|-----|-----|
| 1999 | 9255.87 | 49367.39 | 18.75 |
| 2000 | 9945.82 | 52798.39 | 18.84 |
| 2001 | 11282.39 | 56628.28 | 19.92 |
| 2002 | 12206.52 | 60820.32 | 20.07 |
| 2003 | 13884.82 | 68233.50 | 20.35 |
| 2004 | 19087.37 | 82137.47 | 23.24 |
| 2005 | 22189.12 | 92802.57 | 23.91 |
| 2006 | 26569.87 | 109949.39 | 24.17 |
| 2007 | 31909.23 | 129123.56 | 24.71 |
| 2008 | 38004.36 | 158293.26 | 24.01 |
| 2009 | 40442.24 | 179547.09 | 22.52 |

数据来源：根据《中国统计年鉴》（2000~2010）相关数据整理、计算得到。其中，"外资工业企业固定资产净值"指《中国统计年鉴》中1999~2006年的"'三资'工业企业固定资产净值"和2007~2009年的"外商投资和港澳台商投资工业企业固定资产净值"；"工业企业固定资产净值"指《中国统计年鉴》中1999~2006年的"全部国有及规模以上非国有工业企业固定资产净值"和2007~2009年的"规模以上工业企业固定资产净值"。

从表3-7可以看出，1999~2007年，外资对我国工业的固定资产净值控制度呈直线上升趋势，从1999年的18.75%上升至2007年的24.71%，到2008年、2009年略有下降。但是需要注意的是，2008年和2009年外商直接投资的减少并不能代表外资对我国工业产业控制力的下降。2008年，由美国次贷危机引起的全球金融危机爆发，对世界经济造成了很大的冲击，跨国公司也受到一定的影响。据统计，2007 年全球对外直接投资量达到 2.1 万亿美元，2008 年全球对外直接投资下降到 1.5 万亿美元，到了 2009 年对外直接投资流量下降到 1.1 万亿美元，与 2007 年相比，下降了将近一半①。由此可见，2008 年以来外资对我国工业固定资产净值控制度的下降有其特定的外部因素，因此，我国工业的产业安全仍需引起注意。

### （二）外资对我国工业固定资产净值控制的细分行业情况

根据《中国统计年鉴》（2000～2010）的相关数据和公式（3－7），可以计算出 1999～2009 年外资对于采矿业，制造业，电力、燃气及水的生产和供应业这 3 个行业的固定资产净值控制度，结果见图 3－7 所示。

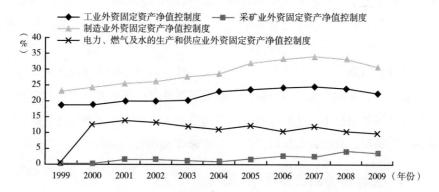

**图 3－7　1999～2009 年外资对我国工业固定资产净值控制的细分行业情况**

数据来源：根据《中国统计年鉴》（2000～2010）相关数据整理、计算得到。

从图 3－7 中可以看出，在工业的 3 个细分行业中，外资对采矿业的固定资产净值控制程度最低，1999～2009 年呈现波动性上升趋势，并且保持在 0%～5% 之间。

外资对电力、燃气及水的生产和供应业的固定资产净值控制程度也较低，1999～2000 年从 0.73% 直线上升到 12.68%，2001 年以后该控制度呈波动性下降趋势且变动幅度较小，保持在 10%～14% 之间。

---

① 冼国明：《金融危机对跨国公司的影响》，http://www.cf1234567.com/20100914/312013965.html，2011－03－21。

1999～2009 年，外资对制造业固定资产净值控制程度的变化趋势与外资对工业固定资产净值控制程度的变化趋势大体上一致，从1999 年的 23.08% 上升至 2007 年的 34.16%，2008 年和 2009 年略有下降，分别为 33.31% 和 30.77%。

从以上分析可以看出，外资对我国工业的固定资产净值控制情况与外资对我国工业的总资产控制情况大同小异。

# 六　结论与对策建议

通过本文上面的分析可知，在第二产业中，外资对建筑业的进入程度很低，而对工业的进入程度较高。外资对我国工业的控制力主要体现在技术控制上，其次是市场控制。另外，在工业的 3 个细分行业中，外资的控制力主要集中在制造业上。

引进外资有助于弥补我国第二产业的资金缺口，通过溢出效应达到带动我国第二产业技术进步和产业发展的目的，然而引进外资对我国第二产业的安全又有负面影响，如利用技术、品牌优势抢占我国市场等。根据近年来外资对我国第二产业的控制情况，我国可以从以下几个方面来改善现状。

## （一）完善相关的法律体系

自改革开放以来，随着外资的不断引进，我国的外资准入法律制度也在不断地完善。

改革开放以来，我国在外资准入法律制度方面相继颁布了《对外贸易法》、《中外合资经营企业法》、《中外合作经营企业法》和《外商独资企业法》等涉外经济基本法，并在此基础上制定了一大批法规，形成了一整套中国对外经贸法律制度。在 1995 年之前，我国有关外资准入的规定大都散见于各项外资立法中，其规定过于简略不易操作。针对此缺陷，1995 年国务院批准国家计委、国家经贸委、外经贸部发布了《指导外商投资方向暂行规定》和作为其附件的《外商投资产业指导目录》，具有较强透明度和灵活性。1998 年 1 月 1 日，国家计委经国务院批准又修订颁布了《外商投资产业指导目录》；2000 年 10 月，九届全国人大常委会 18 次会议审议通过了《中外合作经营企业法》和《外商独资经营企业法》的修正案；2001 年 3 月，九届全国人大四次会议通过了《中外合资经营企业法》的修正案；2001 年 4 月和 7 月，国务院分别公布了《关于修改〈中华人民共和国外资企业法实施细则〉的决定》和《关于修改〈中华人民共和国外资经营企业法实施条例〉的决定》。至此，我国关于吸引外资的三大法及实施条例、细则的修改全部完成（王涛、吴国蔚、曾诗鸿，2005）。

随着我国改革开放进程的加快，面对世界复杂的经济环境，我国为了保护本国产业安全，已于 2007 年 8 月 30 日出台了《反垄断法》，成为第 90 个拥有自己反垄断法的国家（王苏生等，2008），这为促进我国国有企业的发展和约束外资企业的行为提供了很好的政策环境和体制环境。

但是，近年来，我国第二产业的外资并购事件频频发生，如 2007 年，瑞典沃尔沃建筑公司成功收购我国装载机生产的五大制造商之一山东临工 70% 的股份；2006 年 10 月，我国最大的工程机械制造企业徐州工程机械集团有限公司，被美国凯雷投资集团收购；2005 年，美国卡特彼勒投资有限公司以股权并购方式获得山工机械有限公司 40% 的股权，而这只是其一期目标……这说明，我国的相关法律体系仍存在漏洞。针对此问题，我国需进一步加快相关法律细则的制定，从而应对外资利用过程中可能遇到的各种问题，避免外资利用其技术、品牌和规模经济优势，垄断我国市场。

## （二）建立符合中国国情的国家产业安全管理体制

必须建立引进外资的国家产业安全管理与预警机制。这个机制包括对重要产业部门建立科学合理预警指标体系、监控体系和快速反应机制。通过借鉴国际上的相关经验以及联系中国国内的实际情况准确地反映出中国国内某些行业的产业安全状况，一旦发现经济运行的参数偏离"标准值"或接近"危险值"，就应及时提出预警，以备政府及相关行业调控部门能够迅速地作出反应（王培志、李文博，2008）。

## （三）加强国内企业的规模效应，引导内资企业合理并购

鼓励和推动内资企业进行产业结构升级，实现产业整合，从而达到规模效应。中国目前大多数企业还不具备规模效应，在世界 100 强中，中国企业仅仅有 3 个，因而，企业并购要从国家利益的角度出发，对于有利于国家利益的国内企

业间并购，政府要加大支持力度并推动其发生（徐力行、高伟凯、陈俞红，2007）。

目前，外资已将并购活动延伸到我国第二产业尤其是制造业的骨干行业，对我国第二产业的发展造成了很大的威胁。我国必须扶持龙头企业的合理并购，一方面加强我国民族企业的整体竞争力，另一方面，避免外资通过并购在我国形成垄断优势。

大连瓦房店轴承集团、哈尔滨轴承集团和洛阳轴承集团三集团合并是龙头企业合并的典型案例。这三大集团是中国三大轴承生产基地，掌握着国内轴承的核心技术，代表着中国轴承行业的最高水平。三家企业的产量和销售收入占国内轴承行业的15%以上，主要的供给对象是我国的国防军工、航空航天、铁路和重大机械装备等行业。2006年，国务院停止了德国机械巨头舍弗勒集团整体并购洛阳轴承集团计划，而三家国资企业的重组合并，成为我国企业发展的一种新的探索。目前国家有关部门已经同意由三家企业中的一家以参股或并购的方式与另外两家整合的方案。如果三家集团成功整合，将会对我国民族工业的发展起到有益的借鉴作用，同时在一定程度上，解决了外资并购对我国产业安全的负面影响（王苏生等，2008）。

### （四）制定合理的产业导向政策

在外资引入方面，我国对于产业发展的政策导向应该明确。引导外资流向农业综合利用、基础设施、基础产业、高新技术等我国急需发展的行业和广大中西部地区（单春红、曹艳乔、于谨凯，2007）。目前，中国包括装备制造业的一些产业，竞争力虽不强大，但从潜在竞争优势的角度讲，竞争力提升潜力很强，对国内其他产业的关联度也较大（徐力行、陈奇，2005），因此，我国产业政策的制定必须保护这些产业的发展。

### （五）提升企业的自主研发能力

技术，特别是核心技术在企业诸生产要素中起着至关重要的作用（王苏生等，2008）。尽管外资利用会在一定程度上给我国产业发展产生负面影响，但一国产业的强盛仍取决于内部因素，即企业本身的自主研发能力和掌控核心技术的能力。针对此，政府应多方统筹建立和完善国家创新体系，形成以企业为主体，市场为导向，产学研结合的自主创新体系；企业应培养其自主研发能力和人才队伍，从而在激烈的竞争中保持领先地位。只有通过政府和企业的共同努力，才能保证我国第二产业的安全发展。

### （六）产研结合，促进产品创新和技术进步

目前，我国教育机构与企业几乎是完全脱离的。一方面，大学的很多技术发明和研究成果难以在实际生产和生活中得到应用；另一方面，企业在研究机构、研究人员和研究成果上严重匮乏。我国应当逐步建立教育机构与国有企业接轨的机制，促进产品创新和技术进步。一方面，使大学教师和学生的研究成果得到实际应用可以进一步激发研究者研究的积极性，也会使研究向着实用性更强的方向发展；另一方面，教育机构研究成果若能为国有企业所用，也可为企业的新产品开发和技术发明作出贡献，可以进一步提高我国国有企业的效益和竞争能力，也能在一定程度上为我国的产业安全多加一道锁。

**参考文献**

[1] 单春红、曹艳乔、于谨凯：《外资利用对我国产业安全影响的实证分析——外资结构效应和溢出效应的视角》[J]，《产业经济研究》2007年第6期，第23~30页。

[2] 黄志勇、王玉宝：《FDI与我国产业安全的辨证分析》[J]，《世界经济研究》2004年第6期，第35~41页。

[3] 李孟刚：《产业安全理论》[M]，高等教育出版社，2010，第218页。

[4] 刘晶：《外商直接投资对中国经济发展的影响及对策》[J]，《经济纵横》2007年第10期，第5~7页。

[5] 王培志、李文博：《新形势下中国利用外资对产业安全的影响及对策》[J]，《山东财政学院学报（双月刊）》2008年第4期，第46~49页。

[6] 王苏生、孔昭昆、黄建宏、李晓丹：《跨国公司并购对我国装备制造业产业安全影响的研究》[J]，《中国软科学》2008年第7期，第55~61页。

[7] 王涛、吴国蔚、曾诗鸿：《外资准入政策与国家经济安全问题研究文献综述》[J]，《上海经济研究》2005年第12期，第21~30页。

[8] 徐力行、陈奇：《产业潜在竞争优势理论与中国制造业发展方向》[J]，《现代经济探讨》2005年第11期，第60~63页。

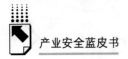
［9］徐力行、高伟凯、陈俞红：《国外产业安全防范体系的比较及启示》［J］，《财贸经济》2007 年第 12 期，第 88～92 页。

［10］赵元铭、黄茜：《产业控制力：考察产业安全的一个新视角》［J］，《徐州工程学院学报（社会科学版）》2009 年第 3 期，第 24～28 页。

［11］祝年贵：《利用外资与中国产业安全》［J］，《财经科学》2003 年第 5 期，第 111～115 页。

# 第三产业外资控制分析

依据我国对于三大产业层次的划分①，第三产业是指除第一产业（即农业、林业、畜牧业、渔业和农林牧渔服务业）以及第二产业（即采矿业，制造业，电力、煤气及水的生产和供应业，建筑业）以外的其他产业。具体来看，主要包括：交通运输、仓储和邮政业，信息传输、计算机服务和软件业，批发和零售业，住宿和餐饮业，金融业，房地产业，租赁和商务服务业，科学研究、技术服务和地质勘查业，水利、环境和公共设施管理业，居民服务和其他服务业，教育，卫生、社会保障和社会福利业，文化、体育和娱乐业，公共管理和社会组织，国际组织等。

第三产业是衡量当今一个国家经济发展水平的重要标志，是吸收就业和提高人们生活质量及福利水平的中坚力量，因此，第三产业将成为未来我国经济增长的重要引擎。从金融危机中走出后，我国开始重新审视原有的经济结构，也逐渐意识到长久以来依靠投资和出口两驾马车拉动经济增长的格局到了必须改变的时刻。在2009年的达沃斯论坛上，国家发改委有关人员也表示"调结构"的重点在于发展第三产业，加强农业，优化工业结构②。

选取第三产业占GDP的比例、第三产业对GDP的贡献率、第三产业吸纳的就业人数占全国总就业人数的比例以及第三产业法人单位数占全国总法人单位数的比例这四个指标可以反映第三产业对于整个国民经济的重要性，结果见图4-1。

从图4-1可以看到，无论从对国民经济增长的拉动还是从对就业的拉动，第三产业的作用都较为明显。第三产业对国民经济的贡献率有逐年走高的趋势，从1996年的不到30%增加到2009年的42.9%。第三产业吸纳的就业人数在全国总就业人数中的占比在2009年也进一步提高到34.1%。从发达国家

---

① 这种划分根据的是2003年国家统计局新制定的《国家产业划分规定》。
② 自央视网经济报道2009年夏季达沃斯论坛，国家发改委副主任张晓强的讲话。

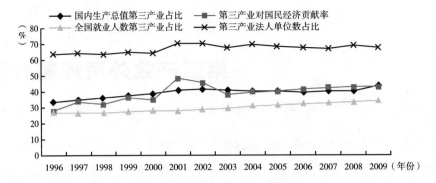

**图 4 - 1 我国第三产业与国民经济发展的关系**

数据来源：根据《中国统计年鉴 2010》以及《中国第三产业统计年鉴 2010》相关
数据整理得到。其中，"国内生产总值第三产业占比"的统计项目为《中国统计年鉴
2010》中的"国内生产总值构成"，"第三产业对国民经济贡献率"的统计项目为《中
国统计年鉴 2010》中的"三次产业贡献率"，"全国就业人数第三产业占比"的统计项
目为《中国统计年鉴 2010》中的"按三次产业分就业人员数（年底数）"，"第三产业
法人单位数占比"的统计项目为《中国第三产业统计年鉴 2010》中的"第三产业法人
单位数及所占比重"。

三大产业发展的历史经验来看，第三产业在 GDP 中所占的比重一般为 70%，
而吸纳的就业人口一般在 60% 以上。和国际比较发现，我国第三产业的发展
水平与发达国家仍存在着不小的差距。第三产业占比较高是生产力发展的必然
要求和结果，因为随着经济的发展，人们对生产性服务和社会公共服务需求不
断增加，消费需求也发生了很大的变化，即更加注重精神方面的需求。从另
一角度来看，第三产业的发展也是推进现代农业和现代工业发展进程的必备
条件，而且，随着中国融入全球化进程的不断加速，第三产业对经济增长的
瓶颈如现代物流业、现代金融业、现代服务业等也逐渐显现。因此，加快发
展第三产业不仅是"调结构"的重点，还是我国未来经济可持续发展的题中
之意。

选取第三产业下属大类的 13 个细分产业 2005 ~ 2009 年实际使用的外商直接
投资金额占外商直接投资总金额的比例作图，可以看到外商直接投资在中国的产
业分布的总体情况，如图 4 - 2 所示。第三产业总体实际使用外资的金额有逐年
走高的趋势，这表明，我国第三产业正日渐成为外资进入的热点。在第三产业实
际使用外资的细分行业中，房地产业所占的比重较大，而科学研究和综合技术服
务业所占的比重极低，没有达到大量引进外国先进技术的目的。外商投资不均衡

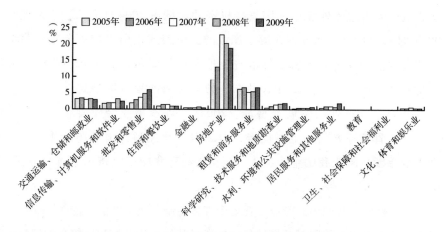

**图4-2　第三产业实际使用外商直接投资金额占比**

数据来源：根据《中国统计年鉴》（2006～2010）相关数据计算得到，统计项目为"按行业分外商直接投资"。

加剧了我国产业结构的失衡，成为我国工业过度扩张而服务业发展滞后的一个重要影响因素。

对于我国这样一个后起的发展中国家，资本实力相对薄弱，通过引进外资加快我国产业跨入一流水平的步伐一直是我国既定的产业政策。2007年国家修订了《外资投资产业指导目录》，对鼓励和限制外商投资的领域提出了明确指导意见。

本文主要研究外资对我国第三产业的控制情况并对此进行分析。由于数据所限，本文所涵盖的第三产业下属细分行业主要包括批发与零售业、餐饮业、银行业、房地产业等。本文首先分别就外资对我国第三产业的市场控制、股权控制、总资产控制及固定资产控制情况进行分析，然后对以上4个行业提出一些政策建议。

# 一　外资对我国第三产业的市场控制

近些年，中国以高速的经济增长、日渐扩张的市场规模以及逐渐稳定的开放政策成为外资争夺的重要地区，而第三产业作为具有高附加值和与人们生活质量直接相关的产业，更是具有十分广阔的市场前景。第三产业实际使用外商直接投资金额占总体外商在中国直接投资的比例由 2004 年的 23.17% 提升至 2009 年的 41.79%①。而外资在第三产业的竞争模式也由以投资劳动密集型产品和服务为主转变为对品牌、标准等无形资产的竞争，利用知识产权方面的核心优势拓展市场，并且通过对供应链的整合和占领市场制高点来增强市场影响力甚至主导产业的发展（曹静，2005）。外资企业会凭借其在资本、规模、技术、管理等方面的绝对优势，力图占领和控制我国市场，并且在某些行业形成垄断，阻止我国企业进入，甚至最终将我国企业挤出市场（李孟刚，2009）。

总之，外资对我国第三产业正在逐步强化控制，除了电信、传媒、保险、医疗等有着较为严格政策限制的领域外，外资对其他开放的盈利性较高领域的控制逐渐集中，这样能够较为容易地树立市场领先地位。

因数据所限，下面只分析外资企业对批发和零售业、餐饮业以及房地产业的市场控制情况。根据覆盖批发和零售业、餐饮业、房地产业的外资企业主营业务收入与总的主营业务收入的对比，可以部分反映外资企业对第三产业的市场控制情况。第三产业外资市场控制度的公式如式（4-1）所示。

$$第三产业外资市场控制度 = \frac{第三产业外资企业主营业务收入}{第三产业主营业务总收入} \times 100\% \quad (4-1)$$

## （一）外资企业对我国第三产业市场控制的总体情况

根据《中国统计年鉴》（2006~2010）与《中国第三产业统计年鉴》（2006~2010）的相关数据及公式（4-1），可以计算出第三产业的外资市场控制度，结果如表 4-1 所示。

从表 4-1 中可以看出，2005 年与 2006 年外资对我国第三产业市场控制度均在 10% 以下，2007 年也仅为 10.3%，虽然近两年有上升的趋势，但上升幅度比较小，从总体情况来看市场控制度并不高。不过由于内资企业与外资企业在数量上相比有优势，这反映出外资企业的创收能力更强，单个外资企业的市场份额更高。

---

① 根据《中国统计年鉴 2010》相关数据计算得到。

表4-1　外资对我国第三产业的市场控制度总体情况

| 年份 | 外资企业主营业务收入（亿元） | 第三产业主营业务收入（亿元） | 外资市场控制度（%） |
|---|---|---|---|
| 2005 | 9500.20 | 98860.80 | 9.6 |
| 2006 | 10563.42 | 115907.26 | 9.1 |
| 2007 | 14778.77 | 143605.13 | 10.3 |
| 2008 | 24716.88 | 216935.64 | 11.4 |
| 2009 | 25434.38 | 218828.27 | 11.6 |

注：批发和零售业以及餐饮业行业覆盖范围局限于限额以上的企业*。

数据来源：批发和零售业及餐饮业的数据根据《中国统计年鉴》（2006~2010）相关数据计算得到，统计项目为"按登记注册类型分限额以上批发和零售业企业主要财务指标及按登记注册类型"、"行业分限额以上住宿和餐饮业企业主要财务指标"；房地产业的数据根据《中国第三产业统计年鉴》（2006~2010）相关数据计算得到，统计项目为"按登记注册类型分的房地产开发企业（单位）主营业务收入"。

*2008年以前限额以上批发零售贸易业、餐饮业统计限额标准为：批发业，年末从业人员20人及以上，年销售额2000万元以上；零售业，年末从业人员60人及以上，年销售额500万元以上；餐饮业，年末从业人员40人及以上，年销售额200万元以上。从2008年年报起，限额以上批发和零售业、住宿和餐饮业统计限额标准为：批发业，年主营业务收入2000万元及以上；零售业，年主营业务收入500万元及以上；住宿业、餐饮业，年主营业务收入200万元及以上。

## （二）外资企业对我国第三产业市场控制的细分行业情况

下面分别对批发和零售业、餐饮业及房地产业3个行业内的情况进行分析，根据《中国统计年鉴》（2006~2010）与《中国第三产业统计年鉴》（2006~2010）的相关数据和公式（4-1）可以计算3个行业各自的外资市场控制度，从而可以更加明确第三产业内部外资对市场的控制情况，结果见图4-3。

从外资控制的程度来看，外资企业对批发和零售业、餐饮业以及房地产业的市场控制度较高，尤其是餐饮业，2005~2009年平均市场控制度在26%以上。从外资控制程度的变化来看，外资在批发和零售业以及房地产业的市场扩张也十分迅速，2008年外资在批发和零售业的市场控制度较2007年增长了21.1%，2007年外资在房地产业的市场控制度较2006年也增长了8.5%，但餐饮业2008年外资市场控制度较2007年有较大幅度的下降。

从批发和零售业来看，尤其是在连锁零售这些中高端市场以及生产资料批发市场，外资基本上主导了行业市场格局。截至2003年底，全球50家最大的零售企业，已有40多家在我国登陆，全球零售企业排名第一的美国沃尔玛公司、欧洲零售业排名第一的德国Metro公司、法国家乐福公司等均在中国开设有零售公

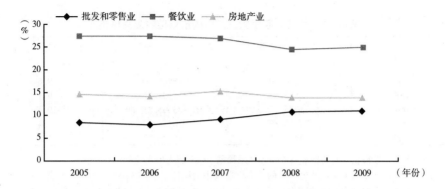

**图 4 - 3 外资对我国批发和零售业、餐饮业、房地产业的市场控制度**

数据来源：批发和零售业及餐饮业的数据根据《中国统计年鉴》（2006~2010）相关数据计算得到，统计项目为"按登记注册类型分限额以上批发和零售业企业主要财务指标及按登记注册类型"、"行业分限额以上住宿和餐饮业企业主要财务指标"；房地产业的数据根据《中国第三产业统计年鉴》（2006~2010）相关数据计算得到，统计项目为"按登记注册类型分的房地产开发企业（单位）主营业务收入"。

司或分店，给我国的零售业造成巨大的冲击。其中大型超市，外资控制面更高达80%以上①，外资企业凭借其快速的扩张能力、出色的营销技术和财务运作能力以及品牌优势不断延伸扩大其市场份额。而国外兴起的现代物流业作为新兴的批发业，发展较为成熟，对我国传统批发业形成了新的挑战。因此外资对我国批发和零售业的市场控制度预计还将进一步提高。

餐饮业方面，和批发与零售业相似，由于我国经济的发展具有巨大的市场规模和长期增长潜力，外资基本主导了行业市场格局。以肯德基、麦当劳等为代表的连锁快餐巨头利用其先进的管理经验、科学的运作模式和人性化的经营理念等，在全国各地建立了庞大的分店规模，如全球餐厅网络最大的百胜餐饮集团，1987 年进入中国市场，截至 2010 年 7 月初，百胜餐饮集团中国事业部已成功在中国大陆开出超过 3000 家肯德基餐厅、460 多家必胜客餐厅、100 多家必胜宅急送和 20 家东方既白餐厅②，成为中国最大的餐饮集团。

从房地产业来看，由于近些年我国房地产价格的不断走高以及对市场、对未来商品房旺盛需求的预期，包括香港在内的境外资本在房地产业的扩张步伐也逐

---

① 2004 年 5 月国家工商行政管理总局公平交易局发布的《在华跨国公司限制竞争行为表现及对策》调查报告。

② http：//www. yum. com. cn/home. aspx？pagenum＝01，2011－03－21.

渐加快，如凯德置地、汉斯、黑石集团等，这些外资以成立外资房地产公司或参股开发房地产项目方式流入我国房地产市场，凭借强大的资金实力开发商业楼盘和高档住宅，具有较强的市场竞争力，冲击了本土的房地产开发企业。

## 二 外资对我国第三产业的股权控制

外资股权控制度是从股权角度反映外资对国内产业控制的程度。控股权不仅对于一个企业来说十分重要，对于一个行业来说同样如此。在我国新出台的《外资投资产业目录》中，对于交通运输、仓储和邮政业内的许多产业投资均要求中方控股或仅限于合资、合作，证券和期货公司对外资持股比例都有严格要求，土地成片开发限于合资、合作，娱乐场所经营限于合资、合作等均体现了政策上对外资企业拥有第三产业股权的限制。

由于银行业股东权益数据可得，本节第三产业的覆盖范围包括批发和零售业、餐饮业、房地产业及银行业 4 个行业。根据覆盖批发和零售业、餐饮业、房地产业及银行业的外资企业股东权益与总的行业股东权益的对比，可以部分反映外资企业对第三产业的股权控制情况。外资股权控制度的公式见式（4 - 2）。

$$第三产业外资股权控制度 = \frac{第三产业外资企业股东权益}{第三产业股东权益} \times 100\% \qquad (4 - 2)$$

### （一） 外资对我国第三产业股权控制的总体情况

根据《中国统计年鉴》（2006 ~ 2010）与《中国第三产业统计年鉴》（2006 ~ 2010）的相关数据及公式（4 - 2），可以计算出第三产业的外资股权控制度，结果见表 4 - 2。

由于第三产业与人们的生活直接相关，很多外资企业采用合作和合资等方式进入中国市场，或者通过直接入股境内企业从而避免在广阔的中国市场上设立分店，如中国四大国有商业银行引入境外战略投资者就体现了这点。也正如表 4 - 2 所示，2005 ~ 2009 年外资企业对我国第三产业的股权控制度逐年走高。尽管从总体上看比例不高，但外资控股或入股的均是我国第三产业各行业内的优质企业或龙头企业，因此，外资对我国第三产业的实际影响力不容小觑，外资能够通过对股权的控制影响中国境内资产的配置。

表4-2 外资对我国第三产业的股权控制度

| 年份 | 外资企业股东权益（亿元） | 第三产业股东权益（亿元） | 外资股权控制度（%） |
|---|---|---|---|
| 2005 | 5595.2 | 36049.5 | 15.5 |
| 2006 | 6708.1 | 42919.0 | 15.6 |
| 2007 | 8831.8 | 53794.4 | 16.4 |
| 2008 | 12566.4 | 75692.4 | 16.6 |
| 2009 | 13836.4 | 83413.4 | 16.6 |

注：银行业的统计口径为国内商业银行以及外资银行。

数据来源：批发和零售业、餐饮业及银行业的数据根据《中国统计年鉴》（2006～2010）相关数据整理、计算得到，统计项目为"按登记注册类型分限额以上批发和零售业企业资产及负债"、"按登记注册类型和行业分限额以上住宿和餐饮业企业资产及负债"、"国有商业银行资产负债表"、"外资银行资产负债表（年底余额）"；房地产业的数据根据《中国第三产业统计年鉴》（2006～2010）相关数据计算得到，统计项目为"按登记注册类型分的房地产开发企业（单位）所有者权益"。

## （二）外资对我国第三产业股权控制的细分行业情况

下面着重分析第三产业内部外资对股权的控制情况，根据《中国统计年鉴》（2006～2010）与《中国第三产业统计年鉴》（2006～2010）的相关数据及公式（4-2），可以计算得到第三产业细分行业的外资股权控制度。结果见图4-4。

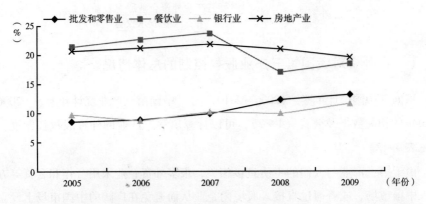

图4-4 外资对我国批发和零售业、餐饮业、银行业及房地产业的股权控制度

数据来源：批发和零售业、餐饮业及银行业的数据根据《中国统计年鉴》（2006～2010）相关数据整理、计算得到，统计项目为"按登记注册类型分限额以上批发和零售业企业资产及负债"、"按登记注册类型和行业分限额以上住宿和餐饮业企业资产及负债"、"国有商业银行资产负债表"、"外资银行资产负债表（年底余额）"；房地产业的数据根据《中国第三产业统计年鉴》（2006～2010）相关数据计算得到，统计项目为"按登记注册类型分的房地产开发企业（单位）所有者权益"。

由图 4 - 4 可以看出，批发和零售业的外资股权控制度 2005～2009 年有逐年上升的趋势，从 2005 年的 8.6% 上升至 2009 年的 13.3%；而餐饮业 2005～2007 年逐年上升，2008 年外资股权控制度有较大幅度的下降，原因是 2008 年的全球经济环境使得创投市场餐饮行业获得的国际风险投资以及餐饮企业上市规模较 2007 年有了较大幅度的下降，随着全球经济回暖，2009 年餐饮业的外资股权控制度小幅回升；银行业从总体上来说外资股权控制度在平稳中缓缓上升，但也都维持在 10% 上下。从未来的趋势来看，连锁零售及连锁餐饮将成为发展趋势，随着全球经济复苏，未来外资企业对餐饮业的市场及股权控制将可能转而上升。而外资在房地产开发领域股权控制度一直保持在 20% 以上，呈缓慢上升趋势。

2004 年以来，尽管房地产一直是国家宏观调控的重点，2006 年又出台了《关于规范房地产市场外资准入和管理的意见》，加强了对外商投资企业房地产开发经营的管理，但收效甚微。在房地产价格不断走高的背景下，外资对中国房地产市场的投资依然十分活跃，表现在外资企业股权控制度一直处于上升态势，从某种程度上削弱了国家对房地产开发市场的管理控制力度。而 2007 年国家新修订的《外商投资产业指导目录》也继续强化了对外商进入地产市场的限制。其中最明显的变化是，原本列入"鼓励类"项目的普通住宅开发建设被整体取消，这标志着，此前国家对房地产业的"限外"政策进一步加码，可以预见，未来我国房地产的外资企业控制度将有较大幅度的下降。

## 三 外资对我国第三产业的总资产控制

总资产是指某一经济实体拥有或控制的、能够带来经济利益的全部资产。从总资产的规模可以看出一个企业的总体规模，从总资产规模的发展变化可以看出一个企业发展壮大的情况，因此对于总资产的分析至关重要。本节分析外资对我国第三产业的总资产控制情况，能够从某种程度上反映外资控制我国行业的可利用资源的总体情况。外资对我国第三产业的总资产控制度公式见式（4 - 3）。

$$第三产业外资总资产控制度 = \frac{第三产业外资企业总资产}{第三产业总资产} \times 100\% \qquad (4 - 3)$$

## （一）外资对我国第三产业总资产控制的总体情况

根据《中国统计年鉴》（2006～2010）与《中国第三产业统计年鉴》（2006～2010）的相关数据及公式（4-3），可以得到第三产业的外资总资产控制度，结果如表4-3所示。

表4-3　外资对我国第三产业的总资产控制度

| 年份 | 外资企业总资产（亿元） | 第三产业总资产（亿元） | 外资总资产控制度（%） |
| --- | --- | --- | --- |
| 2004 | 21545.4 | 303806.8 | 7.1 |
| 2005 | 23492.3 | 316522.2 | 7.4 |
| 2006 | 29190.8 | 369114.6 | 7.9 |
| 2007 | 38892.6 | 448761.4 | 8.7 |
| 2008 | 48539.6 | 546099.0 | 8.9 |
| 2009 | 53130.1 | 660608.2 | 8.0 |

数据来源：批发和零售业、餐饮业及银行业的数据根据《中国统计年鉴》（2006～2010）的相关数据整理、计算得到，统计项为"按登记注册类型分限额以上批发和零售业企业资产及负债"、"按登记注册类型和行业分限额以上住宿和餐饮业企业资产及负债"、"国有商业银行资产负债表"、"外资银行资产负债表（年底余额）"；房地产业的数据根据《中国第三产业统计年鉴》（2006～2010）相关数据整理、计算得到，统计项为"按登记注册类型分的房地产开发企业（单位）资产总计"。

表4-3反映出，2006年较2005年第三产业外资总资产控制度上升了0.5个百分点，而2007年较2006年上升了0.8个百分点。受国际金融危机影响，2009年较2008年第三产业外资总资产控制度明显下降，随着国际经济形势的好转，预计该指标将会反弹。

近些年来，随着我国对外开放进程的加快，第三产业许多行业内都有外资的身影，尤其是在外资具有相对优势且利润率较高的行业，外资正在不断加紧扩张的步伐，通过建立独资企业或入股境内企业等方式控制国内的资源，因此第三产业外资总资产控制度逐年增高，外资企业控制我国可利用资源的程度也在不断提高，未来这一趋势还将持续。

但我国境内企业在竞争中也如雨后春笋般建立，深入到外资涉及较少的广大二三线城市和农村领域，而且随着国家对民营企业扶持力度的加大，我国第三产业外资总资产控制度的增幅有可能下降。

## （二）外资对我国第三产业总资产控制的细分行业情况

下面进一步就2004～2009年批发和零售业、餐饮业、银行业及房地产业外资总资产控制度的变化趋势进行分析，根据《中国统计年鉴》（2006～2010）与《中国第三产业统计年鉴》（2006～2010）的相关数据及公式（4－3），可计算得到第三产业四个细分行业的外资总资产控制度，结果见图4－5。

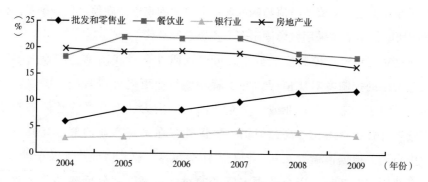

图4－5　外资对我国批发和零售业、餐饮业、银行业及
房地产业的总资产控制度

数据来源：批发和零售业、餐饮业及银行业的数据根据《中国统计年鉴》（2006～2010）的相关数据整理、计算得到，统计项目为"按登记注册类型分限额以上批发和零售业企业资产及负债"、"按登记注册类型和行业分限额以上住宿和餐饮业企业资产及负债"、"国有商业银行资产负债表"、"外资银行资产负债表（年底余额）"；房地产业的数据根据《中国第三产业统计年鉴》（2006～2010）相关数据整理、计算得到，统计项目为"按登记注册类型分的房地产开发企业（单位）资产总计"。

如图4－5所示，我国的批发和零售业外资总资产占比逐年增加，从2004年的6.1%增长至2009年的12.0%，其中2008年的增幅最高，表明中国批发和零售市场在2008年全球经济低迷的背景下逆势而上，境内外资本纷纷在该领域扩大规模，2009年平稳增长。中国是一个巨大的消费市场，尤其是随着我国树立了扩大内需的政策基调，我国未来批发和零售市场还将有较大的潜力，外资对我国批发和零售业的控制度将进一步增强。就餐饮业来看，2004～2007年外资总资产控制度一直处于温和上升态势，随着国内快餐连锁企业的兴起，加上国际金融危机的影响，外资对我国餐饮业的总资产控制度在2008年和2009年逐渐降低。金融危机的影响逐渐退去，但外资对我国餐饮业的总资产控制度是否会因国内企业的崛起而降低，仍无定论。

2004～2009年外资企业对房地产业的总资产控制度变化比较平稳，略有下降，表明近几年来境内房地产企业扩张较迅速，其势头盖过了外资企业。

## 四　外资对我国第三产业的固定资产投资控制

外资固定资产控制度指标反映产业内外资企业对于固定资产的控制程度，它可以用外资企业固定资产净值与国内该产业总的固定资产净值之比来衡量。但由于数据所限，本节将采用城镇固定资产投资总额替代。

通过对固定资产控制度的分析，可以探明外资对我国第三产业内不同细分行业资产的控制度对比情况，并了解哪些行业更受外资青睐。固定资产的多少还反映了未来一个行业或一个企业的发展潜力，因此尽管总体来看城镇固定资产外资投资占比不高，但仍要警惕外资在第三产业的部分高科技含量行业中布局。根据覆盖批发和零售业、住宿和餐饮业、房地产业及金融业①的第三产业固定资产与外资企业固定资产的对比，可以部分反映外资企业对第三产业的固定资产控制情况，我国第三产业外资固定资产控制度的公式见式（4－4）。

$$第三产业外资固定资产控制度 = \frac{第三产业外资企业城镇固定资产投资额}{第三产业城镇固定资产投资总额} \times 100\%$$

（4－4）

### （一）外资对我国第三产业固定资产投资控制的总体情况

根据《中国统计年鉴》（2005～2010）的相关数据及公式（4-4），可以得到第三产业的外资固定资产控制度，结果如表4-4所示。

从表4-4中可以看出，2004～2008年城镇固定资产投资中外资投资额变化幅度较小，始终维持在11%～12%之间，控制度并不高。2009年，控制度进一步下降，跌至9.0%，这与当年世界经济形势的变化有较强的关联度。未来全球经济转暖，城镇固定资产投资总额中外资占比有可能提升。

---

① 注意此处的行业覆盖范围与前文不同，要更加宽泛，住宿和餐饮业统计范围增加住宿业，金融业统计范围增加除国有商业银行与外资银行之外的其他金融机构。

表4-4 外资对我国第三产业的固定资产控制度

| 年份 | 外资企业城镇固定资产投资额(亿元) | 第三产业城镇固定资产投资总额(亿元) | 外资固定资产控制度(%) |
|---|---|---|---|
| 2004 | 1905.2 | 16199.8 | 11.8 |
| 2005 | 2130.9 | 19411.8 | 11.0 |
| 2006 | 2765.9 | 24540.1 | 11.3 |
| 2007 | 3873.5 | 32551.7 | 11.9 |
| 2008 | 4532.0 | 41095.0 | 11.0 |
| 2009 | 4540.2 | 50295.8 | 9.0 |

数据来源：根据《中国统计年鉴》(2005~2010)的相关数据整理、计算得到。其中，"外资企业城镇固定资产投资额"和"第三产业城镇固定资产投资总额"的统计项目均为"按行业、隶属关系和注册类型分城镇固定资产投资"。

## （二）外资对我国第三产业固定资产投资控制的细分行业情况

根据《中国统计年鉴》(2005~2010)的相关数据及公式（4-4），可以得到批发和零售业、住宿和餐饮业、房地产业及金融业这4个细分行业的外资固定资产控制度，结果如图4-6所示。

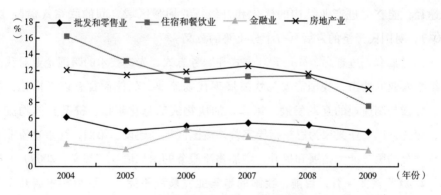

图4-6 外资对我国批发和零售业、住宿和餐饮业、金融业及
房地产业的城镇固定资产控制度*

数据来源：根据《中国统计年鉴》(2005~2010)的相关数据整理、计算得到。其中，"外资企业城镇固定资产投资额"和"第三产业城镇固定资产投资总额"的统计项目均为"按行业、隶属关系和注册类型分城镇固定资产投资"。

*外资企业城镇固定资产投资占比最高的为信息传输、计算机服务和软件业，2004~2009年一直在24%以上，2008年更是达到35.47%的高点，表明外资对高科技领域的渗透力更大，在图中未列示。

可以看出，2004～2009年，外资对住宿和餐饮业、房地产业的固定资产控制度较高，一般都在10%以上，而对于批发和零售业及金融业的固定资产控制度稍低，维持在7%以下，主要原因在于这两个行业主要以其他流动性资产为主，固定资产占比本身较低。这几个细分行业的外资城镇固定资产控制度在2009年都有明显下降，这与国际金融危机不无关系。

## 五　结论与对策建议

本文受数据的限制，在分析我国第三产业外资控制情况时，着重分析了批发和零售业、餐饮业、银行业及房地产业，并得出以下几点结论。

### （一）关于我国批发与零售行业

**1. 随着现代物流业在我国产业中的地位日益重要，批发业是被列入十大振兴规划中的唯一服务产业，如何促进我国传统批发业向现代物流业的转型成为焦点**

现代物流业是从高增长、高消耗、高污染、高成本的经济增长模式转变为高增长、低消耗、低污染、低成本的现代经济发展模式，是降低要素流通成本的重要途径，能够促进产业结构的优化和升级，并加强区域之间的联系（俞晓松，2008），对国民经济的发展具有十分重要的意义。

面对具有先进理念、先进管理方式和服务方式、先进技术的跨国企业对我国传统批发业的冲击，我国需要加快发展现代物流业，具体而言有以下措施：第一，加强与制造业的互动发展；第二，加快物流信息化建设，提升整体物流效率；第三，以产业集聚为思想指导完善物流园区规划建设；第四，注重物流业非运输部分的服务能力拓展和提升，增加物流服务的附加值（王杰义，2009）。

**2. 就零售业来看，目前，我国的零售业发展尚不完备，百货零售店几乎雷同的服务，并没有突出自己独特的经营风格**

雷同的店面，使消费者失去消费的兴致，最终使零售百货业失去了巨大的市场。具体分析来看，中国零售业仍旧缺乏品牌意识。品牌的概念应该被推广，而不仅仅局限于制造业内部。品牌效应能给企业带来持续发展的后劲和动力，获得战略上的竞争优势（周琳、张玉婷、韩雨巧，2010）。如前文所述，中国本土品牌的零售企业在中高端市场基本上已经被挤出了主流零售市场，基本的零售市场格局由外资主导。外资控制大卖场的直接后果是：本土制造商的利润被大幅度压缩，而卖场产品的价格被整体抬高。跨国公司掌握了大部分的社会购买力，使其与供应商之间的价格谈判及货款结算优势地位更加明显①，这对于我国零售供应商的影响是极为不利的。

但从另一方面来看，我国本土零售业在政策、文化上也占据先天性优势，一些社区超市、连锁便利店、专业店、专卖店生存空间灵活有余，而且也有诸如华联股份、百联股份、大商股份等几家国内上市公司，因低成本和区域性优势，不可能被外资挤垮和取代。但是本土零售业想要进一步发展壮大，必须发挥自身的优势和特色，采取差异化战略，贴近当地市场的需求，打造区域强势品牌，并寻求更强大的资本整合，通过强强联合打造战略联盟和区域购物中心，从而吸引消费者②。因此，未来我国零售业的高速发展仍值得高度期待，信息化、集团化、品牌化、国际化的管理将是中国零售业发展的必经之路。

## （二）关于我国餐饮业

餐饮业是改革开放比较早的一个行业，外资特别是一些国际名牌企业不断涌进中国餐饮市场，我国餐饮业一直面临着国外餐饮业品牌的巨大挑战。与国外餐饮相比，国内餐饮企业在硬件、软件，尤其是在管理、服务方面的差距较大。加入 WTO 后，更多外资餐饮企业的进入加剧了我国餐饮行业的竞争。国外餐饮企业进入中国，对我国餐饮经营理念、服务质量标准、文化氛围、饮食结构、从业人员素质要求等将产生深刻影响③。

麦当劳、百胜、星巴克、棒约翰、H&M 等都加大了对中国市场的投入，境内资本起家的小肥羊、真功夫、俏江南等均获得了国外资本注资，表明外资对国内餐饮业的渗透力进一步加大。未来，我国餐饮业要实现跨越式发展，要借鉴国外的资金运作经验、管理经验、人才培养经验等，同时要紧紧把握住市场发展态

---

① 张世国：《跨国公司中国市场的战略进入与国家产业安全》，http：//www. cet. com. cn/news. aspx？newsid＝5794167d－f2db－41b2－baac－bf21ac3ef810，2011－03－27。

② 林建敏：《外资零售攻入二三线城市　本土零售业借力突围》，http：//www. lingshou. com/www/message/colligate_ message/07090925313. htm，2011－03－21。

③ 李鸿飞：《我国餐饮业实现快速发展》，http：//www. zgxxb. com. cn/ltxf/201002254214. shtml，2011－03－21。

势，如快餐、休闲、时尚等主题，满足消费者的心理需求，树立自身品牌，打造文化品位。具体来看，有如下一些措施：一是运用品牌战略、先进的经营理念提升餐饮业战略决策的能力；二是运用模块化生产的方式，开发人本化的产品，提升餐饮业技术开发的能力（王圣果，2008）；三是深化体制改革，推动产业化进程，寻求规模效益，实行专业化管理，实现全面创新；四是注重服务和品牌维护，塑造良好的企业形象（杨柳，2007）。

### （三）关于我国银行业

外资对我国银行业的控制度尚未达到警戒线，在股权和总资产方面的控制度均未超过15%，尽管外资银行相较国内商业银行而言具有分行规模上的劣势，但外资银行的优势在于人才、技术、管理和创新，而且随着我国以中国银行、建设银行、中国工商银行等为代表的金融机构在海外资本市场上市，外资能够影响中国金融资源的战略配置，对我国的经济安全造成一定威胁。因此，在金融这种关键行业，我国商业银行必须保证优势地位，掌握中国最重要的金融资源，实现经济自立。

具体来说需要做到以下几点：一是通过准确市场定位培育核心客户、加快产品与技术的创新、积极发展中间业务和零售业务，来优化自身的经营策略；二是完善风险防范机制，强化信息披露，增强信息透明度，建立良好的公司治理结构文化；三是通过健全人力资源管理制度，给予优秀管理技术营销人才有效激励以应对外资银行的人才争夺；四是健全金融管制的法律、法规基础，为金融市场发展创造良好的体制条件；五是优化对外资银行监管，通过完善监管法规和制度使得外资银行监管有法可依有章可循，并提高监管专业化程度；六是放松银行业对内准入管制，鼓励民营银行的发展，同时应以审慎态度加强对其监管，从而增加金融体系的竞争性，提高其运作效率。

### （四）我国房地产业

由于近些年我国的经济一直保持了持续健康的发展，房地产业又是我国经济的支柱产业，房地产需求依然旺盛，投资性需求日益膨胀，越来越多的居民将房产作为重要的保值增值手段等原因，外资大举进入我国房地产市场，对我国房地产以及经济的发展具有十分重要的积极作用。外资的进入可以增加我国房地产供给，缓解境内房地产企业的资金压力，对当地的产业经济发展也起到相当大的推动作用，有利于增加就业，并给境内房地产企业带来改进技术和设备、强化创新及管理的压力。而从另一方面来看，外资介入会给境内的资本带来挤出效应，境外机构的投资往往集中在中高档的商业楼盘和住宅，经济适用房比例较少，进一步加剧了中低档住宅市场的供求失衡状况。

面对外资，我国房地产业有以下具体的对策：一是各级地方政府真正做到取消外资房地产企业在税收、融资和土地出让等方面的超国民待遇；二是内资房地产开发企业要从提升自身实力和服务出发，把握消费者心态，贴近市场需求，尤其是细分市场的需求；三是学习外资资本运营的管理经验，加强战略合作，在建筑设计方面积极寻求与欧美企业合作；四是积极培养既有专业知识，又有语言沟通能力及营销能力的复合型人才，同时，应抓紧改革现行的人力资源管理模式，建立基于能力与报酬、提升相结合的人力资本管理模式，切实构筑房地产业的人才优势①。

## 参考文献

［1］ 曹静：《加入 WTO 后外资进入我国第三产业的态势及对策》［J］，《经济纵横》2005 年第 9 期，第 8～11 页。

［2］ 李孟刚：《产业安全理论研究》［M］，经济科学出版社，2009。

［3］ 马莹、贺金花：《外商直接投资对我国产业结构发展的影响》［J］，《知识经济》2010 年第 18 期，第 98 页。

［4］ 王杰义：《物流寒冬中的变革》［J］，《给予中国投资》2009 年第 6 期，第 62～63 页。

［5］ 王磊：《外资并购：合理利用与有效规制——基于国家经济安全视角的分析》［J］，《生产力研究》2010 年第 8 期，第 86～88 页。

［6］ 王圣果：《餐饮业核心竞争力——以杭州为例》［J］，《商业经济与管理》2008 年第 8 期，第 75～80 页。

［7］ 俞晓松：《加快发展我国现代物流业》［J］，《中国流通经济》2008 年第 6 期，第 7 页。

---

① 《面对外资，中国房地产业的对策和出路》，http：//house. hangzhou. com. cn/20050801/ca1094178. htm，2011－03－21。

［8］杨柳:《基于产业安全的中国餐饮业体制改革研究》［J］,《管理现代化》2007 年第 5 期,第 58~60 页。

［9］谢杰斌、赵毓婷:《我国银行业如何应对外资银行的进入》［J］,《财经科学》2007 年第 10 期,第 31~38 页。

［10］周琳、张玉婷、韩雨巧:《国际化背景下中国零售业的发展探究》［J］,《中国集体经济》2010 年第 8 期,第 24 页。

# 行 业 篇

## Section for Subdivision Industries

B.5

## 中国汽车产业外资控制分析

汽车产业作为我国的支柱产业和战略产业，已成为国民经济的重要生产部门，对我国的经济、科技与社会发展有着重要的作用和深远的影响（王江等，2009）。进入 21 世纪以来，我国汽车产业高速发展，形成了多品种、全系列的各类整车和零部件生产及配套体系，产业集中度不断提高，产品技术水平明显提升，已经成为世界汽车生产大国。

2008 年由于国际金融危机影响，我国汽车产销低于 1000 万辆的既定目标；2009 年国际金融危机仍在继续，年初各界对汽车市场发展的信心不是很足，但在中央一系列积极政策和《汽车产业调整和振兴规划》的大力推动下，汽车工业实现了井喷式增长。据统计，2009 年累计生产汽车 1379.10 万辆，同比增长46.2%，比中国 2002 年汽车销售同比增长 37% 的历史记录还高将近 10 个百分点；2009 年产销增幅同比分别提高 43.3 个百分点和 39.6 个百分点。中国汽车工业对中央提出的"保 8"目标作出了应有的贡献①。

据商务部统计，2009 年汽车工业新设立外商投资项目 366 个，比 2008 年同期

---

① 《中国汽车工业年鉴 2010》。

减少155个，实际使用外资金额229473万美元，同比下降13.96%。新设立企业数和实际使用外资金额占全国同期吸收外资总量的比重分别为1.56%和2.55%①。

近几年，中国汽车市场高速增长，并成为外商直接投资的重要目的地。中国是一个生产技术相对落后，劳动要素相对丰裕的国家，同时具有很大的市场潜力。外资企业一方面利用中国低廉的劳动力和优惠的政策条件，赚取高额利润，另一方面在中国打造从开发研制、培训，到生产、销售全过程的体系，并最终垄断中国市场。从长远来说，合理利用外资和限制外资成为加强我国汽车产业安全的必要手段。

在全球化浪潮的推动下，中国的汽车市场越来越成为亚洲乃至全球外资流入较为活跃的市场。早在2003年日产汽车与东风汽车合资组建新东风汽车有限公司，外商资本就已经达到了50%的规定上限；德国大众向上海大众和一汽大众大幅增资；美国通用、戴姆勒—克莱斯勒也都向其合资企业增资；本田公司与中方合作伙伴合资成立的本田汽车（中国）有限公司，外方注册资本比例达到了65%。在我国汽车市场发展过程中，跨国汽车公司通过合资增资方式基本上完成了在我国的战略布局，现在正在向控制我国汽车产业方向发展（黄建宏、向静，2009）。

根据2010年版《中国汽车工业年鉴》数据统计范围，本文中的汽车产业包含5个细分行业，分别为汽车、改装汽车、摩托车、车用发动机、汽车与摩托车配件。

## 一 外资对我国汽车产业的市场控制

外资市场控制度指标反映某一产业内外资控制企业对于国内市场的控制程度，它可以用外资控制企业市场份额与国内该产业总的市场份额之比来衡量，外资市场控制度越高，产业安全受影响的程度越大。在实际计算时，采用汽车外资工业企业的销售收入与该产业全部国有及规模以上非国有工业企业的销售收入的百分比表示。在本文中，规定外资包括外商投资和港澳台商投资，汽车产业外资市场控制度计算公式为式（5-1）。

$$汽车产业外资市场控制度 = \frac{汽车产业外资销售收入}{汽车产业销售总收入} \times 100\% \qquad (5-1)$$

① 《2009年汽车工业利用外资现状》，http://www.fdi.gov.cn/pub/FDI/zgjj/hyzk/zzy/qcgy/t20100827_125418.htm，2011-03-23。

## （一）外资对我国汽车产业市场控制的总体情况

根据《中国汽车工业年鉴》（2001～2010）的相关数据和公式（5-1），可以整理、计算得出 2000～2009 年间的汽车产业外资市场控制度，结果如表 5-1 所示。

表 5-1　2000～2009 年汽车产业外资市场控制度

| 年份 | 汽车产业外资销售收入（亿元） | 汽车产业总销售收入（亿元） | 外资市场控制度（%） |
|------|------|------|------|
| 2000 | 1096.32 | 3574.67 | 30.7 |
| 2001 | 1327.21 | 4338.99 | 30.6 |
| 2002 | 1580.97 | 6082.20 | 26.0 |
| 2003 | 2437.34 | 8204.82 | 29.7 |
| 2004 | 2543.00 | 8347.03 | 30.5 |
| 2005 | 3686.34 | 10108.42 | 36.5 |
| 2006 | 5740.52 | 13818.90 | 41.5 |
| 2007 | 5850.93 | 17065.52 | 34.3 |
| 2008 | 5336.23 | 18727.81 | 28.5 |
| 2009 | 6918.08 | 23529.56 | 29.4 |

数据来源：根据《中国汽车工业年鉴》（2001～2010）整理、计算得到。其中，2000～2005 年"汽车产业外资销售收入"和"汽车产业总销售收入"的统计项目均是"汽车工业大中型企业主要经济指标及分类构成"；2006～2009 年"汽车产业外资销售收入"和"汽车产业总销售收入"的统计项目均是"汽车工业主要经济指标及分类构成"。

从总体市场来看，2002 年外资的市场控制度最低，为 26.0%，2002～2006 年，外资企业在我国汽车工业的市场占有率呈总体上升趋势，其中在 2006 年，外资企业的销售收入高达 5740.52 亿元，占整个中国市场的 41.5%。外资汽车公司在产品研发、零件配套、品牌推广等方面不断加强控制，并逐步渗入汽车销售领域，力图占领和控制中国市场。自 2007 年开始，外资市场占有率有所下降，再次趋向 30%。这与我国民族汽车品牌的不断发展壮大，以及汽车下乡等购车优惠政策都有一定的相关性。2008 年受到国际金融危机的影响，外资控制率与 2007 年相比下降了 5.8 个百分点。2009 年金融危机的影响仍在继续，外资的控制率有小幅度的上升。

### （二）外资对我国汽车产业细分行业市场控制情况

根据《中国汽车工业年鉴》（2001～2010）的相关数据和公式（5－1）可以计算出我国汽车产业的5个细分行业外资市场控制率，结果如图5－1所示。

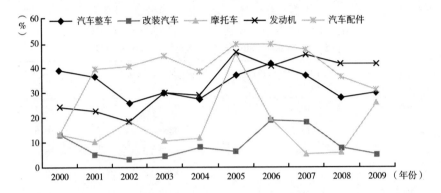

图5－1　2000～2009年外资对汽车产业细分行业市场控制情况

注：图中的发动机代表车用发动机行业，汽车配件代表汽车、摩托车配件行业，下同。

数据来源：根据《中国汽车工业年鉴》（2001～2010）整理计算得到。

从图5－1中可以看出，在这5类行业中，改装汽车的市场控制度变化相对不明显，除了2000年，2006年和2007年占有率较高以外，其他年份，外资控制度均不超过10%，数据走势比较的稳定。由于我国农村和城乡结合部是摩托车的主要市场，从某种程度上来说，这不利于外商直接投资本地化。摩托车行业的外资市场控制度也不是很高，2009年，世界经济总体低迷，虽然摩托车的外资控制度有所提高，但是摩托车整体的产销量都出现了下滑。目前我国的自主品牌如力帆、宗申等都实现了利润的上升，外资企业如铃木、本田等销量都比较的稳定。但是行业中的弱小企业，面临重重困难，出现不同程度的亏损。

值得引起重视的是，在汽车整车、车用发动机和汽车配件行业中，销售总产值在逐年上升，但不及外资销售收入的增长速度，如图5－1所示，这些行业的外资市场控制度基本上呈波动增长趋势。在汽车整车行业，我国对外资的进入设置了很多的限制条件，但对于零配件行业如发动机和配件行业限制较少，导致这些行业的外资市场控制度更高。其中，在车用发动机行业中，2000～2009年期间，外资对车用发动机的市场控制有4年超过40%，从2000年的24.5%到2009

年的 42.3%，增长了近 18 个百分点。在汽车配件行业中，2005 年和 2006 年几乎高达 50%，这对我国汽车零配件的产业安全造成了一定的威胁。我国汽车工业技术上专业化水平不高，外商可以利用其技术优势垄断我国汽车产业市场。外资如此高的市场占有率，值得引起相关部门的注意。

## 二 外资对我国汽车产业的股权控制

股权是指股份制企业投资者的法律所有权，以及由此而产生的投资者对企业拥有的各项权利。股权控制是跨国公司控制其合资企业的一种方式，是外资企业控制中国市场的重要手段。可用汽车产业外资股权控制度来衡量外资的股权控制情况，计算公式为式（5-2）。

$$汽车产业外资股权控制度 = \frac{汽车产业外资实收资本}{汽车产业实收资本总额} \times 100\% \qquad (5-2)$$

### （一）外资对我国汽车产业股权控制总体情况

根据《中国汽车工业年鉴》（2001~2009）的相关统计数据和公式（5-2），可以计算出 2000~2008 年外资对我国汽车产业股权控制度，结果如表 5-2 所示。

表 5-2　2000~2008 年汽车产业外资股权控制情况

| 年份 | 外资实收资本（亿元） | 实收资本总额（亿元） | 外资股权控制度（%） |
| --- | --- | --- | --- |
| 2000 | 398.28 | 1393.83 | 28.5 |
| 2001 | 471.95 | 1340.16 | 35.2 |
| 2002 | 492.19 | 1557.81 | 31.5 |
| 2003 | 458.31 | 1565.11 | 29.2 |
| 2004 | 449.20 | 1599.43 | 28.0 |
| 2005 | 818.44 | 1881.70 | 43.4 |
| 2006 | 804.19 | 1982.39 | 40.5 |
| 2007 | 1000.44 | 2347.45 | 42.6 |
| 2008 | 977.25 | 2571.67 | 38.0 |

注：《2010 年中国汽车工业年鉴》没有统计"实收资本"项目，故 2009 年数据缺失。

数据来源：根据《中国汽车工业年鉴》（2001~2009）整理、计算得到。2000~2005 年"外资实收资本"和"实收资本总额"的统计项目是"汽车工业大中型企业主要经济指标及分类构成"；2006~2008 年"外资实收资本"和"实收资本总额"的统计项目是"汽车工业主要经济指标及分类构成"。

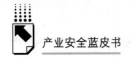

表 5 - 2 给出了整个汽车产业的股权控制的总体情况，我们可以看出 2000 ~ 2008 年外资对我国汽车产业的股权控制度总体呈上升趋势，2005 年高达 43.4%，比 2000 年上升了近 15 个百分点。2008 年外资股权控制度有所下降，但仍保持在 38.0%，是一个相对较高的比率。

## （二）外资对我国汽车产业细分行业股权控制情况

根据《中国汽车工业年鉴》的相关统计数据和外资股权控制率公式（5 - 2），计算出了汽车产业 5 个细分行业的外资股权控制度，结果如图 5 - 2。

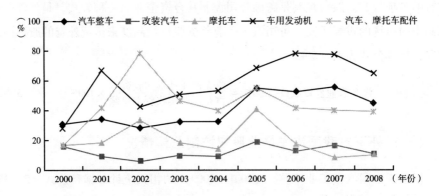

**图 5 - 2　2000 ~ 2008 年外资对汽车产业细分行业股权控制情况**

数据来源：根据《中国汽车工业年鉴》（2001 ~ 2010）整理、计算得到。

图 5 - 2 描述了 2000 ~ 2008 年外资对我国汽车产业 5 个细分行业的股权控制度的变化情况。从图中我们可以看出，细分行业的汽车市场，无论是整车还是配件行业，外资的股权控制度也呈总体上升趋势。很显然，除了改装汽车的其他细分行业外资股权控制度都比较高。而由于我国对汽车配件行业的外资控制度限制条件较为宽松，外资利用这些便利条件对我国汽车行业零部件产业进行股权控制，其中车用发动机尤为突出，2006 年的外资控制度高达 78.26%。2008 年受到国际金融危机的影响，除摩托车行业外，其他细分行业的外资控制度都受到了不同程度的影响，出现了下降的趋势。

虽然我国汽车产业需要引进外资以提升管理水平和运营水平，但较高的外资股权控制度可能会对我国的汽车工业安全造成一定的负面影响，进而影响我国整个行业的安全。

## 三 外资对我国汽车产业的技术控制

外资对我国汽车产业的技术控制可分为三个子指标：拥有发明专利的控制度，研发费用控制度以及新产品产值控制度。受数据可获得性限制，这里只采用研发费用控制度对外资的技术控制度进行分析。随着汽车产业的不断发展与技术进步，R&D投入与技术创新是汽车产业经济增长的决定性因素（阳立高、廖进中、向鑫琳，2010）。

汽车产业外资研发费用控制度计算公式为式（5-3）。

$$汽车产业外资研发费用控制度 = \frac{汽车产业外资研发费用}{汽车产业研发费用总额} \times 100\% \qquad (5-3)$$

### （一）外资对我国汽车产业研发费用控制的总体情况

根据2001~2010年《中国汽车工业年鉴》的相关统计数据和公式（5-3），可以计算得到汽车产业研发费用控制度，结果如表5-3所示。

表5-3 2000~2009年外资对汽车产业研发费用控制情况

| 年份 | 外资研发费用（万元） | 研发费用总额（万元） | 外资研发费用控制度（%） |
|------|------|------|------|
| 2000 | 245827 | 677425 | 36.3 |
| 2001 | 216893 | 586168 | 37.0 |
| 2002 | 165563 | 861886 | 19.2 |
| 2003 | 303052 | 1072651 | 28.3 |
| 2004 | 328545 | 1295175 | 25.4 |
| 2005 | 586687 | 1677635 | 34.9 |
| 2006 | 799856 | 2448680 | 32.7 |
| 2007 | 1007384 | 3087791 | 32.6 |
| 2008 | 996894 | 3887149 | 25.6 |
| 2009 | 1151175 | 4606361 | 25.0 |

数据来源：根据《中国汽车工业年鉴》（2001~2010）整理、计算得到。其中，2001~2005年"外资研发费用"和"研发费用总额"的统计项目是"汽车工业大中型企业主要经济指标及分类构成"；2006~2009年"外资研发费用"和"研发费用总额"的统计项目是"汽车工业主要经济指标及分类构成"。

从总体上来看，2002 年之前外资企业对整个汽车产业的研发费用控制度较高，2002 年降至 19.2%，为近 10 年来的最低点。2002 年以后，外资研发费用控制度有所上升，在 2005 年达到了 34.9%。2008 年受金融危机的影响，控制度略有下降，但仍然占整个行业研发水平的 25.6%。2009 年变化幅度不大，与 2008 年基本保持一致。

### （二）外资对我国汽车产业细分行业研发费用控制情况

根据《中国汽车工业年鉴》（2001～2010）相关统计数据和研发费用控制度计算公式（5－3）可以计算得出汽车产业 5 个细分行业的外资研发费用控制度，结果如图 5－3。

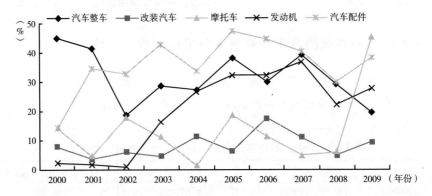

**图 5－3　2000～2009 年外资对汽车产业细分行业研发费用控制情况**

数据来源：根据《中国汽车工业年鉴》（2001～2010）整理、计算得到。

从细分行业来看，汽车、摩托车配件产业的外资控制度最大，汽车整车的外资控制度紧随其后，而增长速度最快的是车用发动机行业。从图 5－3 可以看出，外资企业对车用发动机行业的研发控制度在逐年上升，到 2007 年上升到 37.66%，外资对我国汽车发动机研发方面的控制度较高，主要是由于它们掌握较为先进的技术。2008 年的国际金融危机使得发动机行业的外资控制度出现了较大幅度的下降，2009 年控制度有了一定程度的回升，但是幅度不大。

据《中国汽车工业年鉴》统计，2009 年我国在汽车、摩托车配件行业中有 2514 家企业，其中内资企业占 2068 个。但是，就研发费用而言，外资企业的比重却达到了 38.1%。外资对汽车、摩托车配件行业的研发力度也是逐步增大，如图 5-3 所示，外资企业对这个行业的研发费用控制度一直居高不下。2005 年外资企业对我国汽车、摩托车配件行业的研发费用控制度高达近 50%，外资不但掌握着部分关键汽车、摩托车零配件的核心技术，还几乎垄断了为整车厂提供配套零件的市场。

汽车整车企业的产品开发能力是衡量汽车行业可持续发展的重要标准之一。引进外资企业对汽车整车的研发在一定程度上可以促进我国汽车企业提升自主创新产品开发能力，但需要控制一定的水平。图 5-3 显示，外资在汽车整车行业有一定的研发费用控制力，但是这一比重有下降的趋势，说明我国政府重视自主研发，做了一定的投入，企业也在自主研发的方面取得了一定的成绩。

由图 5-3 可以看到，外资对改装汽车研发费用的控制平均不超过 10%。同样，外资对摩托车行业的研发投入也不是很高。受金融危机的影响，我国加大对摩托车行业的研发力度，并取得了一定的成就，在一定程度上排挤了外资企业。外资企业也意识到了这个问题，在 2009 年对摩托车的研发费用有着大幅度的提升。

## 四 外资对我国汽车产业的总资产控制

总资产是企业拥有或控制的全部资产。外资以多种方式进入我国汽车产业，虽然给国内企业带来了资金、管理技术等方面的积极因素，但随着外资对总资产控制的增加，必然会对我国的汽车产业造成一定的威胁，进而不利于其长远发展。

总资产控制度指标反映外资对某一产业企业拥有的全部资产，包括流动资产和固定资产的控制程度，它可以用外资总资产和汽车产业总资产之比来衡量。外资对我国汽车产业总资产控制度的计算公式为式（5-4）。

$$\text{外资总资产控制度} = \frac{\text{汽车产业外资年末总资产}}{\text{汽车产业年末总资产}} \times 100\% \qquad (5-4)$$

### （一）外资对我国汽车产业总资产控制的总体情况

根据《中国汽车工业年鉴》（2001~2010）相关统计数据和公式（5-4）可以计算得出我国汽车产业外资总资产控制度，结果如表 5-4 所示。

表 5 - 4　2000 ~ 2009 年外资对我国汽车产业总资产控制度

| 年份 | 外资年末总资产（亿元） | 汽车产业年末总资产（亿元） | 外资总资产控制度（%） |
| --- | --- | --- | --- |
| 2000 | 1165.30 | 5597.15 | 20.8 |
| 2001 | 1296.14 | 5851.66 | 22.1 |
| 2002 | 1397.04 | 6713.13 | 20.8 |
| 2003 | 1647.62 | 8037.12 | 20.5 |
| 2004 | 1744.13 | 9270.64 | 18.8 |
| 2005 | 2627.63 | 10025.96 | 26.2 |
| 2006 | 3380.56 | 11856.94 | 28.5 |
| 2007 | 4084.70 | 14176.60 | 28.8 |
| 2008 | 3393.15 | 15107.46 | 22.5 |
| 2009 | 4366.27 | 18452.26 | 23.7 |

数据来源：根据《中国汽车工业年鉴》（2001 ~ 2010）整理、计算得到。其中，2000 ~ 2009 年"外资年末总资产"和"汽车产业年末总资产"均来自统计项目"汽车整车生产企业主要经济指标"、"改装汽车生产企业主要经济指标及分类构成"、"摩托车整车生产企业主要经济指标及分类构成"、"车用发动机生产企业主要经济指标及分类构成"、"汽车摩托车配件工业主要经济指标及分类构成"。

从表 5 - 4 中可以看到，外商总资产控制度在 2004 年之前在 20% 左右波动，2005 ~ 2007 年呈现上升态势，其中 2007 年的总资产控制率为 28.8%。2008 年受全球金融危机的影响，外资总资产控制度与前一年相比下降了 6.3 个百分点。2009 年外资总资产控制度有所上升，但是幅度不大。

外资企业一旦全面控制我国汽车产业，必然会损坏我国汽车产业的中长期发展，最后使得我国汽车产业成为无核心技术、无完整产业链体系的外国跨国公司加工厂。

### （二）外资对我国汽车产业细分行业总资产控制情况

根据《中国汽车工业年鉴》（2001 ~ 2009）相关统计数据和公式（5 - 4）可以计算得出外资对我国汽车产业 5 个细分行业总资产控制度的变化情况，结果如图 5 - 4。

5 个细分行业中，摩托车行业外资总资产控制率不稳定，变化幅度较大，2008 年达到 50% 以上。其他行业的总资产控制率呈现波动增长趋势，2008 年受到全球金融危机的冲击，外资的控制度显著下降。在车用发动机行业，外资对其

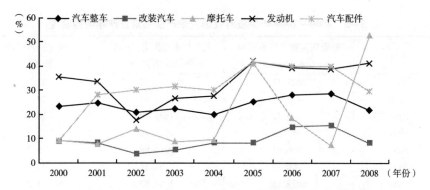

**图 5 – 4  2000～2008 年外资对我国汽车产业细分行业总资产控制情况**

数据来源：根据《中国汽车工业年鉴》（2001～2009）整理、计算得到。

总资产的控制度依旧较高，接近 40%，如果该比率继续上升，外资企业必将更大程度上排挤我国民族品牌，从而对汽车产业的经济安全构成更大的威胁。

## 五　外资对我国汽车产业的固定资产净值的控制

外资对我国汽车产业的控制可以用固定资产净值控制度指标来体现。固定资产净值反映了一个企业的生产能力，而固定资产净值率反映了外资生产能力的比重。外资对我国汽车产业固定资产净值控制度的计算公式为式（5 – 5）。

$$汽车产业外资固定资产净值控制度 = \frac{汽车产业外资固定资产净值平均余额}{汽车产业总固定资产净值平均余额} \times 100\%$$

$$(5 – 5)$$

### （一）外资对我国汽车产业固定资产净值控制总体情况

根据《中国汽车工业年鉴》（2001～2010）相关统计数据和公式（5 – 5），可以计算出 2000～2009 年外资对我国汽车产业固定资产净值控制度，结果如表 5 – 5 所示。

从表 5 – 5 中的数据可以看出，2000～2006 年外资对我国汽车产业固定资产控制度呈总体上升趋势，在 2006 年以后控制度保持在 30% 以上。2009 年，控制度下降到了 26.1%，与除 2006 年之外的其他年份相比，保持在适当的范围内波动。

表5-5　2000~2009年外资对我国汽车产业固定资产净值控制度

| 年份 | 外资固定资产净值平均<br>余额（亿元） | 汽车产业总固定资产净值<br>平均余额（亿元） | 固定资产净值<br>控制度（%） |
|---|---|---|---|
| 2000 | 409.37 | 1723.85 | 23.7 |
| 2001 | 475.80 | 1781.91 | 26.7 |
| 2002 | 469.42 | 1899.70 | 24.7 |
| 2003 | 462.98 | 1837.12 | 25.2 |
| 2004 | 506.61 | 2010.88 | 25.2 |
| 2005 | 706.42 | 2193.14 | 28.9 |
| 2006 | 1072.25 | 3042.83 | 35.2 |
| 2007 | 1140.13 | 3625.77 | 31.4 |
| 2008 | 1128.77 | 3712.46 | 30.3 |
| 2009 | 1093.69 | 4191.43 | 26.1 |

数据来源：根据《中国汽车工业年鉴》（2001~2010）相关数据整理、计算得到，其中2000~2009年"外资固定资产净值平均余额"和"汽车产业总固定资产净值平均余额"的统计项目均为"汽车整车生产企业主要经济指标"、"改装汽车生产企业主要经济指标及分类构成"、"摩托车整车生产企业主要经济指标及分类构成"、"车用发动机生产企业主要经济指标及分类构成"、"汽车摩托车配件工业主要经济指标及分类构成"。

## （二）外资对我国汽车产业细分行业固定资产净值控制情况

根据《中国汽车工业年鉴》（2001~2010）相关统计数据和公式（5-5），可以计算出2000~2009年外资对我国汽车产业5个细分行业外资固定资产净值控制度，结果如图5-5所示。

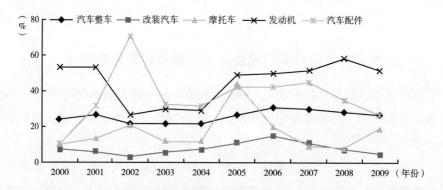

图5-5　2000~2009年外资对我国汽车产业细分行业固定资产净值控制情况

数据来源：根据《中国汽车工业年鉴》（2001~2010）整理、计算得到。

从图 5 - 5 中，可以看出外资对汽车整车行业、车用发动机行业的固定资产净值控制度均呈逐年上升趋势，其中车用发动机行业控制度较高，在 2009 年，外资对这两个行业的控制度都有所下降。2002 年外资对汽车、摩托车配件行业的固定资产净值的控制度超过 70%，之后几年一直稳定在 30% ~ 50% 之间。2007 ~ 2009 年，外资控制度逐年下降。外资对摩托车行业固定资产净值的控制度变化比较平稳，除 2005 年达到 44%，其他各年份均保持在 20% 以下，2009 年有所上升。外资对改装汽车行业的资产控制度一直保持在 20% 以下，2006 年控制度最大接近 20%，2007 ~ 2009 年控制度逐年下降。外资对固定资产的控制度的变化情况反映了外资投资比重的变化，外资投资比重的增加，对我国的汽车产业安全构成一定威胁。

# 六　结论与对策建议

外资对我国汽车产业的控制主要体现在对市场和技术的控制，其中车用发动机和汽车、摩托车配件行业控制度较高，汽车整车行业紧随其后。从以上数据和分析得知，跨国公司在上、中、下游对中国汽车产业链已有相当的控制力。如果任由这种趋势发展下去而不采取任何措施，那么，遭受打击的将不仅是整个汽车产业，还会涉及多个与汽车相关的不同产业（乔梁，2008）。汽车产业能否健康发展，关系到我国消费者的切身利益，所以，从产业安全的角度出发，需要做好以下几个方面。

## （一）　加快产业组织调整，提高集中度

金融危机后，业内普遍认为世界汽车格局将有所变化，我国要想成为汽车强国，需要迅速形成一家或几家世界级规模的大集团。2009 年国务院公布的《汽车产业调整和振兴规划》明确提出通过兼并重组，形成 2 ~ 3 家产销规模超过200 万辆的大型企业集团，4 ~ 5 家产销规模超过 100 万辆的汽车企业集团。国内汽车企业积极响应，广汽与长丰、长安与中航实现重组，成功的案例给企业带来很多的改变、对企业的发展产生重大影响，也为未来企业的重组带来了借鉴和指导。产业结构的调整不仅要适应需求的变化，而且还能够促进消费需求的扩大。例如，汽车生产比重增大不仅满足了人们在较高收入水平条件下追求生活质量的需求的扩大，还由于汽车的使用而带来一系列相关产品需求的增加，如汽车维修和保养停车场等，以及由于汽车使用而刺激的远程消费，如汽车旅馆等。所有这

些行业的需求扩大又会由于刺激投资，从而加速增加生产要素的投入、促进经济增长（宋明利，2010）。

## （二）重视技术创新，建立自主品牌

自主技术和自主品牌一向是我国汽车产业发展的短板，然而一个强大的汽车产业必须拥有自主核心技术和一系列自主品牌。就目前我国汽车产业的实际情况看，短期内在自主核心技术上取得重大突破还不现实，还要通过引进技术、自主研发、集成创新等多种方式逐步提高技术创新能力（崔剑峰、李斯萌，2010）。要明确自主研发的重要性，要掌握核心的技术。重视对员工的培训，引导国内的企业与国内高校研究部门，以及国外独立研发机构的合作，增强国内企业的自主研发生产能力。政府应该重视我国的自有品牌，无论是资金技术方面，还是政策法规方面，都要给予一定的扶持。在引进外资的同时，注意对外资的控制，对于汽车、摩托车零配件行业的外资引入，可以增设更多的限制条件。要提高我国的经济谈判能力，对国有资产进行严格的管理。

## （三）加快新能源汽车的开发

2009 年中国产销汽车超过 1300 万辆，为世界第一产销大国。2009 年中国进口石油 1.9 亿吨，对进口石油的依存度超过 50%，节能减排成为国家能源安全的重大问题。2009 年国家出台了一系列的政策，鼓励使用新能源汽车，大大地促进了国内各地生产和购买新能源汽车的积极性。国家发改委在《汽车产业调整和振兴规划》中指出，至 2011 年国内将有 5% 的汽车是新能源汽车，根据《中国汽车工业年鉴 2010》统计，2009 年国内生产汽车 1379.1 万辆，预计 2011 年汽车产量约为 1600 万辆，新能源汽车为 80 万辆左右。新能源汽车有着广阔的发展前景，落实中央相关政策，加快新能源汽车的开发不仅有利于我国汽车工业的全方位发展，也有利于实行节能减排。

**参考文献**

［1］崔剑峰、李斯萌：《后金融危机时期我国汽车产业发展战略研究》［J］，《经济纵

横》2010 年第 4 期，第 27～29 页。

［2］黄建宏、向静：《我国汽车产业安全问题探讨》［J］，《特区经济》2009 年第 6 期，第 101～103 页。

［3］乔梁：《被外资掌控的中国汽车产业》［J］，《新财经》2008 年第 7 期，第 94～95 页。

［4］宋明利：《汽车产业经济分析及建议》［J］，《合作经济与科技》2010 年第 1 期，第 34～35 页。

［5］阳立高、廖进中、向鑫琳：《汽车产业 R&D 投入与经济增长实证研究》［J］，《经济问题》2010 年第 1 期，第 30～33 页。

［6］王江、吕朋、赵树宽、巩顺龙：《自主创新战略下我国汽车产业发展对策研究》［J］，《生产力研究》2009 年第 16 期，第 108～109 页。

# $\mathbb{B}.6$
# 中国钢铁产业外资控制分析

钢铁行业是以从事黑色金属矿物采选和黑色金属冶炼加工等工业生产活动为主的工业行业，包括金属铁、铬、锰等的矿物采选业、炼铁业、炼钢业、钢加工业、铁合金冶炼业、钢丝及其制品业等细分行业，是国家重要的原材料工业之一。此外，由于钢铁生产还涉及非金属矿物采选和制品等其他一些工业门类，如焦化、耐火材料、碳素制品等，因此通常将这些工业门类也纳入钢铁工业范围中①。本文借鉴国家发改委的报告，将钢铁行业分为黑色金属矿采选业和黑色金属冶炼及延压加工业两个大类。

钢铁工业是国民经济的基础产业，是国家经济水平和综合国力的重要标志。我国是世界上最大的钢铁生产大国、消费大国，也是世界上最大的铁矿石进口国。钢铁工业对国民经济作出了巨大的贡献，已成为我国的支柱产业之一，对经济建设、社会发展、财政税收、国防建设以及稳定就业等方面发挥着重要作用。如图6-1所示，钢铁工业的总产值在我国 GDP 构成中一直占有较高的比重，1995~2003年平均比重在 5% 左右，从 2004 年开始，钢铁行业的工业总产值占 GDP 比重超过8%，且一直呈上升趋势，到 2008 年超过 16%。金融危机爆发后，钢铁企业被迫大幅度减产，2008 年 10 月份，钢的生产水平降至年产 4.2 亿吨，比年内最高水平下降 26%。在国家刺激经济政策的作用下，钢铁生产开始逐步回升，2009 年 6 月份以来，各月始终保持较高生产水平。2009 年全年产钢 56784 万吨，比上年增加6753 万吨，增长 13.5%。在全球钢产量减产 21.5% 的大背景下，中国国内消费需求强劲，弥补了出口大幅度减少的压力，与 2008 年相比，出口减少回流到国内粗钢为 4479 万吨，国内粗钢消费达到 56504 万吨，增长 24.8%，创历史新高②。2009 年钢铁工业的总产值占 GDP 比重出现小幅度下跌，为 13.6%。

---

① 钢铁行业，http://baike.baidu.com/view/279202.htm，2011-01-10。
② 工业和信息化部：《钢铁行业发展回顾及 2010 年展望》，http://www.gov.cn/gzdt/2010-02/12/content_1534184.htm，2011-01-20。

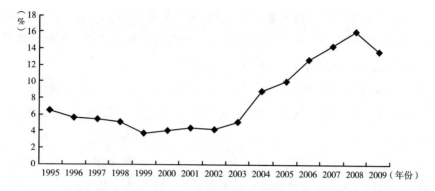

**图 6 – 1    中国钢铁产业总产值占 GDP 比重**

注：2004 年无分行业工业总产值统计数据，为保持数据的连贯性，采用 2003 年和 2005 年数据的平均值。

数据来源：根据《中国统计年鉴》（2000～2010）相关数据整理、计算得到。其中：①1995～1998 年钢铁工业总产值采用的是全部独立核算工业企业数据；②1999～2009 年采用的钢铁工业的总产值是全国按行业分规模以上工业企业的数据。

钢铁产业是国民经济的基础产业，在国民经济中与建筑、机械、轻工、汽车、集装箱、造船、铁道、石化等行业具有巨大的关联效应。钢铁工业是国民经济中的战略性行业，其发展既影响到煤炭、铁矿石等上游行业的发展，又影响汽车、制造、家电等下游行业的发展。目前，我国正处于工业化的中期阶段，张培刚教授关于工业化的定义是工业化可以被定义为一系列基要生产函数连续发生变化的过程，这种基要生产函数的变化最好是用交通运输、机械工业、钢铁工业诸部门来说明。工业化是人类大量消耗自然资源、快速积累社会财富、迅速提高生活水平的过程，是一个国家经济增长不可逾越的阶段。这个过程在经济总量上表现为人均国内生产总值的快速提升，在结构上表现为工业部门取代农业部门成为国民经济主体，从资源角度则表现为能源和矿产资源的大量消耗。随着我国居民对汽车、住宅等高档商品需求的增加，建筑业、汽车、机械制造等行业开始成为国民经济的支柱行业，对钢材的需求将持续增加，国民经济受钢铁工业的影响将越来越大。

我国钢铁产业发展定位是以内需为主，适当参与国际竞争。由于我国钢铁产能巨大，除个别高端品种外，我国钢铁产业面临的外部竞争较弱；同时，由于我国钢铁产业实行较为严格的资本准入制度，钢铁产业的控制力较强。我国钢铁产业面对的主要问题是国内的市场结构与外部的原料供给之间的瓶颈矛盾。钢铁企

业的竞争状况，可以用一句话来总结：原料采购是世界性的，而产品市场却是国内的。影响我国钢铁产业安全发展的要素主要有生产技术、市场竞争、市场结构、原料问题和国家产业政策（杨化邦，2011）。

随着我国改革开放进程的加快，越来越多的外资注入我国的钢铁行业中。2005 年 10 月，安赛乐—米塔尔以 3.38 亿美元收购华菱管线 36.67% 的股权。2006 年 2 月 24 日，欧洲最大钢铁商阿赛洛，以溢价 14.8% 收购了莱钢集团持有的莱钢股份 38.41% 的股权，股权转让完成后，莱钢集团仍持有莱钢股份 38.41% 的股权，与阿赛洛并列成为莱钢股份第一大股东。除了安赛乐—米塔尔和阿赛洛外，蒂森克虏伯、浦项、新日铁等跨国钢铁巨头也纷纷以合资、并购等方式进入中国市场，虽然参股或并购的都是一些中小型钢铁企业，但他们仍然把中国定位成主攻市场。目前，由于国家原则上不允许外资控股国内钢铁企业，外资正在根据自身的情况选择进入中国的方式①。

据商务部统计，2009 年冶金工业②新设立外商投资项目 4 个，比 2008 年同期减少 8 个，实际使用外资金额 42392 万美元，同比下降 13.99%。新设立企业数和实际使用外资金额占全国同期吸收外资总量的比重分别为 0.02% 和 0.47%③。

这种情况对我们国家来说既有有利的一面，也有不利的一面。外资进入钢铁行业一方面有利于促进我国内资企业的整改，提升钢铁行业的产业格局，增强钢铁行业的竞争能力，但是，外资的注入不可避免地给我国钢铁行业的产业安全带来了一定的隐患，例如外资会挤出一定数量的内资的市场份额，会减少内资企业开发新技术的积极性，进而抑制我国钢铁行业的发展前景等。钢铁工业作为我国国民经济的基础性产业，它的产业安全关系到整个国家的经济发展和经济安全。因此，对钢铁产业的外资的控制程度进行研究具有重要的意义。

通过对我国钢铁产业外资控制度的分析，可以了解外资对我国钢铁产业的

---

① 《如何看待外资并购我国钢铁企业》，http：//www.chinairn.com/doc/70310/489145.html，2011 - 03 - 10。

② 此处冶金工业对应于国家统计局《国民经济行业分类（GB/T 4754 - 2202）》中的冶金工业（行业代码为 C32），即为黑色金属冶炼及压延加工业。

③ 《2009 年冶金工业利用外资现状》，http：//www.fdi.gov.cn/pub/FDI/zgjj/hyzk/zzy/yjgy/t20100826_ 125388.htm，2011 - 03 - 23。

产业控制力，进而可以分析钢铁行业的产业控制力。根据我国钢铁行业的实际情况，本文选取外资市场控制度、外资技术控制度、外资股权控制度、外资总资产控制度和外资固定资产净值控制度 5 个指标对中国钢铁行业的外资控制程度进行分析，进而了解外资对我国钢铁行业的控制情况，并提出相应的政策建议。

## 一 外资对我国钢铁产业的市场控制

外商通过对东道国的投资，最主要的目的是要增加销售收入，扩大自己的市场份额。外资对本国市场的市场控制程度可以用"外资市场控制度"来描述。外资市场控制度越高，表明外资在钢铁行业的市场份额越大。在实际计算时，采用《中国统计年鉴》（2000～2010）中"外商投资企业与港澳台商投资企业"统计项目的主营业务收入与该产业总的主营业务收入的百分比表示，具体计算公式为式（6－1）。

$$中国钢铁产业外资市场控制度 = \frac{外资钢铁产业销售收入}{中国钢铁产业销售收入} \times 100\% \qquad (6-1)$$

### （一）外资对我国钢铁产业市场控制的总体情况

钢铁产业是国民经济中的战略性产业，外资对我国钢铁行业的市场控制情况关系到我国钢铁行业的产业安全和发展前景。近年来我国钢铁产业的企业并购数量呈上升趋势，这在一定程度上表明了外资对我国钢铁行业的市场控制度在增加。

根据《中国统计年鉴》（2000～2010）的相关数据和公式（6－1），可以计算出 1999～2009 年我国钢铁产业的外资市场控制度，结果如表 6－1 所示。从表 6－1 可以看出，近 11 年来，外资对我国钢铁行业的市场控制度呈现上升趋势。1999～2004 年，外资市场控制度均未超过 10%，2006 年达到最高值 13.3%，之后外资市场控制度开始缓慢下降，2009 年的外资市场控制度为 12.4%，几乎达到 1999 年的 2 倍。外资会挤出一定数量的内资的市场份额，外资市场控制度的逐步上升说明内资的市场份额在下降，但是从整体上来看，外资对我国钢铁行业的控制度是比较低的。

表 6 - 1　外资对我国钢铁产业市场控制的总体情况

| 年份＼指标 | 外资销售收入(亿元) | 销售收入(亿元) | 外资市场控制度(%) |
|---|---|---|---|
| 1999 | 261.23 | 4154.90 | 6.3 |
| 2000 | 330.80 | 5039.89 | 6.6 |
| 2001 | 446.31 | 5779.19 | 7.7 |
| 2002 | 490.80 | 6686.86 | 7.3 |
| 2003 | 878.79 | 10588.86 | 8.3 |
| 2004 | 1155.70 | 16497.35 | 7.0 |
| 2005 | 2695.60 | 22583.63 | 11.9 |
| 2006 | 3616.23 | 27144.73 | 13.3 |
| 2007 | 4814.62 | 37003.32 | 13.0 |
| 2008 | 6341.35 | 49294.36 | 12.9 |
| 2009 | 5885.95 | 47514.12 | 12.4 |

数据来源：根据《中国统计年鉴》（2000～2010）相关数据整理、计算得到。其中：①"销售收入"用的是 1999～2005 年的《中国统计年鉴》中"全部国有及规模以上非国有工业企业"中"产品销售收入"统计项目下的数据；2006～2009 年《中国统计年鉴》中"全部国有及规模以上非国有工业企业"中"主营业务收入"统计项目下的数据；②"外资销售收入"指《中国统计年鉴》中 1999～2006 年的"'三资'工业企业销售收入"和 2007～2009 年的"外商投资和港澳台商投资工业企业销售收入"，"销售收入"指《中国统计年鉴》中 1999～2006 年的"全部国有及规模以上非国有工业企业销售收入"和 2007～2009 年的"规模以上工业企业销售收入"。

## （二）外资对我国钢铁产业市场控制的细分行业情况

根据《中国统计年鉴》（2000～2010）的相关数据和公式（6-1），可以计算出钢铁行业细分行业的外资市场控制度，结果如图 6-2 所示。

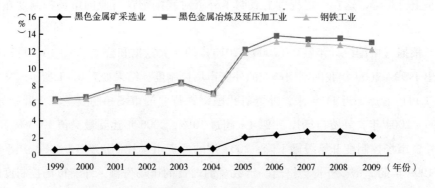

图 6 - 2　外资对我国钢铁产业市场控制的细分行业情况

数据来源：根据《中国统计年鉴》（2000～2010）相关数据整理、计算得到。

从图 6-2 中可以看出，在钢铁行业的两个大类中，黑色金属矿采选业的外资市场控制程度较低，2004 年之前其市场控制度几乎都在 1% 以下，2005~2009 年的外资市场控制度上升到 2% 以上，这说明近年来外资在逐渐加入到我国的黑色金属矿采选业中，但是外资市场控制程度仍然较低。与黑色金属矿采选业的外资市场控制度相比，黑色金属冶炼及延压加工业的外资控制度则较高，1999 年已经达到了 6.48%，并且一直呈现出上升的状态，2002~2005 年是外资对我国钢铁行业市场控制度上升较快的一个阶段，2005 年外资市场控制度已经超过了 12%，2009 年达到 13.22%，这说明近几年来外资在我国黑色金属冶炼及延压加工业的市场控制度在逐步增加。总体来看，外资对我国钢铁行业的市场控制主要集中在黑色金属冶炼及延压加工业，并且外资的市场控制度较低。

## 二 外资对我国钢铁产业的股权控制

外资股权控制度是从股权角度反映外资对国内钢铁产业控制程度的一个指标。外资进入中国的钢铁行业往往是先与国内重要企业合资，利用转移价格，提高由其投入的投入品（如新技术等）价格，造成合资企业亏损后再提出"增资扩股"的策略，中方因缺乏资金，外资股权占比提高，获得绝对控股权，甚至于变成外资独资企业。外资股权控制程度是外资在钢铁行业的注册资本与钢铁行业的注册资本之比，这里用所有者权益代替注册资本。外资股权控制度越高，则表明外资在该行业的企业中的控股权越大。在实际计算时，采用《中国统计年鉴》（2000~2010）中钢铁行业两个细分行业的"'三资'工业企业"的所有者权益与整个钢铁行业的所有者权益的百分比来表示外资股权控制程度，具体计算公式为式（6-2）。

$$中国钢铁产业外资股权控制度 = \frac{外资钢铁产业所有者权益}{中国钢铁产业所有者权益} \times 100\% \qquad (6-2)$$

### （一）外资对我国钢铁产业股权控制的总体情况

根据《中国统计年鉴》（2000~2010）的相关数据和公式（6-2），可以计算出 1999~2009 年我国钢铁产业的外资股权控制度，结果如表 6-2 所示。从表 6-2 可以看出，外资对我国钢铁行业的外资控制度一直呈现上升趋势。1999~

2006 年，外资对钢铁行业的股权控制呈现上升的状态，2006 年达到 10.6%，2007 年和 2008 年保持平稳态势，2009 年出现小幅度下跌，为 9.5%。一个产业的股权控制度影响到这个产业中企业的经营方针策略以及这个产业的发展方向，甚至关系到一个国家的经济安全，所以应该保持在适当的比例，一方面可以较好地利用外资，另一方面也可以保证本国产业的安全。总体上来看，外资对我国钢铁产业的股权控制度是比较低的。

表 6 - 2 　外资对我国钢铁产业股权控制的总体情况

| 年份 | 外资所有者权益（亿元） | 所有者权益（亿元） | 外资控制度（%） |
|---|---|---|---|
| 1999 | 136.52 | 3619.30 | 3.8 |
| 2000 | 161.29 | 4377.86 | 3.7 |
| 2001 | 207.45 | 4970.91 | 4.2 |
| 2002 | 220.46 | 4453.37 | 5.0 |
| 2003 | 368.40 | 5267.06 | 7.0 |
| 2004 | 905.04 | 9655.62 | 9.4 |
| 2005 | 802.69 | 7962.57 | 10.1 |
| 2006 | 1008.32 | 9514.98 | 10.6 |
| 2007 | 1284.72 | 12379.21 | 10.4 |
| 2008 | 1531.13 | 14543.24 | 10.5 |
| 2009 | 1558.08 | 16478.93 | 9.5 |

注：《中国统计年鉴 2005》中无 2004 年所有者权益统计项，故采用总资产减去总负债来计算得出所有者权益。

数据来源：根据《中国统计年鉴》（2000～2010）相关数据整理、计算得到。其中：①"外资所有者权益"指《中国统计年鉴》中 1999～2006 年的"'三资'工业企业所有者权益"和 2007～2009 年的"外商投资和港澳台商投资工业企业所有者权益"；②"所有者权益"指《中国统计年鉴》中 1999～2006 年的"全部国有及规模以上非国有工业企业所有者权益"和 2007～2009 年的"规模以上工业企业所有者权益"。

## （二）外资对我国钢铁产业股权控制的细分行业情况

根据《中国统计年鉴》（2000～2010）的相关数据和公式（6－2），可以计算出钢铁行业细分行业的外资股权控制度，结果如图 6－3 所示。

从图 6－3 中可以看出，在钢铁行业两大细分行业中，外资都具有一定的股权控制度，但是钢铁行业的外资股权控制主要集中在黑色金属冶炼及延压加工业。1999～2005 年，黑色金属矿采选业的外资控制程度一直都在 1%以下，2006 年以后，黑色金属矿采选业的外资控制程度超过 1%，并且近三年来保持相当高的增长

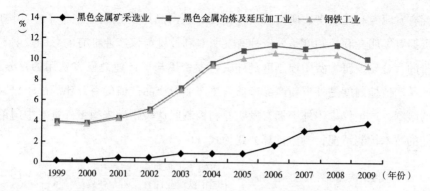

**图 6 - 3  外资对我国钢铁产业股权控制的细分行业情况**

注：《中国统计年鉴 2005》中无 2004 年所有者权益统计项，故采用总资产减去
总负债来计算得出所有者权益。

数据来源：根据《中国统计年鉴》（2000～2010）相关数据整理、计算得到。

速度，2009 年达到 3.74%。黑色金属冶炼及延压加工业的外资控制程度在 1999 年
就已经达到了 3.95%，且该行业的外资股权控制程度一直保持着较高的增长幅度，
2008 年黑色金属冶炼及延压加工业的外资控制程度达到了 11.44%，2009 年出现小幅
度下跌，为 10.07%。但是总体来说，外资对我国钢铁行业的股权控制度是比较低的。

## 三 外资对我国钢铁产业的技术控制

外资在华的技术控制可以将世界先进的技术和理念带进中国，可以改善中国
的产业结构，有利于我国的人才培养和人力资源开发，能够对我国企业产生竞争
效应和示范效应等，但是，外资较强的技术控制度会加强技术垄断与技术转移限
制，随着人员和技术的流动，保密技术可能泄露或被窃取，同时，外资不承担社
会责任的逐利动机可能会对产业结构产生不利影响。因此，分析外资对我国钢铁
产业的技术控制度，明确外资对我国钢铁产业的外资控制情况，对于促进我国钢
铁产业的健康快速发展具有重要意义。

外资在华的技术控制战略主要有通过产业内分工实现技术控制、通过 R&D
机构的独资化或控股化运作模式实现技术控制、通过设计 R&D 机构在"研发
链"上的位置实现技术控制、通过专利和技术标准实现技术控制和通过技术的
逆向扩散实现技术控制（刘刚、张浩辰，2004）。本文的外资技术控制指标由外

资拥有发明专利控制度、研发费用控制度、新产品产值控制度三个子指标构成。外资拥有发明专利控制度是外资拥有发明专利数量与该产业拥有的总的发明专利数量的百分比，研发费用控制度是外资研发费用与该产业总研发费用的百分比，新产品产值控制度是外资新产品产值与该产业新产品产值的百分比。由于数据获取的限制，这里仅采用外资拥有发明专利控制度这一指标来衡量外资对中国钢铁产业的技术控制情况，具体计算公式为式（6-3）。

$$中国钢铁产业外资技术控制度 = \frac{外资钢铁产业拥有发明专利数量}{中国钢铁产业拥有发明专利数量} \times 100\% \quad (6-3)$$

### （一）外资对我国钢铁产业技术控制的总体情况

根据《中国科技统计年鉴》（2000~2009）[①] 的相关数据和公式（6-3），可以计算出1999~2008年我国钢铁产业的外资技术控制度，结果如表6-3所示。从表6-3可以看出，1999~2000年、2003~2004年外资技术控制度大幅度上升，2004~2007年则呈现出下降的状态，而2008年外资技术控制度大幅度上升至10.8%。这说明从拥有发明专利数量来看，外资对我国的钢铁行业的控制程度是比较低的。

表6-3　外资对我国钢铁产业的拥有发明专利控制的总体情况

| 年份 | 外资拥有发明专利数量（项） | 拥有发明专利数量（项） | 外资控制度（%） |
|---|---|---|---|
| 1999 | 1 | 352 | 0.3 |
| 2000 | 12 | 506 | 2.4 |
| 2001 | 2 | 670 | 0.3 |
| 2002 | 4 | 991 | 0.4 |
| 2003 | 7 | 1140 | 0.6 |
| 2004 | 35 | 564 | 6.2 |
| 2005 | 39 | 931 | 4.2 |
| 2006 | 46 | 1009 | 4.6 |
| 2007 | 66 | 1785 | 3.7 |
| 2008 | 151 | 1398 | 10.8 |

数据来源：根据《中国科技统计年鉴》（2000~2009）相关数据整理、计算得到。其中：①2004年、2008年的统计项目为"分行业规模以上工业企业科技项目与专利统计"；②1999年没有"拥有发明专利数"，数据为"专利授权"；③1999~2000年的统计项目是"分行业大中型工业企业技术开发产出统计"，2001~2003年和2005~2008年的统计项目是"分行业大中型工业企业科技项目与专利统计"。

---

① 《中国科技统计年鉴2010》中没有分行业"三资"企业的统计数据，因此，该项指标的统计数据更新到2008年。

## （二）外资对我国钢铁产业技术控制的细分行业情况

根据《中国科技统计年鉴》（2000～2009）的相关数据和公式（6-3），可以计算出钢铁行业细分行业的外资技术控制度，结果如图6-4所示。

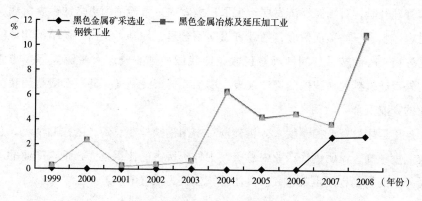

**图6-4　外资对我国钢铁产业技术控制的细分行业情况**

数据来源：根据《中国科技统计年鉴》（2000～2009）相关数据整理、计算得到。

从图6-4中可以看出，在我国钢铁行业的两个大类中，黑色金属矿采选业的拥有专利发明数量比较少，技术控制度也很低，而黑色金属冶炼及延压加工业的拥有专利发明数量则相对较多，技术控制度也相对较高。但是从总体上来看，外资对我国钢铁行业的外资控制度是比较低的。

2006年以前，黑色金属矿采选业外资拥有发明专利数量为0，2007年和2008年的数量为1，外资控制度分别为2.6%和2.8%。2004年以前，黑色金属冶炼及延压加工业外资拥有发明专利数量较少，外资控制度仅2000年为2.4%，2004年以后，随着该行业拥有发明专利数量的增加，外资拥有发明专利数量也在逐步上升，并且增加的幅度较大，外资控制度从2003年的0.6%上升到2004年的6.2%，虽然2007年钢铁行业的拥有发明专利数量上升为1785项，但外资控制度为3.7%。到2008年，钢铁行业拥有的发明专利数量下降为1398项，外资控制度大幅度上升，为10.8%。在图6-4中，外资对黑色金属冶炼及延压加工业的技术控制基本上与外资对我国钢铁行业的外资控制度重合，这表明外资对我国钢铁行业的技术控制主要集中在黑色金属冶炼及延压加工业，但是控制程度较低。

## 四 外资对我国钢铁产业的总资产控制

外资的大量引入，暂缓了国内的就业矛盾，使内资企业学到了国外先进的技术和管理经验，对国民经济发展产生了积极效应，带给中国更多的发展机遇，但同时也产生了一些负面效应，如外资投向不合理，加剧了我国产业结构和地区结构的失衡；外商转移利润和逃避税收，使我国的国有资产大量流失等。与此同时，外资通过扩大在我国的资产规模，增加其资产控制度，甚至会威胁到我国该产业的产业安全。

这里运用总资产控制度来分析外资对中国钢铁产业总资产的控制情况。总资产控制度越高，说明钢铁产业中总资产中外资所占的比重越大，钢铁产业的总资产受外资的控制程度也就越大。具体计算公式为式（6-4）。

$$中国钢铁产业外资总资产控制度 = \frac{外资钢铁产业总资产}{中国钢铁产业总资产} \times 100\% \qquad (6-4)$$

### （一）外资对我国钢铁产业总资产控制的总体情况

根据《中国统计年鉴》（2000~2010）的相关数据和公式（6-4），可以计算出1999~2009年我国钢铁产业的外资总资产控制度，结果如表6-4所示。与上述几个外资控制指标相比，总资产外资控制度的数额相对较大。从表6-4可以看出，1999~2006年，外资对中国钢铁行业的控制度一直呈现上升趋势，并且在2006年达到了11.7%，从2007年开始外资对中国钢铁行业的控制度有了回落，到2009年回落到10.0%，这说明2007年开始外资对我国钢铁产业总资产的投资受到了一定程度的控制，但是从整体上来看，外资对我国钢铁行业的总资产控制度是比较低的。

表6-4 外资对我国钢铁产业总资产控制的总体情况

| 年份 | 外资总资产（亿元） | 总资产（亿元） | 外资控制度（%） |
|------|------|------|------|
| 1999 | 391.39 | 8887.22 | 4.4 |
| 2000 | 444.28 | 9554.25 | 4.7 |
| 2001 | 506.42 | 10137.40 | 5.0 |
| 2002 | 539.32 | 9989.68 | 5.4 |
| 2003 | 903.35 | 12493.89 | 7.2 |

续表

| 年份 | 外资总资产（亿元） | 总资产（亿元） | 外资控制度（%） |
|---|---|---|---|
| 2004 | 1271.63 | 15384.98 | 8.3 |
| 2005 | 2221.67 | 20117.85 | 11.0 |
| 2006 | 2773.90 | 23705.73 | 11.7 |
| 2007 | 3369.23 | 31083.53 | 10.8 |
| 2008 | 4139.71 | 38376.97 | 10.8 |
| 2009 | 4454.47 | 44333.93 | 10.0 |

数据来源：根据《中国统计年鉴》（2000～2010）相关数据整理、计算得到。其中：①"外资总资产"指《中国统计年鉴》1999～2006年中的"'三资'工业企业总资产"和2007～2009年中的"外商投资和港澳台商投资工业企业总资产"；②"总资产"指《中国统计年鉴》1999～2006年中的"全部国有及规模以上非国有工业企业总资产"和2007～2009年的"规模以上工业企业总资产"。

## （二）外资对我国钢铁产业细分行业总资产控制情况

根据《中国统计年鉴》（2000～2010）的相关数据和公式（6－4），可以计算出钢铁行业细分行业的外资总资产控制度，结果如图6－5所示。

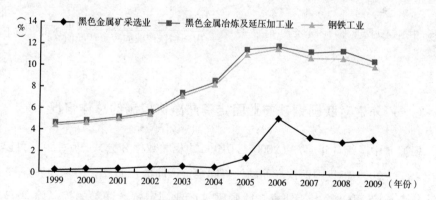

**图6－5　外资对我国钢铁产业总资产控制的细分行业情况**

数据来源：根据《中国统计年鉴》（2000～2010）相关数据整理、计算得到。

从图6－5中可以看出，从黑色金属矿采选业的外资总资产控制度来看，1999～2004年的外资总资产控制度都保持在1%以下，2006年达到近11年来的最高比例5.18%，2007年这一比例开始有所回落，2009年回落到3.26%。黑色金属矿采选业的外资控制度较小，但是近年来一直呈现出上升的趋势，这说明近年来外资加大了在黑色金属矿采选业的总资产方面的投资力度。从黑色金属冶炼及延压加工业的总资产控制程度来看，外资总资产的控制程度一直都处于相对较高的水平，随着我们国家对外开放程度的加大，这一比例近年来一直呈现出上升的状态，并且在 2006 年达到了近 11 年来的最高点 11.87%，之后略有下降，2009 年降到 10.60%。外资在总资产方面的投入比例的增加可以为我国钢铁产业带来新的技术和新的设备，但是同时也会在一定程度上威胁我国钢铁产业的发展前景，应注意将该指标保持在适当的比例。

## 五 外资对我国钢铁产业固定资产净值控制

固定资产净值与固定资产原值相比较可以反映出固定资产的新旧程度，这两个指标的比值越大，表明经营情况相对较好；比值较小，则表明经营情况相对较差。外资对固定资产净值控制度越高，说明外资在该行业的经营情况相对较好。这里采用外资固定资产净值的控制度来表示外资在钢铁行业固定资产净值方面的控制情况，具体计算公式为式（6-5）。

$$中国钢铁产业外资固定资产净值控制度 = \frac{外资钢铁产业固定资产净值}{中国钢铁产业固定资产净值} \times 100\%$$

$$(6-5)$$

### （一）外资对我国钢铁产业固定资产净值控制的总体情况

根据《中国统计年鉴》（2000~2010）的相关数据和公式（6-5），可以计算出 1999~2009 年我国钢铁产业的外资固定资产净值控制度，结果如表 6-5 所示。从表 6-5 可以看出，外资对我国钢铁产业固定资产净值的控制除 2002 年外，近 11 年来基本保持着上升的状态，并且在 2006 年达到近 11 年来的最大值 11.3%，之后出现小幅度下降，外资控制度总体来说是比较低的。一个行业的固定资产净值标志着该行业的经营情况的好坏，外资的固定资产净值的控制程度较大，说明外资在该行业的经营情况较好。从总体上来看，外资对我国钢铁产业固定资产净值的控制度是比较低的。

表 6 – 5　外资对我国钢铁产业固定资产净值控制的总体情况

| 年份 | 外资固定资产净值（亿元） | 固定资产净值（亿元） | 外资控制度（%） |
| --- | --- | --- | --- |
| 1999 | 184. 55 | 3798. 29 | 4. 9 |
| 2000 | 215. 59 | 4091. 92 | 5. 3 |
| 2001 | 252. 53 | 4169. 99 | 6. 1 |
| 2002 | 217. 77 | 4423. 00 | 4. 9 |
| 2003 | 306. 74 | 4969. 34 | 6. 2 |
| 2004 | 367. 09 | 5603. 15 | 6. 6 |
| 2005 | 687. 34 | 7003. 85 | 9. 8 |
| 2006 | 1003. 81 | 8846. 06 | 11. 3 |
| 2007 | 1143. 87 | 10695. 68 | 10. 7 |
| 2008 | 1450. 02 | 13015. 96 | 11. 1 |
| 2009 | 1575. 67 | 15988. 02 | 9. 9 |

数据来源：根据《中国统计年鉴》（2000～2010）相关数据整理、计算得到。其中：①"外资固定资产净值"指《中国统计年鉴》中 1999～2006 年的"'三资'工业企业固定资产净值"和 2007～2009 年的"外商投资和港澳台商投资工业企业固定资产净值"；②"固定资产净值"指《中国统计年鉴》中 1999～2006 年的"全部国有及规模以上非国有工业企业固定资产净值"和 2007～2009 年的"规模以上工业企业固定资产净值"。

## （二）外资对我国钢铁产业固定资产净值控制的细分行业情况

根据《中国统计年鉴》（2000～2010）的相关数据和公式（6 – 5），可以计算出钢铁行业细分行业的外资固定资产净值控制度，结果如图 6 – 6 所示。

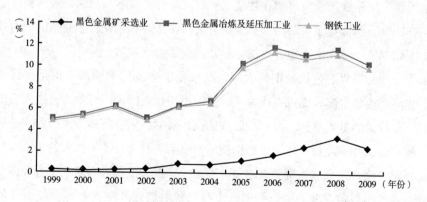

图 6 – 6　外资对我国钢铁产业固定资产控制的细分行业情况

数据来源：根据《中国统计年鉴》（2000～2010）相关数据整理、计算得到。

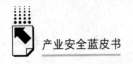

从图 6-6 中可以看出，与上述几个指标一样，黑色金属冶炼及延压加工业的外资固定资产净值控制度较黑色金属矿采选业高。在黑色金属矿采选业中，外资固定资产净值控制度保持着相对较低的比例，1999~2004 年黑色金属矿采选业的固定资产净值控制度一直保持在 1% 以下，2005 年以后保持着较高的增长速度，2008 年达到近 11 年来的最高外资控制度 3.44%，2009 年略微下降为 2.57%。从黑色金属冶炼及延压加工业来看，外资的固定资产净值控制度相对较高，除 2002 年和 2007 年、2009 年以外，一直保持着较高的增长速度，2006 年这一比例达到了 11.81%，为近 11 年来的最大值。相对于黑色金属矿采选业来说，黑色金属冶炼及延压加工业固定资产净值的外资控制度一直较高，并且增长速度也较快。

## 六　结论与对策建议

钢铁产业是国民经济的重要基础产业，是国家重要的原材料工业之一，是实现工业化的支撑产业，是技术、资金、资源、能源密集型产业，我国是一个发展中大国，在经济发展的相当长时期内钢铁需求较大，产量已多年居世界第一，但钢铁产业的技术水平和物耗与国际先进水平相比还有差距，今后发展重点是技术升级和结构调整。为提高钢铁工业整体技术水平，推进结构调整，改善产业布局，发展循环经济，降低物耗能耗，重视环境保护，提高企业综合竞争力，实现产业升级，把钢铁产业发展成在数量、质量、品种上基本满足国民经济和社会发展需求，具有国际竞争力的产业，依据有关法律法规和钢铁行业面临的国内外形势，制定钢铁产业发展政策，以指导钢铁产业的健康发展。

中国作为世界上公认的钢铁大国，其市场集中度低下的事实也是有目共睹的。提高产业集中度、促进企业兼并重组、提高行业的国际竞争力已经成为国家钢铁行业政策的基本目标。然而，以往的经验表明，依靠行政命令的方式进行行业重组，效果并不理想。作为世界钢铁消费量第一且还在不断扩大的中国内部市场，目前尚没有完全融入世界大市场，正是这一巨大的市场需求支持着我国众多钢铁企业的生存和发展。尽管中国政府可以暂时挡住外资对我国钢铁企业的并购，但是期待这一世界瞩目的高增长市场长期为我国的钢铁企业独占并不现实，与我国改革开放的长期国策也不相符，这就意味着我国的钢铁企业迟早要面对国际钢铁企业的竞争。在我国钢铁企业整合的过程中，地方政府扮演着至关重要的角色。如果自己所辖的企业被其他地区的企业重组，使得本地区企业的控制权丧失，那么地方政府宁可接受外国资本的整合，也不愿意被国内其他地区的企业兼并（王红领、陈涛涛，2008）。在地方政府千方百计招商引资、外国资本以丰酬利诱的情况下，国内钢铁产业将彻底失去防卫，一个个被跨国公司拿下。所以这也给我国钢铁行业的产业安全带来一定危机。

钢铁产业的外资控制程度直接关系到钢铁产业的产业安全，甚至关系到我们国家的经济安全，因此，其外资控制程度必须保持在适度的范围之内，才能使我们国家的钢铁产业既可以享有外资带来的好处，又可以保证我们国家钢铁产业的产业安全，保证我们国家钢铁产业健康快速的发展。从对上述五个外资控制指标的分析可以看出，我国钢铁产业吸收外商直接投资规模小、比重低，外资控制度较低，对钢铁产业的产业安全并未造成较大的影响。

针对上述外资对我国钢铁产业控制情况提出以下几点建议。

## （一）完善相关制度和法律体系

将外资政策的"普惠制"转向"'中性'为主、'有选择的鼓励'为辅"。改革开放初期，由于中国投资环境较差，利用优惠政策吸引外资是必要的，也是可行的。但是随着中国经济的发展和国际环境的变化，目前外资超国民待遇问题备受关注。"两税合一"是中国利用外资政策法规由"政策优惠"转向"国民待遇"的标志性一步，在一定程度上减少了外资企业享有的"超国民待遇"（刘建丽、王欣，2010）。市场经济的实质是竞争经济，各参与主体应机会均等地参与公平竞争。优惠待遇、超国民待遇，违背了市场公平竞争原则，使各参与主体不能均等地按统一市场价格取得生产要素和出售商品，并公平地承担各种税负。因此，我国必须逐步取消外资的各种优惠待遇，实施市场一体化原则（付保宗，2009）。与此同时，应该建立符合中国钢铁行业实际情况的钢铁行业产业安全管理体系。

## （二）保持合理利用外资结构

对钢铁产业这种国民经济的基础性行业来说，使用外资的投向应该合理，使用外资的途径要拓宽，使用外资的层次应提高，外资的来源应该多样化。必须对外资项目有所甄别，除了要全面考察对方的全球战略和技术能力以外，还要重视对方的合作承诺和资源承诺，要视对方关键知识开放的程度，对合资、合作项目进行选择，实现利用外资过程"自主可控"、"以我为主"，而不是照单全收（刘建丽、王欣，2010）。引进外资，要着重于提高引进技术的质量，优化产业结构，应大力引进深加工工业和技术密集型项目，努力实现向技术含量高、附加值大的项目转移，改变目前一般加工工业和劳动密集型企业占主导地位的局面（付保宗，2009）。要加强监管，确保合资后的企业能效水平高于合资前的水平。引导外资进入中国钢铁市场的资金流向，保证要有一定比例的资金用于节能装备的更新（廖玫、王艳，2007）。与此同时，我国应该随着经济的发展水平来适时地调整利用外资的方式，可以创新利用外商直接投资的形式，借鉴跨国直接投资经验，增强钢铁产业内工业企业的竞争能力。

## （三）严格控制利用外资规模

应在充分利用好内资的基础上严格控制利用外资的规模，尤其是对于钢铁产业这种关系到国民经济发展的基础性产业。随着国际钢铁行业并购浪潮的兴起，中国的钢铁产业应大力推进跨地区、跨所有制兼并联合，大范围内配置资源，需要国家从体制上进行调整，突破地区界限，处理好国家、地方、企业三者之间的关系，整合国内的产业集中度，严格控制外资进入中国钢铁企业，特别是进入中国的特大型钢铁企业。要提高准入的门槛，推动中国钢铁行业健康独立的发展。

## （四）提高钢铁行业市场集中度

通过科技创新和国内企业的兼并和重组，提高国内产业的竞争力，实现长期产业安全。在我国经济改革开放不断深入、市场经济不断完备的情况下，产业安全的根本不是去保护，而是要提高相关产业的竞争力。因此，要推动科技创新，在产品、技术和管理等方面下工夫，并注重品牌建设，提高自主创新能力，做大做强行业龙头企业，为实现长期产业安全目标创造条件（王维、高伟凯，2008）。中国钢铁行业的市场集中度低是长久以来一直存在的问题，我们必须首先解决这个问题，提高我国钢铁产业的竞争力，才能有效控制外资对我国钢铁产业的控制度。

**参考文献**

［1］ 杨化邦：《中国钢铁产业安全关键要素分析》［J］，《中国管理信息化》2011 年第 3 期，第 28 ~ 29 页。

［2］ 刘刚、张浩辰：《在华外资企业的技术控制探讨》［J］，《世界经济研究》2004 年第 10 期，第 66 ~ 72 页。

［3］ 王红领、陈涛涛：《中国钢铁行业重组与外资的进入——以"莱钢"与阿赛洛合资案为例》［J］，《江苏行政学院学报》2008 年第 3 期，第 36 ~ 41 页。

［4］ 刘建丽、王欣：《我国利用外资"十一五"回顾与"十二五"展望》［J］，《财贸经济》2010 年第 7 期，第 69 ~ 75 页。

［5］ 付保宗：《中国装备制造业产业安全形势及对策》［J］，《经济与管理》2009 年第 5 期，第 93 ~ 96 页。

［6］ 廖玫、王艳：《中国钢铁产业利用外资提高能效的对策研究》［J］，《经济纵横》2007 年第 8 期，第 6 ~ 8 页。

［7］ 王维、高伟凯：《基于产业安全的我国外资利用思考》［J］，《财贸经济》2008 年第 12 期，第 91 ~ 95 页。

# B.7
# 中国纺织产业外资控制分析

纺织产品主要包括棉、麻、毛、丝绸及化纤等纺织材料以及相关初级印染产品的制造、加工和销售。具体来看，纺织产业主要是将初级的棉、毛、丝绸等原材料，经过一定的加工手段后形成服装等日用品原料的工业行业（2009 中国行业年度报告系列之纺织，中国经济信息网）。纺织产业在我国是一个劳动密集度高和对外依存度较大的产业，是我国的传统产业和民生产业，也是国际竞争优势明显的产业，我国是世界上最大的纺织品服装生产和出口国，纺织产业对我国国民经济的增长起着非常重要的作用（金杰，2010）。改革开放以来，我国纺织产业凭借劳动力优势、庞大的产业规模优势、完整的产业链优势，吸引了大量外资的进入，同时引进了先进技术和现代化的管理，增强了品牌意识，有力推动了纺织产业的发展和国际竞争力的提高，为我国创造了大量的外汇收入。但是不容忽视的是，盲目地引进外资也会削弱我国纺织产业的控制力，进而对我国纺织产业安全造成威胁。在本文中，纺织产业包括纺织业，纺织服装、鞋、帽制造业和化学纤维制造业三类。

近年来，随着我国经济的发展，GDP 增长始终保持在较高水平，纺织行业也增长迅速。2004 年以来纺织行业产值占 GDP 比重都在 9% 以上。尽管从 2005 年开始该比重下降，但也达到了 7% 左右。2005 年至今该比重又呈现出缓慢回升的态势，2007 年更是达到了近三年来的最高水平，上升至 7.48%。2008 年和 2009 年该比重虽有所回落，但 2009 年也达到了 6.75%。从纺织行业的工业总产值占 GDP 比重水平可以看出，纺织工业在我国经济中占有重要地位（金杰，2010）。

据商务部统计，2009 年纺织工业新设立外商投资项目 324 个，比上年同期减少 33 个，实际使用外资金额 139231 万美元，同比下降 23.64%。新设立企业数和实际使用外资金额占全国同期吸收外资总量的比重分别为 1.38% 和 1.55%。①

---

① 2009 年纺织工业利用外资现状，http://www.fdi.gov.cn/pub/FDI/zgjj/hyzk/zzy/fzgy/t20100827_125415.htm，2011 - 04 - 07。

## 一 外资对我国纺织产业的市场控制

外资对于一个产业的控制程度过高，会威胁该产业的安全，甚至会对民族经济造成严重的影响，进而威胁国家的经济安全。追求高额利润是企业的终极目标，外资进入我国纺织产业也无外乎为了达到这一目标。从更深层次的意义上看，掩藏在追求高额利润背后的是瓜分我国纺织产业的国内市场和国际市场的市场份额，提升其在国际市场上的竞争力。分析外资对我国纺织产业的市场控制度，是衡量我国纺织产业安全与否的重要指标。

外资市场控制度指标反映一个产业内外资控制企业对于国内市场的控制程度。在本文中，外资控制企业包括外商投资和港澳台商投资企业，外资对我国纺织产业的市场控制度计算公式是式（7 - 1）。

$$纺织产业外资市场控制度 = \frac{纺织产业外资销售收入}{纺织产业的销售总收入} \times 100\% \qquad (7 - 1)$$

### （一）外资对我国纺织产业市场控制的总体情况

根据《中国统计年鉴》（2000 ~ 2010）的数据和公式（7 - 1），我们计算出1999 ~ 2009 年纺织产业的外资市场控制度，结果见表 7 - 1。从表 7 - 1 可以发现，我国纺织产业的销售收入和外资控制企业的销售收入均呈逐年增长的趋势，外资市场的控制度基本保持在 27% ~ 31%。按照国际通行看法，警戒线一般为20%；一般行业占有率 30%，可视为警戒线，少数竞争性行业可适当放宽，但也不宜超过 50%。[①] 纺织产业属于竞争性行业，其外资市场控制度在 2005 ~ 2007年都略微超过了 30%，2008 年始于发达国家的金融危机，使得该指标在 2008 ~2009 年低于了 30%。从总体市场来看，自 1999 年以来，纺织产业外资销售收入和纺织产业总销售收入呈总体上升趋势，到 2009 年纺织产业外资销售收入达到了 10068.92 亿元，是 1999 年的 4.78 倍；而纺织产业总销售收入在 2009 年达到36410.21 亿元，是 1999 年的 5.25 倍。外资纺织产业市场控制度稳定在 30% 左右。

---

① 李孟刚、蒋志敏、李文兴：《中国产业外资控制报告》，http：//finance. sina. com. cn/g/20060613/13532647261. shtml，2011 - 04 - 07。

表 7 - 1　纺织产业外资市场控制度

| 年份 | 纺织产业外资销售收入（亿元） | 纺织产业总销售收入（亿元） | 外资市场控制度（%） |
|---|---|---|---|
| 1999 | 2105.99 | 6938.40 | 30.4 |
| 2000 | 2487.50 | 8136.26 | 30.6 |
| 2001 | 2466.58 | 8582.36 | 28.7 |
| 2002 | 2824.00 | 9850.64 | 28.7 |
| 2003 | 3562.16 | 12148.02 | 29.3 |
| 2004 | 4405.97 | 15111.62 | 29.2 |
| 2005 | 6041.04 | 19721.53 | 30.6 |
| 2006 | 7271.26 | 24020.71 | 30.3 |
| 2007 | 8828.98 | 29481.64 | 30.0 |
| 2008 | 9727.38 | 33184.34 | 29.3 |
| 2009 | 10068.92 | 36410.21 | 27.7 |

数据来源：根据《中国统计年鉴》（2000～2010）相关数据整理、计算得到。其中，"纺织产业外资销售收入"的统计项目为"按行业分'三资'工业企业主要指标"，"纺织产业总销售收入"的统计项目为"按行业分全部国有及规模以上非国有工业企业主要指标"。

## （二）外资对我国纺织产业市场控制的细分行业情况

根据《中国统计年鉴》（2000～2010）的相关数据和公式（7－1）进行计算，可以分别得到外资对于我国纺织业、纺织服装、鞋、帽制造业以及化学纤维制造业这三个细分行业的市场控制度，结果见图7－1。

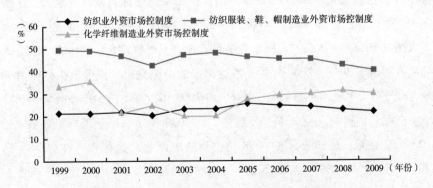

图 7 - 1　纺织产业三个细分行业外资市场控制度

数据来源：根据《中国统计年鉴》（2000～2010）相关数据整理、计算得到。

在纺织产业的三个细分行业中，纺织服装、鞋、帽制造业的外资市场控制度最高，近十年的数据均在 40%～50%，2009 年较之前略有下降，但仍在 40% 的水平，外资市场占有率已经非常高，对我国纺织产业安全构成消极影响，应该引起重视。化学纤维制造业外资市场控制度自 2003 年以后一直处于上升趋势，其在 2009 年的控制度达到 29.80%，纺织业外资市场控制度相对较低，但也已经超过了 20%，2009 年的控制度为 21.70%。

## 二　外资对我国纺织产业的股权控制

外资股权控制度指标，是从股权的角度反映外资对国内产业的控制。伴随垄断资本主义发展，股份公司已成为各国企业的组织形式之一。通常认为，外商投资资本与东道国产业的大量资本相比微乎其微，似乎不会对东道国产业和经济发展构成太大威胁。然而，事实并非如此，尤其是发展中国家，企业规模较小，跨国公司投入一定资本后就能掌握相当一批大企业的控股权，逐渐并购和控股更多的公司，建立起一个由其控制的公司体系，达到以少量资本投入控制一国大量企业和资本的目的。所以，有必要将产业外资股权控制度加以适度限制。

纺织产业外资股权控制度可以用纺织产业外资所有者权益除以该产业总的所有者权益得到。其计算公式是式（7-2）。

$$纺织产业外资股权控制度 = \frac{纺织产业外资所有者权益}{纺织产业总的所有者权益} \times 100\% \qquad (7-2)$$

### （一）外资对我国纺织产业股权控制的总体情况

根据《中国统计年鉴》（2000～2010）的相关统计数据及公式（7-2），可以计算出我国纺织产业外资股权控制度，结果见表7-2。

从表7-2可以看出，总体来说，外资对于我国纺织产业股权控制的整体趋势是倒"S"型，2001 年外资股权控制度处于"谷底"为 32.4%，2006 年后我国纺织产业的外资股权控制度又呈现逐年降低的趋势，由 2006 年的 38.6% 降到 2009 年的 36.3%。

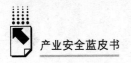
表 7 - 2　纺织产业外资股权控制度

| 年份 | 纺织产业外资所有者权益（亿元） | 纺织产业总的所有者权益（亿元） | 外资股权控制度（%） |
|---|---|---|---|
| 1999 | 1025.45 | 2928.43 | 35.0 |
| 2000 | 1134.25 | 3267.82 | 34.7 |
| 2001 | 1117.50 | 3445.93 | 32.4 |
| 2002 | 1271.92 | 3824.79 | 33.3 |
| 2003 | 1526.25 | 4542.77 | 33.6 |
| 2004 | 1773.43 | 5211.74 | 34.0 |
| 2005 | 2405.21 | 6385.83 | 37.7 |
| 2006 | 2931.18 | 7604.10 | 38.6 |
| 2007 | 3301.59 | 8874.43 | 37.2 |
| 2008 | 3804.80 | 10345.73 | 36.8 |
| 2009 | 4045.97 | 11152.36 | 36.3 |

注：2004 年的所有者权益数据为"资产总计"减去"负债总计"的差。

数据来源：根据《中国统计年鉴》(2000～2010) 相关数据整理、计算得到。其中，"纺织产业外资所有者权益"的统计项目为"按行业分'三资'工业企业主要指标"，"纺织产业总的所有者权益"的统计项目为"按行业分全部国有及规模以上非国有工业企业主要指标"。

## （二）外资对我国纺织产业股权控制的细分行业情况

根据《中国统计年鉴》(2000～2010) 相关数据和公式（7 - 2）可以分别进行计算，得到外资对于我国纺织产业三个细分行业的股权控制度，结果见图 7 - 2。

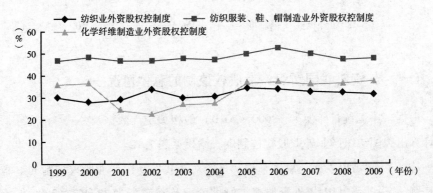

图 7 - 2　纺织产业三个细分行业外资股权控制度

注：2004 年的所有者权益数据为"资产总计"减去"负债总计"的差。

数据来源：根据《中国统计年鉴》(2000～2010) 相关数据整理、计算得到。

从图7-2可以看出，纺织产业三个细分行业中，外资股权控制度最高的行业为纺织服装、鞋、帽制造业，外资股权控制度接近50%，2006年该控制度已经超过了50%，达到了52.4%，之后略有下降，到2009年为47.8%。另外两个行业股权受外资控制的程度也在不断加深，2005年年均增长到了30%以上，之后一直保持在30%以上，到2009年，纺织业外资股权控制度为31.4%，化学纤维制造业外资股权控制度为37.5%。

## 三 外资对我国纺织产业的技术控制

在经济全球化的时代背景下，拥有高新技术和较高的自主创新能力变得尤为重要，缺乏知识产权和高新技术的企业，在经济全球化的大市场上将步履维艰。所以，拥有自主知识产权的数量多少、质量高低、研发费用投入的多寡以及新产品产值也成为评价一个产业竞争能力的重要要素。在一定程度上，拥有了一项或几项专利技术，一个企业或整个产业就拥有了在市场上竞争的主动权。

### （一）外资对我国纺织产业拥有发明专利的控制

外资拥有发明专利控制度指标反映外资企业拥有先进技术的程度，可以利用外资拥有发明专利的数量与整个产业拥有发明专利数量的比值表示。纺织产业外资技术控制度计算公式是式（7-3）。

$$纺织产业外资拥有发明专利控制度 = \frac{纺织产业外资拥有发明专利数量}{纺织产业拥有发明专利数量} \times 100\%$$

$$(7-3)$$

**1. 外资对我国纺织产业拥有发明专利数量控制的总体情况**

根据公式（7-3）和《中国科技统计年鉴》（1999～2009）的相关数据，可以分别计算出1998～2008年纺织产业的外资拥有发明专利控制度，结果见表7-3。

从表7-3来看，纺织产业外资拥有发明专利控制度在过去几年呈现出波浪式上升，2008年达到了23.9%，和2007年相比下降了18.3个百分点。

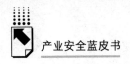

表7－3　纺织产业外资拥有发明专利控制度

| 年份 | 纺织产业外资拥有发明专利数量(项) | 纺织产业拥有发明专利数量(项) | 外资拥有发明专利控制度(%) |
|---|---|---|---|
| 1998 | 7 | 63 | 11.1 |
| 1999 | 6 | 89 | 6.7 |
| 2000 | 32 | 137 | 23.4 |
| 2001 | 10 | 129 | 7.8 |
| 2002 | 7 | 119 | 5.9 |
| 2003 | 13 | 177 | 7.3 |
| 2004 | 188 | 533 | 35.3 |
| 2005 | 136 | 502 | 27.1 |
| 2006 | 246 | 780 | 31.5 |
| 2007 | 458 | 1086 | 42.2 |
| 2008 | 545 | 2285 | 23.9 |

资料来源：根据《中国科技统计年鉴》（1999～2009）的相关数据整理、计算得到。其中，1998～2000年的"纺织产业外资拥有发明专利数量"的统计项目为"分行业大中型企业（三资）技术开发产出"，"纺织产业拥有发明专利数量"的统计项目为"分行业大中型企业技术开发产出"；2001～2003年和2005～2009年的"纺织产业外资拥有发明专利数量"统计项目为"分行业大中型工业企业（三资）科技项目与专利"，"纺织产业拥有发明专利数量"的统计项目为"分行业大中型工业企业科技项目与专利"；2004年的"纺织产业外资拥有发明专利数量"统计项目为"分行业规模以上工业企业（三资）科技项目与专利"，"纺织产业拥有发明专利数量"的统计项目为"分行业规模以上工业企业（三资）科技项目与专利"。

**2. 外资对我国纺织产业拥有发明专利控制的细分行业情况**

根据《中国科技统计年鉴》（1999～2009）的相关数据和公式（7－3）可以分别进行计算，得到外资对我国纺织产业三个细分行业拥有发明专利的控制情况，结果见图7－3。

从图7－3可以产出，三个细分行业外资拥有发明专利控制度变化波动较大，都在2000、2004年达到高峰，且纺织服装、鞋、帽制造业和化学纤维制造业在2007年又达到了一个高峰，而纺织业则在2005年降低后，2006年与2005年持平，2007年和2008年逐渐降低。

**（二）外资对我国纺织产业的研发费用控制**

随着我国高新技术的迅猛发展，高新技术产业化对各个产业的影响作用越来

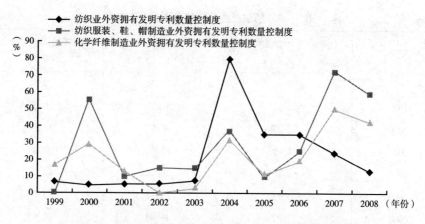

**图 7 - 3  纺织产业三个细分行业外资拥有发明专利控制度**

数据来源：根据《中国科技统计年鉴》（1999～2009）的相关数据计算得到。

越显著，研发投入和自主创新能力的高低直接决定着我国纺织产业在国际市场的竞争地位。随着纺织业应用领域的不断深化和扩展延伸，以及更高的市场需求，有必要加大对纺织产业的研发投入，增加研发费用，加强纺织产业的自主创新能力，这也对我国纺织产业提出了更高的要求。

研发费用是衡量企业自主创新能力的重要指标，研发费用的多少在一定程度上反映了对于自主创新的重视程度。我们用纺织产业外资研发费用与纺织产业总研发费用的比值来表现外资对我国纺织产业研发的控制度。

$$\text{纺织产业外资研发费用控制度} = \frac{\text{纺织产业外资研发费用}}{\text{纺织产业总的研发费用}} \times 100\% \qquad (7-4)$$

**1. 外资对我国纺织产业研发费用控制的总体情况**

根据公式（7-4）和《中国科技统计年鉴》（1999～2009）的相关数据，可以分别计算出 1998～2008 年纺织产业外资研发费用控制度，结果见表 7-4。

2008 年我国纺织产业的研发费用为 107.04 亿元，是 1998 年研发费用的 4.51 倍，外资控制企业 2008 年研发费用为 8.85 亿元，是 1998 年的 2.16 倍，外资控制企业研发费用增长速度低于整个纺织产业研发费用的增长速度。外资研发费用控制度波动不定，2007 年的控制度为 22.1%，是近几年最高的，而 2008 年达到历年最低水平，为 8.3%。长期以来，由于我国纺织业研发费用的匮乏，使得我国纺织产业核心技术仍然受制于人，自主创新投入规模及强度与发达国家有

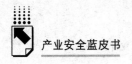

表7-4 纺织产业外资研发费用控制度

| 年份 | 纺织产业外资研发费用<br>（亿元） | 纺织产业研发费用<br>（亿元） | 外资研发费用控制度<br>（%） |
|---|---|---|---|
| 1998 | 4.09 | 23.71 | 17.3 |
| 1999 | 2.93 | 31.37 | 9.3 |
| 2000 | 5.27 | 40.92 | 12.9 |
| 2001 | 4.60 | 52.44 | 8.8 |
| 2002 | 7.18 | 58.26 | 12.3 |
| 2003 | 3.51 | 26.91 | 13.0 |
| 2004 | 11.82 | 44.41 | 26.6 |
| 2005 | 7.99 | 49.60 | 16.1 |
| 2006 | 13.65 | 62.73 | 21.8 |
| 2007 | 17.60 | 79.81 | 22.1 |
| 2008 | 8.85 | 107.04 | 8.3 |

数据来源：根据《中国科技统计年鉴》（1999~2009）计算得到。其中，1999~2002年的"纺织产业外资研发费用"的统计项目为"分行业大中型工业企业（三资）技术开发经费内部支出"，"纺织产业研发费用"的统计项目为"分行业大中型工业企业技术开发经费内部支出"；2003~2009年的"纺织产业外资研发费用"统计项目为"分行业规模以上工业企业（三资）R&D活动情况"，"纺织产业研发费用"的统计项目为"分行业规模以上工业企业R&D活动情况"。

较大差距，成为制约我国纺织产业技术水平提升的瓶颈环节。事实表明，我国纺织产业的研发投入有待加强，尤其是中方控制企业的研发费用有待增加，只有研发投入增加，形成产业研发投入的规模优势和强度优势，自主创新能力提高，中方控制的纺织企业才能在激烈的全球化竞争中立于不败之地。

**2. 外资对我国纺织产业研发费用控制的细分行业情况**

根据《中国科技统计年鉴》（1999~2009）的相关数据和公式（7-4）可以分别进行计算，得到外资对纺织产业三个细分行业研发费用的控制情况，结果见图7-4。纺织业外资研发费用控制度2004年最高，为30.52%，之后呈下降趋势，到2008年的控制度为22.78%。外资对化学纤维制造业研发费用的控制度时高时低，2007年和2008年较2005年有了较大的提高。外资对纺织服装、鞋、帽制造业研发费用的控制度的变化较大，2000年的控制度达到34.84%，而2008年却下降到3.3%。

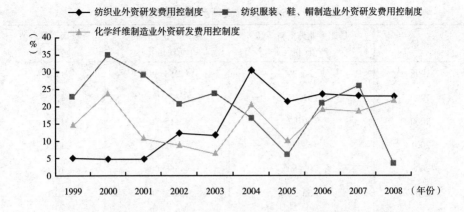

图 7 - 4  纺织产业三个细分行业外资研发费用控制度

资料来源：根据《中国科技统计年鉴》（1999～2009）的相关数据计算得到。

## （三）外资对我国纺织产业新产品产值的控制

任何发明专利和高新技术，只有转化成生产力才能被充分利用，才能为产业发展和社会经济增长服务，一个产业只有加快技术向生产力转化的速度，才能不被市场所淘汰。投入研发费用，拥有发明专利，最终目的都是为了能够将其转化为新产品。外资对我国纺织产业新产品产值的控制程度，反映了外资控制企业新产品的生产能力。

纺织产业新产品产值控制度用纺织产业外资新产品产值与纺织产业总的新产品产值的比值来表示，新产品产值控制度计算公式是式（7-5）。

$$纺织产业外资新产品产值控制度 = \frac{纺织产业外资新产品产值}{纺织产业总的新产品产值} \times 100\% \quad （7-5）$$

### 1. 外资对我国纺织产业新产品产值控制的总体情况

根据公式（7-5）和《中国科技统计年鉴》（1999～2009）的相关数据，可以计算出我国纺织产业外资新产品控制度，结果见表 7-5。

从表 7-5 可以看出，我国纺织产业新产品产值逐年增加，2008 年为2337.59 亿元，比上年增长 35.16%，说明我国新产品的生产速度不断加快。其中外资控制企业新产品产值为 656.03 亿元，比上年增长 55.39%，2006 年外资

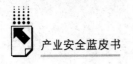

表7-5 纺织产业外资新产品产值控制度

| 年份 | 纺织产业外资新产品产值(亿元) | 纺织产业新产品产值(亿元) | 外资新产品产值控制度(%) |
|---|---|---|---|
| 1998 | 30.79 | 258.89 | 11.9 |
| 1999 | 41.92 | 335.80 | 12.5 |
| 2000 | 70.97 | 415.70 | 17.1 |
| 2001 | 63.19 | 482.43 | 13.1 |
| 2002 | 92.50 | 556.00 | 16.6 |
| 2003 | 138.36 | 673.34 | 20.6 |
| 2004 | 327.27 | 1204.45 | 27.2 |
| 2005 | 276.26 | 1336.60 | 20.7 |
| 2006 | 395.81 | 1399.83 | 28.3 |
| 2007 | 422.17 | 1729.46 | 24.4 |
| 2008 | 656.03 | 2337.59 | 28.1 |

数据来源：根据《中国科技统计年鉴》(1999~2009) 的相关数据整理、计算得出。其中，"纺织产业外资新产品产值"的统计项目为"分行业大中型企业（三资）基本情况"，"纺织产业新产品产值"的统计项目为"分行业大中型企业基本情况"。

控制企业新产品产值的控制度最高，达到28.3%，2007年外资控制企业新产品控制率有所下降，比上年降低了3.9个百分点，2008年外资控制企业新产品控制度回升为28.1%。纺织产业新产品产值保持较快增长，成为带动工业经济增长的重要动力，同时也是纺织产业创新能力的具体表现。

**2. 外资对我国纺织产业新产品产值控制的细分行业情况**

根据《中国科技统计年鉴》(1999~2009) 的相关数据和公式（7-5）可以分别进行计算，得到外资对纺织产业三个细分行业新产品产值的控制度，结果见图7-5。

从图7-5可以看出，新产品产值控制度是呈现波动性上升趋势的，而且与纺织服装、鞋、帽制造业最为贴合。纺织服装、鞋、帽制造业的外资新产品产值控制度在2008年达到40.96%为历年最高值。纺织业的最高控制度出现在2007年，为30.41%，2008年略有下降。化学纤维制造业外资新产品产值控制度除2005年外，基本维持在25%~30%。

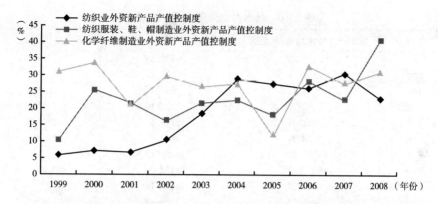

**图7-5 纺织产业三个细分行业外资新产品产值控制度**

数据来源：根据《中国科技统计年鉴》（1999~2009）相关数据计算得到。

## 四 外资对我国纺织产业的总资产控制

总资产是某一经济实体拥有或控制的、能够带来经济利益的全部资产。我们用纺织产业外资总资产与纺织产业总资产的比值，来表示外资企业对纺织产业总资产控制度。计算公式是式（7-6）。

$$纺织产业外资总资产控制度 = \frac{纺织产业外资总资产}{纺织产业总资产} \times 100\% \qquad (7-6)$$

### （一）外资对我国纺织产业总资产控制的总体情况

根据《中国统计年鉴》（2000~2010）的相关数据和公式（7-6），可以计算出我国纺织产业外资总资产控制度，结果见表7-6。外资对我国纺织产业总资产的控制度越来越高，2009年纺织产业外资总资产达8293.78亿元，是1999年总资产额的3.25倍，而2009年纺织产业总资产是1999年的2.74倍，外资总资产的增长速度明显快于纺织产业总资产的增长速度。自2001年后，纺织产业的外资总资产控制度一直呈现上升的态势，并且在2009年达到了32.2%，这说明外资对我国纺织行业的总资产控制度不断升高，这在一定程度上威胁了我国纺织行业的发展，应注意将该指标保持在适当的比例。

表7-6　纺织产业外资总资产控制度

| 年份 | 纺织产业外资总资产(亿元) | 纺织产业总资产(亿元) | 外资总资产控制度(%) |
|---|---|---|---|
| 1999 | 2553.52 | 9378.84 | 27.2 |
| 2000 | 2553.52 | 9484.22 | 26.9 |
| 2001 | 2512.92 | 9633.28 | 26.1 |
| 2002 | 2792.76 | 10322.14 | 27.1 |
| 2003 | 3302.32 | 11773.67 | 28.1 |
| 2004 | 4420.94 | 13890.91 | 31.8 |
| 2005 | 5139.55 | 16008.15 | 32.1 |
| 2006 | 6077.67 | 18472.03 | 32.9 |
| 2007 | 7097.24 | 21756.18 | 32.6 |
| 2008 | 8065.75 | 24358.46 | 33.1 |
| 2009 | 8293.78 | 25665.80 | 32.2 |

数据来源：根据《中国统计年鉴》（2000~2010）相关数据整理、计算得到。其中，"纺织产业外资总资产"的统计项目为"分行业大中型企业（三资）基本情况"，"纺织产业总资产"的统计项目为"分行业大中型企业基本情况"。

## （二）外资对我国纺织产业总资产控制的细分行业情况

根据《中国统计年鉴》（2000~2010）相关数据和公式7-6分别进行计算，得到外资对纺织产业三个细分行业总资产的控制情况，结果见图7-6。其中，纺织服装、鞋、帽制造业外资总资产控制度较高，接近50%，其余两大行业外资总资产控制度也在逐年提高。2008年国际金融危机爆发，受金融危机的影响，进入我国纺织产业的外资总资产减少。从纺织服装、鞋、帽制造业的外资总资产控制度来看，1999~2009年的外资总资产控制度都保持在40%~50%，2006年

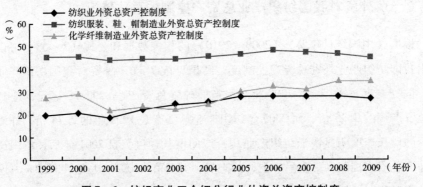

图7-6　纺织产业三个细分行业外资总资产控制度

资料来源：根据《中国统计年鉴》（2000~2010）相关数据计算得到。

达到最高比例48.2%，之后几年这一比例有所回落。化学纤维制造业自2003年开始一直呈现出上升的趋势，说明近年来外资加大了在化学纤维制造业中的资产控制力度。从纺织业的外资总资产控制度来看，经历了2001~2005年的上升期之后，2006~2009年变化不大，维持在28%左右的水平上。

## 五　外资对我国纺织产业的固定资产投资控制

净资产是全部资产减去全部负债后的净值。我们用纺织产业外资固定资产净值与纺织产业固定资产净值的比值来表示外资对纺织产业净资产控制度。计算公式是式（7-7）。

$$纺织产业外资净资产控制度 = \frac{纺织产业外资固定资产净值}{纺织产业固定资产净值} \times 100\% \qquad (7-7)$$

### （一）外资对我国纺织产业固定资产投资控制的总体情况

根据公式（7-7）和《中国统计年鉴》（2000~2010）的相关数据，可以计算出纺织产业外资净资产控制度，结果见表7-7。从表7-7可以看出，纺织产业外资净资产控制度逐年提高，总体稳定在30%左右。其中2007年的控制度最高，达到了32.9%，2008年和2009年较之前略有下降，2009年的控制度为31%。

表7-7　纺织产业外资净资产控制度

| 年份 | 纺织产业外资固定资产净值（亿元） | 纺织产业固定资产净值（亿元） | 外资净资产控制度（%） |
|---|---|---|---|
| 1999 | 993.02 | 3799.90 | 26.1 |
| 2000 | 1020.39 | 3720.08 | 27.4 |
| 2001 | 975.63 | 3717.99 | 26.3 |
| 2002 | 1059.72 | 3922.52 | 27.0 |
| 2003 | 1193.24 | 4384.50 | 27.2 |
| 2004 | 1501.47 | 5055.45 | 29.7 |
| 2005 | 1809.70 | 5726.40 | 31.6 |
| 2006 | 2060.43 | 6428.49 | 32.1 |
| 2007 | 2380.99 | 7236.39 | 32.9 |
| 2008 | 2686.88 | 8224.63 | 32.7 |
| 2009 | 2632.69 | 8492.93 | 31.0 |

资料来源：根据《中国统计年鉴》（2000~2010）相关数据计算得到。其中，"纺织产业外资固定资产净值"的统计项目为"按行业分'三资'工业企业主要指标"，"纺织产业固定资产净值"的统计项目为"全部国有及规模以上非国有工业企业主要指标"。

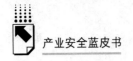

## （二）外资对我国纺织产业固定资产投资控制的细分行业情况

根据《中国统计年鉴》（2000～2010）的相关数据和公式（7－7）分别进行计算，得到外资对纺织产业三个细分行业净资产的控制度，结果见图7－7。

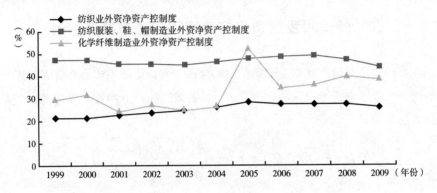

**图7－7　纺织产业三个细分行业外资净资产控制度**

数据来源：根据《中国统计年鉴》（2000～2010）相关数据计算得到。

从图7－7可见，除2005年外，纺织服装、鞋、帽制造业的外资净资产控制度最高，维持在40%～50%的水平上，变化不大，最大值为2007年的48.8%，最小值为2003年的45.1%，其中2009年的控制度水平为44.1%；纺织业外资净资产控制度维持在20%～30%的水平，2005年达到最大值28.1%，之后呈下降趋势，2009年该值为25.8%；化学纤维制造业的外资净资产控制度在2005年超过了纺织业和纺织服装、鞋、帽制造业的净资产控制度，达到其最大值52.6%，其他年份的控制度均低于纺织服装、鞋、帽制造业的外资净资产控制度水平。

## 六　结论与对策建议

### （一）健全相关法律法规，为产业安全提供法律保障

随着我国对外开放程度的提高，外资进入在给我国产业带来机遇的同时，也有在某些产业控制、排挤我国民族产业之势，所以国家应该健全相关法律法规，

根据实际需要不断完善和修订现有法律法规，为产业安全提供法律保障，从而保证国家的经济安全。

## （二）平衡利用外资方式，适度引进外资

借鉴国外的经验，不仅仅采取外商直接投资的直接利用外资方式，也可以采用在国外贷款或在国外发行债券的间接利用外资方式，平衡各种利用外资的方式，减少外商直接投资在引资总额中所占的比例。加强对引进外资的引导，防止以垄断市场和恶意收购为目的的外资的进入。此外，应当适度引进外资，确保我国内资企业在重要行业和关键领域的控制力，从而缓解外资对于产业安全的压力。

## （三）建立产业安全预警机制

建立我国纺织产业安全预警机制，全面观测产业内外各种因素的变化对于纺织产业的影响，帮助产业及产业内企业在环境要素发生变化时及时正确地作出调整，有效减轻纺织产业受损害的程度。

## （四）调整我国纺织业的产品结构

目前我国的纺织产品结构仍呈现低层次趋同化，高档产品空缺，中低档产品互相挤压的特点。入世后首先向我们开放的是容量极大的欧美中高档市场，如果我们不大力发展深加工、高附加值的高档产品，那么我国纺织业将很难在欧美中高档市场中立足。同时，随着人民生活水平的不断提高，我国国内市场也明显向中高档方向转化，若我的纺织产品不在这方面具备较强的竞争力，国内市场也势必会被国外产品所占领。为此，我国应制定一系列相关政策鼓励纺织企业提高加工精度，大力发展中高档产品，努力取得 ISO9000 国际标准认证，提高我国纺织产品的商誉。总之，我们一方面要巩固并适当扩大现有大宗初级产品和半成品的生产与出口，稳定我国纺织品的传统市场；另一方面，通过加大科技投入力度，开发"高品位、高附加值、高科技含量、低污染、低消耗"的三高二低产品，以此提高我国纺织企业在欧美市场中的竞争力（徐剑明，2002）。

## （五）提高我国纺织产业的自主创新能力

我国纺织企业的创新能力提高的途径有两个。一个创新途径是与国外企业合

作。借鉴其组织管理、销售渠道建设、品牌运营、生产工艺以及科研研发经验。以联合办厂、收购品牌和企业等方式，提升我国纺织企业的国际竞争力。另一个创新途径就是自主研发。我国纺织产品由于国际分工的原因处于产业低端，要改变这种分工格局就必须将高科技注入产品中。提升产品的档次和文化品位。纺织企业的创新能力体现在国际市场开发能力、管理制度创新、营销模式创新、产品设计创新等方面（庄白莹，2010）。纺织产业应着力提高自身的自主创新能力，加大研发投入，加快技术更新，提高技术水平，采用先进的技术装备设施，开发纺织新材料技术、高新工艺技术、生态纺织品和节能环保技术等重点技术，不断提高自身的国际竞争力，降低纺织产业受外资控制的程度，保证我国纺织产业安全（白木、子荫，2002）。

## 参考文献

［1］白木、子荫：《我国纺织如何应对入世的挑战》［J］，《天津纺织科技》2002 年第 4 期，第 4 ~ 7 页。
［2］金杰：《纺织业国际市场结构及我国纺织业竞争策略选择》［J］，《经贸论坛》2010 年第 19 期，第 79 ~ 81 页。
［3］李孟刚：《产业安全理论研究》［M］，经济科学出版社，2006，第 269 ~ 279 页。
［4］李孟刚：《2005 ~ 2006 中国纺织产业安全报告》［J］，《财经界》2006 年第 9 期，第 34 ~ 39 页。
［5］史途停、陈建勇：《入世后中国纺织业的发展趋势及对策》［J］，《纺织学报》2004 年第 2 期，第 115 ~ 118 页。
［6］徐剑明：《我国纺织业竞争力的国际比较及对策》［J］，《国际贸易研究》2002 年第 1 期，第 25 ~ 28 页。
［7］庄白莹：《经济全球化视阈下的中国纺织业国际竞争力分析》［J］，《商场现代化》2010 年第 8 期，第 8 ~ 11 页。
［8］2009 中国行业年度报告系列之纺织，中国经济信息网。

# B.8
# 中国机械制造业外资控制分析

机械制造业是指从事各种动力机械、起重运输机械、农业机械、冶金矿山机械、化工机械、纺织机械、机床、工具、仪器、仪表及其他机械设备等生产的行业①。机械制造业按照国民经济行业分类，其产品范围包括机械、电子工业中的投资类制成品，分属于 5 大类：金属制品业，通用设备制造业，专用设备制造业，电气机械及器材制造业，仪器仪表及文化、办公用机械制造业。

机械制造业是我国国民经济的基础性、战略性和主干性产业，2009 年，机械制造业的总产值占我国工业经济总产值的 18.1%②，为我国工业的发展做出了很大的贡献。同时，机械制造业是生产部门中具有较大产业关联效应的产业，其中，电气机械及器材制造业、仪器仪表制造业的投资影响力都在 100% 以上（王广凤和肖春华，2007），其发展水平直接关系到一国国民经济的发展及其在世界上的地位。由此可见，机械制造业的发展对于保障国民经济的稳定发展和国家综合安全具有重要的作用。

机械制造业对国民经济的发展起着重要的作用。2009 年，我国机械制造业的增加值比 2008 年增长 13.8%，总产值首次跃上 10 万亿元的新台阶，达到了10.75 万亿元，比 2008 年增长 16.07%③。据商务部统计，2009 年我国机械制造业中的通用设备制造业和专业设备制造业新设立外商投资项目 1675 个，实际使用外资金额 556505 万美元，新设立企业数和实际使用外资金额占全国同期吸引外资总量的比重分别为 7.15% 和 6.18%④。

---

① 机械制造业，http：//baike. baidu. com/view/2057758. htm，2011 – 03 – 14。
② 作者根据《中国统计年鉴2010》的有关数据计算得到。
③ 2009 年机械行业发展概况，http：//www. fdi. gov. cn/pub/FDI/zgjj/hyzk/zzy/jxgy/t20100708_
123634. htm，2011 – 03 – 14。
④ 2009 年机械工业利用外资现状，http：//www. fdi. gov. cn/pub/FDI/zgjj/hyzk/zzy/jxgy/t20100831_
125590. htm，2011 – 03 – 14。

随着我国开放程度的不断深入，注入我国机械制造业的外商直接投资（Foreign Direct Investment，FDI）的数量逐渐增加，并且这些 FDI 对我国机械制造业的影响也越来越大。一方面 FDI 带来了新的技术、新的工艺，促进了机械制造业的技术进步，改变了机械制造业的市场格局，给机械制造业注入了新的活力与动力，最终将促进产业升级，从而推动机械制造业的产业发展。但另一方面这些逐渐增加的 FDI 也不可避免地给机械制造业带来了一些产业安全隐患，最终将影响我国整体经济的发展。目前，在我国机械制造业中，外资企业的总体竞争力高于内资企业。从表面上看，外资有利于我国机械制造行业的发展，然而实际上，外资的进入会挤出内资企业的市场份额，甚至抑制了一部分内资机械制造业企业的发展，影响我国机械制造业产业的进一步发展。近年来，外资并购我国机械制造业的事件频频发生，如 2005 年，美国卡特彼勒投资有限公司以股权并购方式获得山工机械有限公司 40% 的股权；2006 年 10 月，我国最大的工程机械制造企业徐州工程机械集团有限公司，被美国凯雷投资集团收购；2007 年，瑞典沃尔沃建筑公司成功收购我国装载机生产的五大制造商之一的山东临工 70% 的股份……由此可见，外资并购已经延伸到我国机械制造业的骨干企业，如果不对其进行有效的监管，将会对我国机械制造业的发展带来安全隐患。机械制造业作为为国民经济各部门提供技术设备的基础性产业，它的产业安全关系到整个国家的发展，甚至经济安全和国家安全。所以，需要对机械制造业的产业安全进行动态的评价。

根据产业控制力评价体系以及我国机械制造业的实际情况，本文采用外资市场控制度、外资股权控制度、外资技术控制度、外资总资产控制度和外资固定资产净值控制度五个指标来对中国机械制造业的产业控制度进行分析，其中外资技术控制度包括新产品产值控制度、外资研发经费控制度和外资拥有发明专利控制度三个子指标。本文利用《中国统计年鉴》（2000～2010）和《中国科技统计年鉴》（2000～2009）的有关数据，对机械制造业外资①产业控制进行了实际分析。

---

① 为了数据口径一致，这里的外资包括港澳台商投资企业，即《中国科技统计年鉴》（2000～2009）中的"三资"，也即《中国统计年鉴》（2000～2010）中的"外商投资和港澳台商投资"。

# 一 外资对我国机械制造业的市场控制

国际资本进入中国的动机有三个:一是利用中国廉价的生产要素和优惠的政策条件,降低成本,追求高额利润;二是提升其在国际市场的竞争力,占领、控制国际市场;三是培育中国市场,最终占领、控制中国市场。对于第一个动机,只是短期的,因为中国的要素成本不可能永远低廉,而第二、三个动机显然是长期的,因为市场是企业的永恒主题(李孟刚,2010)。由此可见,外商投资的重要目的之一就是通过扩大市场份额,实现对东道国市场控制的目的。

进入 21 世纪以来,外商为了实现这一目的,加强了产业内并购,谋求在产业内的垄断地位(祝年贵,2003)。分析 FDI 对我国产业市场的控制程度,可用外资市场控制度指标。该指标反映国内产业市场外资控制企业的程度,用外资控制企业市场份额与国内产业总的市场份额之比来衡量。外资市场控制度越高,产业安全受影响的程度越大。在实际计算时,这里采用机械制造业外资工业企业的销售收入与该产业全部国有及规模以上非国有工业企业的销售收入的百分比表示,计算公式为式(8-1)。

$$机械制造业外资市场控制度 = \frac{机械制造业外资工业企业销售收入}{机械制造业工业企业总销售收入} \times 100\% \quad (8-1)$$

## (一) 外资对我国机械制造业市场控制的总体情况

根据《中国统计年鉴》(2000~2010)的相关数据和公式(8-1),可以计算出 1999~2009 年机械制造业的外资市场控制度,结果见表 8-1。

表 8-1 外资对我国机械制造业市场控制总体情况

| 年份 | 机械制造业外资销售收入(亿元) | 机械制造业总销售收入(亿元) | 外资市场控制度(%) |
|---|---|---|---|
| 1999 | 3073.08 | 10665.40 | 28.81 |
| 2000 | 3895.50 | 12589.87 | 30.94 |
| 2001 | 4385.95 | 14049.01 | 31.21 |
| 2002 | 5249.51 | 16544.78 | 31.73 |
| 2003 | 7270.81 | 21882.25 | 33.23 |
| 2004 | 9822.89 | 29127.80 | 33.72 |
| 2005 | 13696.37 | 38624.07 | 35.46 |
| 2006 | 17676.20 | 50512.83 | 34.99 |

续表

| 年份 | 机械制造业外资销售<br>收入(亿元) | 机械制造业总销售<br>收入(亿元) | 外资市场控制度<br>(%) |
| --- | --- | --- | --- |
| 2007 | 23063.48 | 66622.99 | 34.62 |
| 2008 | 27731.05 | 86727.40 | 31.97 |
| 2009 | 26909.91 | 95941.79 | 28.05 |

数据来源：根据《中国统计年鉴》(2000~2010)相关数据整理、计算得到。其中：①2005~2009年没有"产品销售收入"，数据为"主营业务收入"；②1999~2006年的统计项目是"按行业分'三资'工业企业主要指标"和"按行业分全部国有及规模以上非国有工业企业主要指标"，2007~2009年的统计项目是"按行业分外商投资和港澳台商投资工业企业主要指标"和"按行业分规模以上工业企业主要指标"；③1999~2009年"仪器仪表制造业"的数据对应《中国统计年鉴》中的"仪器仪表及文化、办公用机械制造业"，1999~2002年没有"通用设备制造业"，所用数据为"普通机械制造业"，以下均同此。

从表8-1可以看出，外资对我国机械制造业的市场控制度自1999年以来都超过了20%，并呈逐年上升的趋势，至2005年以后趋于稳定并呈下降趋势，2009年达到了近十一年来的最低水平，为28.05%，比2005年的最高控制度35.46%下降了近7.5个百分点。

### （二）外资对我国机械制造业市场控制的细分行业情况

为了进一步研究外资对我国机械制造业各细分行业的控制情况，根据《中国统计年鉴》(2000~2010)的相关数据和公式(8-1)，可以计算出机械制造业5大细分行业的外资市场控制度，结果见图8-1。

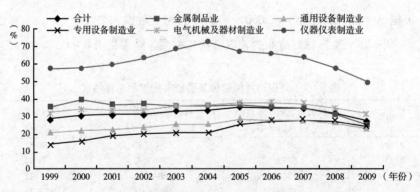

图8-1 外资对我国机械制造业市场控制的细分行业情况

注：1998~2002年没有"通用设备制造业"，所用数据为"普通机械制造业"，以下均同此。

数据来源：根据《中国统计年鉴》(2000~2010)相关数据整理、计算得到。

从图 8 - 1 可以看出，仪器仪表制造业的外资市场控制度最高，2004 年超过了 72%，到 2006 年开始下降，但仍维持在 50% 的控制水平；排在第二位的在 1999 ~ 2003 年是金属制品业，在 2004 ~ 2009 年是电气机械及器材制造业；除仪器仪表制造业外，其余 4 个细分行业的外资市场控制度在近十一年里变化幅度较小，并在 2009 年都有下降趋势，这与 2008 年的全球金融危机有一定的关系。

国际通行的外资市场控制警戒线标准是 30%（王苏生等，2008）。根据这一标准，在机械制造业 5 个细分行业中，只有通用设备制造业和专用设备制造业的外资市场控制度低于这一标准，其他 3 个细分行业及机械制造业总的外资市场控制度都偏高。需要指出的是外资企业较高的市场份额并不代表其垄断了该产业的市场，我国的机械制造业仍属于竞争较充分的产业，当然，跨国公司利用其技术、品牌、资金等优势，对国内龙头企业进行并购，进而构筑起较高的行业进入壁垒，从而有可能形成市场垄断，并会对国家产业安全产生潜在的威胁，这值得关注（王苏生等，2008）。

## 二　外资对我国机械制造业的股权控制

外资进入中国机械制造业市场的策略往往是先与国内重要企业合资，利用转移价格，提高由其投入的投入品（如原材料）价格，造成合资企业亏损的局面，然后再提出"增资扩股"。中方因缺乏资金，外资股权占比提高，获得绝对控股权①，甚至于变成外资独资企业。

西北轴承就是这方面的一个典型案例。西北轴承是我国轴承行业的大型骨干企业，也是西北地区最大、全国首家上市的轴承企业，是铁道部生产铁路轴承的定点厂家，产品占全国铁路轴承市场的 25%，在行业内具有举足轻重的地位。到 2000 年底，由于管理不善，造成资金周转不灵；2001 年，为了打破早前瑞典 SKF 公司在国内建立的中外合资企业的市场控制地位，铁道部力促中德双方于 2001 年底成立合资企业——富安捷铁路轴承（宁夏）有限公司，德国 FAC 公司

---

①　绝对控股是指在企业的全部实收资本中，某种经济成分的出资人拥有的实收资本（股本）所占企业的全部实收资本（股本）的比例大于 50%，http：//baike. baidu. com/view/43264. htm，2011 - 03 - 15。

占 51% 的股权，中方占 49% 的股权，开发、生产、销售、维修铁路轴承。然而，合资后拥有经营决策权的德方管理层，采取种种手段使合资公司连年出现巨额亏损，西北轴承不得不提议将中方参股权由德方购买，以此摆脱亏损的被动局面，由德方独立经营（高粱，2006）。

外资股权控制度是从股权角度反映外资对国内产业控制的程度。这里用《中国统计年鉴》（2000~2010）中机械制造业外资工业企业的所有者权益与机械制造业工业企业的所有者权益的百分比来表示，计算公式为式（8-2）。

$$机械制造业外资股权控制度 = \frac{机械制造业外资工业企业所有者权益}{机械制造业工业企业所有者权益} \times 100\%$$

(8-2)

## （一）外资对我国机械制造业股权控制的总体情况

根据《中国统计年鉴》（2000~2010）的相关数据和公式（8-2），可以计算出 1999~2009 年机械制造业的外资股权控制度，结果见表 8-2。

表 8-2　外资对我国机械制造业股权控制总体情况

| 年份 | 机械制造业外资所有者权益（亿元） | 机械制造业所有者权益（亿元） | 外资股权控制度（%） |
|---|---|---|---|
| 1999 | 1649.11 | 5656.32 | 29.16 |
| 2000 | 1893.80 | 6129.72 | 30.90 |
| 2001 | 2256.98 | 6856.72 | 32.92 |
| 2002 | 2492.83 | 7555.10 | 33.00 |
| 2003 | 3016.88 | 8905.36 | 33.88 |
| 2004 | 4004.18 | 11150.90 | 35.91 |
| 2005 | 4991.47 | 13396.44 | 37.26 |
| 2006 | 6146.64 | 16257.59 | 37.81 |
| 2007 | 7953.91 | 21038.88 | 37.81 |
| 2008 | 9864.82 | 28056.39 | 35.16 |
| 2009 | 10925.87 | 32772.14 | 33.34 |

注：2004 年的数据缺失，这里取 2003 年数据和 2005 年数据的平均数。

数据来源：根据《中国统计年鉴》（2000~2010）相关数据整理、计算得到。其中，1999~2006 年的统计项目是"按行业分'三资'工业企业主要指标"和"按行业分全部国有及规模以上非国有工业企业主要指标"；2007~2008 年的统计项目是"按行业分外商投资和港澳台商投资工业企业主要指标"和"按行业分规模以上工业企业主要指标"。

从表 8 - 2 可以看出，外资对我国机械制造业总的股权控制度在 1999~2006 年呈上升趋势，到 2007 年趋于平缓并有所下降，2009 年，其外资股权控制度为 33.34%，比 2007 年下降 4.47 个百分点。

## （二）外资对我国机械制造业股权控制的细分行业情况

根据《中国统计年鉴》（2000~2010）的相关数据和公式（8-2），可以计算出机械制造业 5 个细分行业的外资股权控制度，结果见图 8-2。

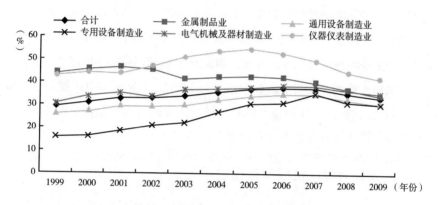

**图 8-2　外资对我国机械制造业股权控制的细分行业情况**

数据来源：根据《中国统计年鉴》（2000~2010）相关数据整理、计算得到。

从图 8-2 可以看出，5 大细分行业自 2002 年以来外资股权控制度全部超过 20%，其中，仪器仪表制造业在 2003~2006 年超过 50%。一般来讲，单个企业外资股权份额超过 20% 即达到对企业的相对控制，超过 50% 即达到对企业的绝对控制（何维达和何昌，2002）。由此可见，自 2002 年以来，外资对我国机械制造业的 5 大细分行业已经达到了相对控制的程度，在 2003~2006 年对仪器仪表制造业达到了绝对控制。

需要指出，即使在外资没有获得绝对控制权的产业、企业，外方也可能具有实际控制力。景玉琴（2006）提供了例子：上汽大众 51% 绝对控股的合资股权构架，成为中国汽车界股权构架的标准模式，但即使是改动桑塔纳轿车的一个门把手，也必须经德方同意；四川韵律公司控股 73%，与百事公司合资多年，百事公司提出终止合作合同，终止浓缩液供应协议和商标许可证合同，提供了一个核心技术与股权谁说了算的经典案例。可见，国家产业控制力和国际竞争力并不

完全体现在股权控制上，也不在于产业的庞大和产业的属地，而在于产业的核心技术和品牌掌握在谁的手中。

## 三　外资对我国机械制造业的技术控制

对外商而言，保持技术垄断性比市场更重要（祝年贵，2003）。以大型跨国公司为载体的发达国家处在价值链的两端，控制着产品标准、设计、研发、销售等高附加值环节，决定着财富的流向、产业的发展进程和发展方向，而发展中国家主要承担低附加值的价值链环节和增值活动（赵元铭，2008）。因此，必须对我国机械制造业的技术控制作出评价，以此来了解其产业安全情况。

在此采用外资拥有发明专利控制度、外资研发经费（R&D）控制度和新产品产值控制度三项指标①来衡量外资对机械制造业的技术控制情况。外资技术控制程度越高，产业安全受影响的程度越大。

### （一）外资对我国机械制造业的拥有发明专利控制

外资拥有发明专利控制度是从拥有发明专利数目的角度反映外资对国内产业技术控制的程度，该指标采用机械制造业大中型外资企业拥有发明专利数占大中型企业总的拥有发明专利数的百分比来表示，计算公式为式（8-3）。

$$机械制造业外资专利控制度 = \frac{机械制造业大中型工业企业（三资）拥有发明专利数}{机械制造业大中型工业企业拥有发明专利数} \times 100\% \qquad (8-3)$$

**1. 外资对我国机械制造业拥有发明专利控制的总体情况**

根据《中国科技统计年鉴》（2000～2009）的相关数据和公式（8-3），可以计算出1999～2008年机械制造业的外资拥有发明专利控制度，结果见表8-3。

从表8-3可以看出，机械制造业的外资专利控制度是浮动着上升的，2007年达到近十年的最高水平，为33.59%，尽管2008年有所下降，但下降幅度较小，其控制度仍超过了25%。

---

① 《中国科技统计年鉴2010》中没有分行业"三资"企业的统计数据，因此，该三项指标的统计数据更新到2008年。

表8-3 外资对我国机械制造业拥有发明专利控制总体情况

| 年份 | 机械制造业三资企业拥有发明专利数(项) | 机械制造业拥有发明专利数(项) | 外资拥有发明专利控制度(%) |
|---|---|---|---|
| 1999 | 274 | 2401 | 11.41 |
| 2000 | 371 | 1878 | 19.76 |
| 2001 | 441 | 2502 | 17.63 |
| 2002 | 651 | 2497 | 26.07 |
| 2003 | 1382 | 6298 | 21.94 |
| 2004 | 2367 | 12602 | 18.78 |
| 2005 | 2138 | 6548 | 32.65 |
| 2006 | 2272 | 9209 | 24.67 |
| 2007 | 4655 | 13858 | 33.59 |
| 2008 | 6856 | 26021 | 26.35 |

数据来源：根据《中国科技统计年鉴》（2000~2009）相关数据整理、计算得到。其中：①1999~2000年的统计项目是"分行业大中型工业企业技术开发产出统计"；2001~2003年和2005~2007年的统计项目是"分行业大中型工业企业科技项目与专利统计"，2004年、2008年的统计项目为"分行业规模以上工业企业科技项目与专利统计"；②1999年没有"拥有发明专利数"，其数据为"专利授权数"。

**2. 外资对我国机械制造业拥有发明专利控制的细分行业情况**

根据《中国科技统计年鉴》（2000~2009）的相关数据和公式（8-3），可以计算出机械制造业5大细分行业的外资拥有发明专利控制度，结果见图8-3。

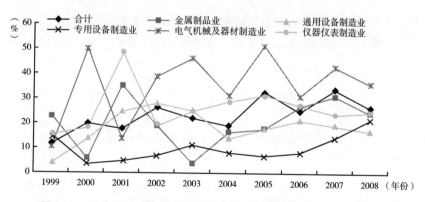

图8-3 外资对我国机械制造业拥有发明专利控制的细分行业情况

数据来源：根据《中国科技统计年鉴》（2000~2009）相关数据整理、计算得到。

从图8-3可以看出，机械制造业中的金属制品业、电气机械及器材制造业、仪器仪表制造业的外资专利控制度极不稳定。电气机械及器材制造业的外资拥有发明专利控制度在2005年高达51.41%，外资对该行业达到了绝对控制，产业安全性较低。专用设备制造业的外资专利控制度在 2007 年及以前均低于 20%，但自 2006 年以来一直呈上升趋势，且上升幅度较大，在 2008 年达到 21.73%。2008 年除专用设备制造业和仪器仪表制造业外，金属制品业、通用设备制造业、电气机械及器材制造业的外资专利控制度都有所下降，分别为 24.28%、17.04% 和 35.92%。

## （二）外资对我国机械制造业研发经费控制的总体情况

外资研发经费控制度是从研究与发展角度反映外资对国内产业技术控制的程度，该指标用大中型工业企业中三资工业企业的研发经费与大中型工业企业总的研发经费的百分比来表示，计算公式为式（8-4）。

$$机械制造业外资研发经费控制度 = \frac{机械制造业大中型工业企业（三资）研发经费}{机械制造业大中型工业企业研发经费} \times 100\% \qquad (8-4)$$

### 1. 外资对我国机械制造业研发经费控制的总体情况

根据《中国科技统计年鉴》（2000~2009）的相关数据和公式（8-4），可以计算出 1999~2008 年机械制造业的研发经费控制度，结果见表 8-4。

表 8-4 外资对我国机械制造业研发经费控制总体情况

| 年份 | 机械制造业三资研发经费（万元） | 机械制造业研发经费（万元） | 外资研发经费控制度（%） |
|---|---|---|---|
| 1999 | 2239463 | 12921910 | 17.33 |
| 2000 | 3277748 | 16841833 | 19.46 |
| 2001 | 318696 | 1996526 | 15.96 |
| 2002 | 382282 | 2307307 | 16.57 |
| 2003 | 299493 | 1647593 | 18.18 |
| 2004 | 589108 | 2547250 | 23.13 |
| 2005 | 659046 | 2740104 | 24.05 |
| 2006 | 957408 | 3860435 | 24.80 |
| 2007 | 1442288 | 5218128 | 27.64 |
| 2008 | 1996879 | 8324796 | 23.99 |

数据来源：根据《中国科技统计年鉴》（2000~2009）相关数据整理、计算得到。其中：①2004年、2008 年的统计口径为"规模以上工业企业"，其他年份为"大中型工业企业"；②1999~2000 年的统计项目为"分行业大中型工业企业（三资）技术开发经费内部支出统计"和"分行业大中型工业企业技术开发经费内部支出统计"，2001~2002 年的统计项目为"分行业大中型工业企业（三资）科技活动经费内部支出"和"分行业大中型工业企业科技活动经费内部支出"，2003~2008 的统计项目为"分行业工业企业（三资）R&D 活动情况统计"和"分行业工业企业 R&D 活动情况统计"。

从表8-4可以看出，机械制造业的外资研发经费控制度整体上是呈现上升态势的，2007年的外资研发经费控制度最高，2008年其控制度下降了近4个百分点。

**2. 外资对我国机械制造业研发经费控制的细分行业情况**

根据《中国科技统计年鉴》（2000～2009）的相关数据和公式（8-4），可以计算出机械制造业5大细分行业的外资研发经费控制度，结果见图8-4。

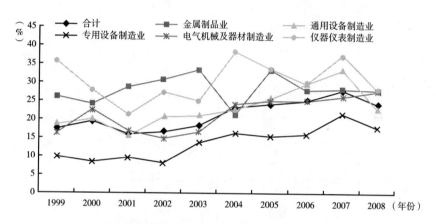

**图8-4 外资对我国机械制造业研发经费控制的细分行业情况**

数据来源：根据《中国科技统计年鉴》（2000～2009）相关数据整理、计算得到。

从图8-4可以看出，金属制品业和仪器仪表制造业是浮动较大的两个行业，金属制品业的外资研发经费控制度在2004年之前基本上是呈上升趋势的，但在2004年突然降到了20%左右；而仪器仪表制造业在2001年以前是下降态势，但在2001年之后就呈现波动式变化趋势。专用设备制造业的外资研发经费控制度最低，在2007年达到21.29%，其余年份都低于20%，2008年为17.68%。

## （三）外资对我国机械制造业的新产品产值控制

新产品产值控制度是从新产品产值的角度反映外资对国内产业技术控制的程度，该指标用大中型工业企业中三资工业企业的新产品产值与大中型工业企业总的新产品产值的百分比来表示，计算公式为式（8-5）。

$$机械制造业外资新产品产值控制度$$
$$= \frac{机械制造业大中型工业企业（三资）新产品产值}{机械制造业大中型工业企业新产品产值} \times 100\% \qquad (8-5)$$

**1. 外资对我国机械制造业新产品产值控制的总体情况**

根据《中国科技统计年鉴》（2000~2009）的相关数据和公式（8-5），可以计算出 1999~2008 年机械制造业的新产品产值控制度，结果见表8-5。

表8-5 外资对我国机械制造业新产品产值控制总体情况

| 年份 | 机械制造业"三资"新产品产值（万元） | 机械制造业新产品产值（万元） | 外资新产品产值控制度（%） |
|---|---|---|---|
| 1999 | 29976864 | 155239587 | 19.31 |
| 2000 | 37483642 | 167888657 | 22.33 |
| 2001 | 4808991 | 20256609 | 23.74 |
| 2002 | 5607742 | 25244158 | 22.21 |
| 2003 | 6478263 | 31307754 | 20.69 |
| 2004 | 14877526 | 51402240 | 28.94 |
| 2005 | 14204877 | 55149755 | 25.76 |
| 2006 | 17246180 | 67954712 | 25.38 |
| 2007 | 26523957 | 94960683 | 27.93 |
| 2008 | 37000167 | 136758745 | 27.06 |

数据来源：根据《中国科技统计年鉴》（2000~2009）相关数据整理、计算得到。其中，2004年、2008年的统计项为"分行业规模以上工业企业（三资）基本情况统计"和"分行业规模以上工业企业基本情况统计"；其余年份的统计项为"分行业大中型工业企业（三资）基本情况统计"和"分行业大中型工业企业基本情况统计"。

从表8-5可以看出，外资新产品产值控制度是呈现波动性上升趋势的。2004年达到最高，为28.94%，2008年其控制度较2007年有所下降，但下降幅度极小，仅为0.87个百分点。

**2. 外资对我国机械制造业新产品产值控制的细分行业情况**

根据《中国科技统计年鉴》（2000~2009）的相关数据和公式（8-5），可以计算出机械制造业5个细分行业的新产品产值控制度，结果见图8-5。

从图8-5可以看出，仪器仪表制造业的新产品产值控制度在5个分行业中是最高的。金属制品业和仪器仪表制造业的波动相对较大，在2003年，金属制品业的新产品产值控制度降低到20%以下，仪器仪表制造业的新产品产值控制度从50%以上降到40%左右，可见这一年是一个拐点。在2003年之后，这两个

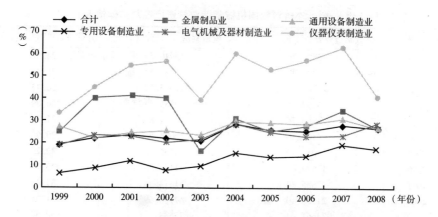

图8-5　外资对我国机械制造业新产品产值控制的细分行业情况

数据来源：根据《中国科技统计年鉴》（2000~2009）相关数据整理、计算得到。

细分行业的新产品产值控制度又出现上升趋势，但在2008年都有大幅度下降。另外三个行业都比较平稳，专用设备制造业的新产品产值控制度在2007年达到最高，为19.64%，其新产品产值控制度都控制在20%以内；通用设备制造业的新产品产值在2007年高达31.10%，2008年下降了4.33个百分点；电气机械及器材制造业的新产品产值也都保持在30%以内。

## 四　外资对我国机械制造业总资产的控制

总资产控制度是从企业总资产的角度反映外资对国内产业资产控制的程度，该指标用规模以上外资工业企业总资产与所有规模以上工业企业总资产的百分比来表示，计算公式为式（8-6）。

$$机械制造业外资总资产控制度 = \frac{外资机械制造业企业总资产}{机械制造业企业总资产} \times 100\% \quad (8-6)$$

### （一）外资对我国机械制造业总资产控制的总体情况

根据《中国统计年鉴》（2000~2010）的相关数据和公式（8-6），可以计算出1999~2009年机械制造业的总资产控制度，结果见表8-6。

表 8 – 6　外资对我国机械制造业总资产控制总体情况

| 年份 | 机械制造业外资总资产(亿元) | 机械制造业总资产(亿元) | 外资总资产控制度(%) |
|------|------|------|------|
| 1999 | 3830.26 | 15940.21 | 24.03 |
| 2000 | 4284.38 | 16833.54 | 25.45 |
| 2001 | 4743.76 | 17935.12 | 26.45 |
| 2002 | 5239.16 | 19485.73 | 26.89 |
| 2003 | 6580.76 | 23574.86 | 27.91 |
| 2004 | 8137.50 | 28096.75 | 29.96 |
| 2005 | 11055.99 | 34335.24 | 32.20 |
| 2006 | 13684.07 | 41173.85 | 33.23 |
| 2007 | 17885.84 | 51874.36 | 34.48 |
| 2008 | 21333.40 | 67150.69 | 31.77 |
| 2009 | 23661.44 | 77534.13 | 30.52 |

数据来源：根据《中国统计年鉴》（2000～2010）相关数据整理、计算得到。其中，1999～2006年的统计项目是"按行业分'三资'工业企业主要指标"和"按行业分全部国有及规模以上非国有工业企业主要指标"；2007～2008年的统计项目是"按行业分外商投资和港澳台商投资工业企业主要指标"和"按行业分规模以上工业企业主要指标"。

从表 8 – 6 可以看出，外资对机械制造业的总资产控制度自 1999 年以来，呈逐年上升的趋势，在 2007 年达到最高，为 34.48%，2008 年和 2009 年其控制度有所下降，但下降的幅度较小。

### （二）外资对我国机械制造业总资产控制的细分行业情况

根据《中国统计年鉴》（2000～2010）的相关数据和公式（8 – 6），可以计算出机械制造业 5 大细分行业的总资产控制度，结果见图 8 – 6。

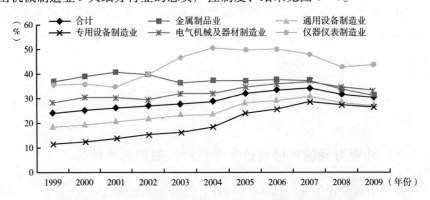

图 8 – 6　外资对我国机械制造业总资产控制的细分行业情况

数据来源：根据《中国统计年鉴》（2000～2010）相关数据整理、计算得到。

从图 8 - 6 可以看出，外资企业资产在 5 个行业的总资产中所占比重在 2005 ~ 2009 年期间全部达到 20% 以上，其中，在 1999 ~ 2002 年，金属制品业总资产受外资控制度排在首位，之后在 2003 ~ 2009 年，仪器仪表制造业最高。另外三个行业的总资产控制度自 1999 年开始一直持续上升，到 2007 年趋于稳定，在 2008 年以后稍微有所下降。

## 五　外资对我国机械制造业固定资产净值的控制

固定资产净值①控制度是从固定资产投资的角度反映外资对国内产业固定资产控制的程度，该指标用规模以上外资工业企业固定资产净值与所有规模以上工业企业的固定资产净值的百分比来表示，公式为式（8 - 7）。

$$机械制造业外资固定资产净值控制度 = \frac{机械制造业外资工业企业固定资产净值}{机械制造业工业企业固定资产净值} \times 100\% \quad (8 - 7)$$

### （一）外资对我国机械制造业固定资产净值控制的总体情况

根据《中国统计年鉴》（2000 ~ 2010）的相关数据和公式（8 - 7），可以计算出 1999 ~ 2009 年机械制造业的固定资产净值控制度，结果见表 8 - 7。

表 8 - 7　外资对我国机械制造业固定资产净值控制总体情况

| 年份 | 机械制造业外资固定资产净值(亿元) | 机械制造业固定资产净值(亿元) | 外资固定资产净值控制度(%) |
|------|------|------|------|
| 1999 | 1285.90 | 4723.95 | 27.22 |
| 2000 | 1367.77 | 4873.39 | 28.07 |
| 2001 | 1518.54 | 5042.90 | 30.11 |
| 2002 | 1612.72 | 5259.54 | 30.66 |
| 2003 | 1837.53 | 5923.87 | 31.02 |
| 2004 | 2109.49 | 6700.29 | 31.48 |
| 2005 | 2812.89 | 7977.34 | 35.26 |

---

①　固定资产净值指固定资产原价减去历年已提折旧额后的净额，计算公式为：固定资产净值 = 固定资产原价 - 累计折旧。

续表

| 年份 | 机械制造业外资固定资产净值(亿元) | 机械制造业固定资产净值(亿元) | 外资固定资产净值控制度(%) |
|---|---|---|---|
| 2006 | 3385.47 | 9393.65 | 36.04 |
| 2007 | 4129.88 | 11314.37 | 36.50 |
| 2008 | 5198.33 | 15139.03 | 34.34 |
| 2009 | 5904.48 | 18323.20 | 32.22 |

数据来源：根据《中国统计年鉴》（2000～2010）相关数据整理、计算得到。其中：①1999～2008年固定资产净值数据是相应年份年鉴中的"固定资产净值年平均余额"；②1999～2006年的统计项目是"按行业分'三资'工业企业主要指标"和"按行业分全部国有及规模以上非国有工业企业主要指标"，2007～2009年的统计项目是"按行业分外商投资和港澳台商投资工业企业主要指标"和"按行业分规模以上工业企业主要指标"。

从表8－7可以看出，机械制造业的固定资产净值控制度在小幅度地增长，近十一年以来基本保持在30%的水平，到2007年趋于稳定且有下降的趋势，2009年其控制度较2007年的最高水平下降了4.28个百分点。

## （二）外资对我国机械制造业固定资产净值控制的细分行业情况

根据《中国统计年鉴》（2000～2010）的相关数据和公式（8－7），可以计算出机械制造业5大细分行业各自的固定资产净值控制度，结果见图8－7。

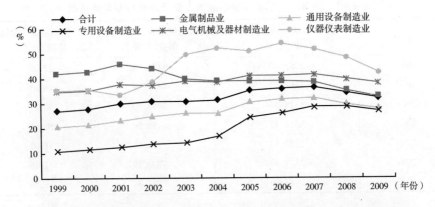

图8－7　外资对我国机械制造业固定资产净值控制的细分行业情况

数据来源：根据《中国统计年鉴》（2000～2010）相关数据整理、计算得到。

从图 8 - 7 可以看出，机械制造业全部细分行业的固定资产净值控制度自 2005 年开始均高于 20%，到 2007 年均呈现下降趋势。仪器仪表制造业的固定资产净值控制度自 2003 年开始高达 50%，金属制品业在 2003 年以前高于 40%，之后逐年下降。

# 六  结论与对策建议

综上所述，从市场控制、股权控制、技术控制、总资产控制和固定资产控制五个角度可以看出，总体上，仪器仪表制造业外资产业控制程度相对较高且浮动最大，其次是金属制品业，这值得关注。

通过以上分析可以看出，FDI 对我国机械制造业产业控制度的影响较大，对产业安全造成了巨大的潜在威胁。这就需要合理利用外资，使外资充分发挥效用，真正带动产业的发展，提高我国机械制造业的控制力和竞争力。从产业控制力角度探讨我国机械制造业的产业安全问题，其实质在于强调利用国外资金的同时，要注重对机械制造业实行与产业竞争力相融合的产业控制，使其健康独立地发展，从而维护机械制造业的产业安全和国家的经济安全（王苏生等，2008）。

## （一）国家层面上保障我国机械制造业产业安全的对策建议

### 1. 完善国内制度环境

目前造成产业安全问题的一个重要原因是我国的制度环境（蒋姮，2008）。同样，对于机械制造业来说，如果不改善制度环境，即使再强调国内企业要加大吸收投入和自主研发力度，引入再多外资，跨国公司带来最先进的尖端技术，这些外资及其技术也很难刺激和带动国内企业的技术发展，增强内资企业的产业控制力。目前我国对不同所有制企业的歧视性制度仍然存在，这将影响我国机械制造业的发展，必须予以彻底纠正。只有在一个以经济效率为基础的公平竞争环境中，才能完全解放现有企业的竞争潜力，不断涌现新的具有创新活力的企业力量，中国才会在经济不断增长的同时变成一个技术强国（蒋殿春、张宇，2008），中国机械制造业才会有技术保障，从而实现其产业安全。

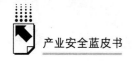

**2. 加快建立符合中国国情的机械产业安全预警机制**

国家相关机构要结合我国国情和机械产业的特点，借鉴国际经验，采集外资利用信息，建立国家产业安全评估指标体系，一旦发现经济运行的参数偏离"标准值"或临近"危险值"，就要及时作出预警，保证相关部门可以做出相应的应对措施。

**3. 掌握龙头产业的控制权**

机械制造业作为国家经济的基础产业，在一定程度上关系国家的安全发展。国家对龙头企业的发展要给予指导、保护和支持，引导其有选择地吸收外资、提高引资质量，通过相关法律的实施保障招商引资透明化，大力支持龙头企业的发展，以取得机械产业的控制权。

## （二）企业层面上需要提升自主研发能力

技术，特别是核心技术在企业诸生产要素中起着至关重要的作用。对外商而言，保持技术垄断，尤其是核心技术的垄断是其获得垄断利润的关键。技术优势是跨国公司最显著的优势，因而其对核心技术都是极力封锁。目前跨国公司垄断了世界上70%的技术转让和80%的新技术、新工艺（王苏生等，2008）。我国鼓励外商直接投资，其原因主要是为了引进国外的先进技术，而对于企业来说，同时应该努力提升自主研发能力，加强校企合作，提高吸收先进技术的能力。

**参考文献**

［1］高粱：《对跨国公司并购我国装备制造业骨干企业的反思》［J］，《学习与实践》2006年第3期，第5～12页。

［2］何维达、何昌：《当前中国三大产业安全的初步估算》［J］，《中国工业经济》2002年第2期，第25～31页。

［3］蒋殿春、张宇：《经济转型与外商直接投资技术溢出效应》［J］，《经济研究》2008年第7期，第26～38页。

［4］蒋姮：《跨国并购与产业安全评估的误区及影响》［J］，《国际经济合作》2008年第12期，第15～18页。

［5］李孟刚：《产业安全理论》，高等教育出版社，2010，第289～290页。

［6］景玉琴：《产业安全的根本保障：提升民族资本产业控制力》［J］，《福建论坛（人文社会科学版）》2006 年第 1 期，第 30～33 页。

［7］王广凤、肖春华：《我国装备制造业外资并购中的政府干预》［J］，《中国科技论坛》2007 年第 6 期，第 62～65 页。

［8］王苏生、孔昭昆、黄建宏、李晓丹：《跨国公司并购对我国装备制造业产业安全影响的研究》［J］，《中国软科学》2008 年第 7 期，第 55～61 页。

［9］赵元铭：《产业控制力的实现层次：基于后发国家产业安全边界的审视》［J］，《世界经济与政治论坛》2008 年第 6 期，第 53～58 页。

［10］祝年贵：《利用外资与中国产业安全》［J］，《财经科学》2003 年第 5 期，第 111～115 页。

# B.9
# 中国建材业外资控制分析

按照中国现行统计口径，建筑材料主要包括水泥、平板玻璃及加工、建筑卫生陶瓷、房建材料、非金属矿物及其制品、无机非金属新材料等门类。其中最主要的产品为水泥、玻璃、陶瓷三类，这三大子行业对建材行业销售收入和利润的总贡献都保持在50%以上的水平。根据国家统计局制定的《国民经济行业分类与代码（GB/T4754-2002）》，建材行业包括水泥、石灰和石膏的制造（C311）、水泥及石膏制品制造（C312）、砖瓦、石材及其他建筑材料制造（C313）、玻璃及玻璃制品制造（C314）、陶瓷制品制造（C315）等行业（2009中国行业年度报告系列之建材. 中国经济信息网）。

建材行业是中国重要的材料工业，建筑材料广泛应用于建筑、军工、环保、高新技术产业和人民生活等领域。目前，中国已经是世界上最大的建筑材料生产国和消费国。同时，建材产品质量不断提高，能源和原材料消耗逐年下降，各种新型建材不断涌现，建材产品不断升级换代。公路、铁路等基础设施建设投资的爆发增长和普通民用建筑投资的平稳增长，使建筑行业正处在景气上行阶段。同时，在建设节能社会和加强自主创新能力的背景下，节能和技术创新主题将是行业的发展热点。在本文中，建材业的数据采用《中国统计年鉴》中的非金属矿物制造业数据。

改革开放以来，国民经济的快速发展增加了对建材工业各种产品的需求。受需求拉动的影响，我国建材工业保持了较高的增长速度，产品总量基本满足了国民经济发展的需要。作为重要材料工业的建材工业在国民经济中占有较为重要的地位。

2005年以来，我国建材工业增加值占GDP中的比重不断上升。2008年，我国建材工业增加值在工业增加值中的比重为4.06%，较上年提高0.34个百分点；在GDP中所占比重为1.74%，较上年提高0.19个百分点。2009年，建材工业在GDP中所占比重上升到7.30%。总体而言，我国建材工业在国民经济中的比重较大（2009 中国行业年度报告系列之建材 . 中国经济信息网）。

据商务部统计，2009 年建材工业新设立外商投资项目 473 个，比上年同期减少 100 个，实际使用外资金额 242533 万美元，同比上升 2.82%。新设立企业数和实际使用外资金额占全国同期吸收外资总量的比重分别为 2.02% 和2.69%。[①]

## 一 外资对我国建材业的市场控制

外资不仅仅是一个资金的概念，它还是技术、品牌、标准、经营管理、全球生产经营和销售网络、信息和现代服务的载体。外资不仅给我国带来好处，也会给投资方带来巨额的利益。追求双赢固然是我们的目标，但盲目地引进外资也会削弱我国产业的控制度，进而对产业安全造成威胁。中国建材工业经济研究会提供的报告显示，未来 10 年甚至更长一段时期内，建材工业发展速度将高于国民经济发展速度 3 ~ 4 个百分点，2010 年，建材工业产值预计将达到 1 万多亿元，成为国民经济的重要增长点。中国建材市场的良好发展前景，当然会引起国际建材商对这块蛋糕的垂涎（汪洋，2002）。国际资本进入中国的动机：一是利用中国低廉的生产要素和优惠的政策条件，降低成本，追求高额利润；二是提升其在国际市场的竞争力，占领、控制国际市场；三是培育中国市场，最终占领、控制中国市场。市场是企业的永恒主题。站在我国的立场，不能无视外国势力对国家战略性产业的蚕食和侵吞可能造成的严重后果。外资市场控制度指标反映产业内外资控制企业对于国内市场的控制程度，它可以用外资控制企业市场销售收入与国内该产业总的市场销售收入之比来衡量。在本文中，规定外资企业包括外商投资企业和港澳台商投资企业，建材产业外资市场控制度计算公式见式（9 - 1）。

$$建材行业外资市场控制度 = \frac{建材行业外资企业市场销售收入}{建材行业市场销售收入} \times 100\% \quad (9 - 1)$$

从图 9 - 1 可以看出，1999 年以来，外资在建材行业的市场控制度总体上在15% ~ 20% 的区间摆动，说明内资企业的控制度很强。其变化趋势基本上也是两

---

① 2009 年建材工业利用外资现状. http：//www.fdi.gov.cn/pub/FDI/zgjj/hyzk/zzy/jcgy/t20100827_ 125413. htm，2011 - 04 - 07。

个大的峰谷转变。外资的市场控制度从 1999 年开始增加，到 2001 年达到 19.30%，随后几年开始下降，2004 年降低到 17.10%。然后在 18% 左右徘徊了三年，2008 年下降为 17%，2009 年继续下降为 14.97%。这可能是 2008 年始于发达国家的金融危机，2009 年逐渐蔓延到发展中国家，导致我国建材行业外资市场控制度降低。但随着我国工业化和城镇化的加速推进，对建材的需求不断增加，导致了建材行业的市场前景看好。由于建材行业是传统的高能耗、高污染的产业，这种市场销售收入的变化，也体现出了国家宏观调控政策对外资销售的影响。

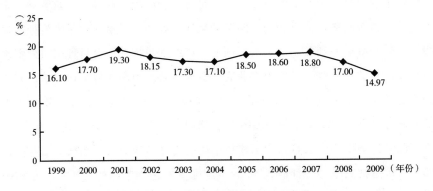

**图 9 - 1  建材行业外资市场控制度**

数据来源：根据《中国统计年鉴》（2000 ~ 2010）相关数据计算得到。

## 二  外资对我国建材业的股权控制

目前外资在我国建材行业的并购及参股已到了全面开花的地步，且外资对中国建材企业的并购采取的全部是"掐尖"战略，他们并购的都是我们在各个产业中最好的企业和品牌。水泥产业中的亚泰、海螺、山水、华新、冀东等是如此；华润涂料、鹰牌陶瓷、亚铝兴发铝材也都是中国名牌，其中，华润和亚铝还是涂料与铝型材产业中的领军企业（苑金生，2007）。外资在进入东道国初期，由于各种因素的限制以及处于自身安全的考虑，多会采取合资的方式，但发展到一定时期，便会倾向于独资或通过各种方式谋求在合资企业中的控股权，以期形成对东道国企业的股权控制，控制东道国的产业，从而影响东道国对本国产业的实际控制度，最终给东道国带来产业安全风险。全球经济持续增长，跨国公司盈利增加以及产业结构调整，促进了国际投资流动的进一步加速。目前跨国并购的增长已接近 1999 ~ 2000 年间全球并购历史最高峰的初始阶段水平。私募股权基金对 FDI 的迅猛发展发挥了推动作用。此外，区域一体化进程进一步向深度和广度发展，也为国际投资的产生和流动提供动力和良好条件。

1999 年 Holcim 通过子公司 Holcim B. V. 运用"股改 + 重组"模式并购了我国的华新公司，成功打入中国市场。Holcim 并购华新的高明之处在于，虽是实业资本，却是用金融资本的手法进入，并巧妙地运用了"股改 + 重组"这一模式。1999 年 Holcim 通过子公司 Holcim B. V. 采用定向发行的方式持有华新 7700 万股 B 股；2004 年，采取大宗交易的方式购进华新 876.1 万股 B 股，占到华新总股本的 26.11%；2006 年 Holcim B. V. 通过由公司向其定向发行人民币普通股 A 股 1.6 亿股的方式对华新进行战略投资，增持公司股份的合作意向获得商务部批准，再经中国证监会核准及豁免要约收购义务，Holcim 持股比例达到 50.3%，一点一点地渗入，终于使 Holcim 达到入主华新的目的并成为控股中国大型企业的第一家外资企业（刘作毅，2006）。

在本文中，建材行业外资股权控制度计算公式见式（9 - 2）。

$$建材行业外资股权控制度 = \frac{建材行业外资企业所有者权益}{建材行业所有者权益} \times 100\% \qquad (9 - 2)$$

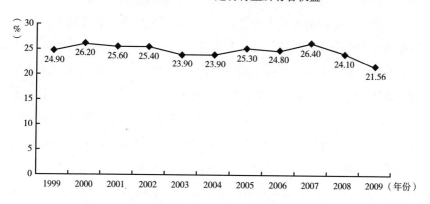

**图 9 - 2　建材业外资股权控制度**

注：2004 年的所有者权益数据为"资产总计"减去"负债总计"的差。
数据来源：根据《中国统计年鉴》（2000 ~ 2010）相关数据计算得到。

从图 9 - 2 可以看出，外资的股权控制度出现明显的锯齿形变化。2000 年股权控制度升至 26.20%，之后连续出现下降，2005 年又增加到 25.30%，在经过了一次回升后，2007 年达到历年最大值为 26.40%，之后继续下降，2009 年又降低到 1999 年以来的最低点 21.56%。

## 三 外资对我国建材业的技术控制

技术水平的高低，不仅决定了产业发展的潜力和市场竞争力，也体现了产业运营的效率和持续发展的能力。建材工业技术进步显著，现已掌握了一批对行业发展至关重要的现代技术，如水泥窑外分解技术、洛阳浮法玻璃技术和玻璃纤维池窑拉丝技术等。与世界发达国家相比，我国建材业的总体技术水平比较落后，突出表现为“一高五低”：能源消耗高、劳动生产率低、生产集中度低、科技含量低、市场应变能力低和经济效益低。在产品标准方面，建材产品与国际先进水平还存在很大差距，尤其是在技术标准、产品检验评定方面。在技术装备方面，机械化生产程度与发达国家相去甚远（余良军、于建东，2001）。

对技术水平控制度的衡量，可以通过专利技术的控制度、研发费用的控制度和新产品销售产值的控制度来体现。总体上，只有加大建材行业的技术投入，提高研发水平，推进设备升级改造，提高生产效率，降低成本，才能提高产业竞争能力，并促进新产品开发。如果我们在出让部分市场、股权、品牌的过程中，最大程度地获取了外资的技术溢出效应，那么这种交易将为产业成长积蓄必要的养分，也是引进外资的主导目标之一。我国政府一直试图通过安排外资来源结构来引导外资投向，使其对推进产业结构高度化发生作用。从理论上讲，所谓技术的溢出效应是指跨国公司在实现技术的当地化过程中通过技术的非自愿扩散，促进当地技术和生产力的提高。在这个过程中，跨国公司无法获取全部的收益而出现技术溢出效应。它是经济外在性的一种表现。这种外部经济性或者说技术外溢，主要通过示范和模仿作用、厂商间的联系、人力资本的流动等途径得以实现。但在实践中，站在外资主体的角度，技术作为它在东道国的立身之本，自然会对外部性的技术转移产生强烈的控制意识，并会采取一切手段防止技术特别是核心技术的外溢。因此，我国绝不能忽略溢出效应的传导机制和传导主体的阻抗。长期盲目地对外资抱有不切实际的偏好，将会贻误选择有利于我国产业健康发展对策的最佳时机。

## （一）外资对我国建材业的拥有发明专利控制度

在本文中，建材产业外资专利技术控制度计算公式见式（9-3）。

$$建材产业外资拥有发明专利控制度 = \frac{建材产业外资企业拥有发明专利数量}{建材行业拥有发明专利总量} \times 100\%$$

$$(9-3)$$

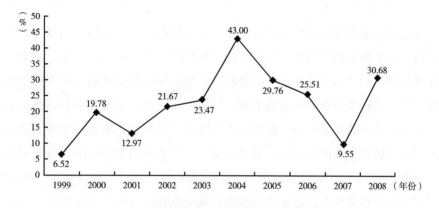

**图9-3 建材业外资拥有专利技术控制度**

数据来源：根据《中国科技统计年鉴》（1999~2009）有关数据计算得到。

图9-3表示了外资在建材行业的拥有发明专利控制度。1999年以来，外资拥有发明专利控制度在2005年之前，基本上呈现逐渐增加的态势，从1999年的6.52%增加到2005年的29.76%，随后却出现连续大幅下降，到2007年降低为9.55%，之后开始回升，2008年回升到30.68%。总体上，外资在拥有发明专利数的指标上没有对建材行业形成有效控制，从侧面说明了外资追逐短期盈利的经营绩效导向。目前，建材业中低水平总量过剩和结构性短缺并存。为数众多的中小企业设备陈旧、技术落后，产品质量档次低，难有自主创新能力，也就缺乏申请并拥有专利技术的能力。外资企业则在资金、技术、投资效率等方面具有很大优势，不仅可以生产优质高档的产品，还具有将创新成果专利化的能力。因此，在拥有发明专利控制度指标上，外资已经体现出逐年逼近30%警戒线的趋势。

## （二）外资对我国建材业的研发费用控制度

自20世纪90年代中期以来，随着海外生产网络不断扩展，跨国公司向海外转移先进技术的速度也随之加快，许多新技术研发出来后很快在其全球生产体系内使用。与此同时，跨国公司开始较快地向海外转移研发能力。这些现象表明，经济全球化正在由市场全球化、生产全球化向科技全球化的方向拓展。由于大量新技术正在跨国转移，因此外部技术的重要性增加。即使那些技术实力雄厚的跨国公司也更多地转向利用内、外部两种技术资源。据 OECD 专家的研究，在 1992～2001 仅仅 10 年间，美国、日本和欧洲跨国公司中，外部技术资源占有重要地位的企业，已经从平均不到 20% 迅速上升到了 80% 以上。随着国内竞争的加剧和产业整体水平的提升，外商投资企业要在我国市场上立足和发展，使用有竞争力的技术和产品已经成为起码的条件。2002 年以来，随外资进入我国的产品和技术，基本上已经是跨国公司在母国最先进和比较先进的产品和技术。较早时期投资的企业也不断向高端制造延伸。与此同时，跨国公司在我国设立了大量的研发机构。据联合国贸发会议的研究，中国已经成为全球跨国公司海外研发活动的首选地，有高达 61.8% 的跨国公司将中国作为其 2005～2009 年海外研发地点的首选，美国以 41.2% 排在第二位，印度以 29.4% 排在第三位。这个趋势表明，以 FDI 为载体，我国能够更多地吸收先进技术和研发能力，进一步提升我国产业竞争力。建材行业外资研发费用控制度计算公式见式（9-4）。

$$\text{建材行业外资研发费用控制度} = \frac{\text{建材行业外资企业研发费用}}{\text{建材行业研发费用}} \times 100\% \qquad (9-4)$$

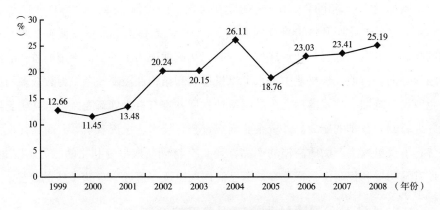

**图 9-4　建材业外资研发费用控制度**

数据来源：根据《中国科技统计年鉴》（1999～2009）有关数据计算得到。

从图 9 - 4 可以看出，1999 年以来，建材行业外资研发费用控制度呈现逐渐提高的态势。1999 ~ 2002 年，外资研发费用控制度提高了将近 1 倍，2003 年与 2002 年持平，2004 年达到最高峰 26.11%。2005 年出现 18.76% 的低点后，之后连续三年回升，到 2008 年回升到 25.19%。研发水平是衡量技术控制的重要指标之一，还关乎产业自主创新的后劲。产业研发投入不够，其后果就是产业技术创新水平低下，能耗水平较高，深加工程度不够，使得产品集中于中低档领域。外资研发投入还处于 30% 的水平以下，说明建材行业的外资进入还是更多地关注劳动密集型产品的生产与加工。

## （三）外资对我国建材业的新产品产值的控制度

根据熊彼特的创新理论，企业家们参与创新的动力就在于获得超额利润。微观经济主体任何形式的创新，最后都需要体现在市场实现上。没有市场的认可，创新活动达不到最终目的。传统的建材产品由于产品过剩而压价竞争，高档的建材卫生陶瓷、玻璃纤维制品及非金属矿产品的深加工，却需要大量进口。通过引进消化技术，最终体现出来的也是新产品和新技术的应用。可见，新产品的市场占有结果，在一定程度上体现了产业创新成果的总体市场化状态。建材行业外资新产品产值控制度计算公式见式（9 - 5）。

$$建材行业外资新产品产值控制度 = \frac{建材行业外资企业新产品产值}{建材行业新产品产值} \times 100\% \quad (9 - 5)$$

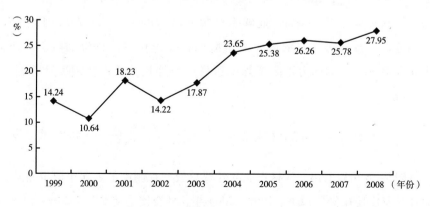

**图 9 - 5　建材业外资新产品产值控制度**

资料来源：根据《中国科技统计年鉴》（1999 ~ 2009）有关数据计算得到。

从图 9 - 5 可看出外资对新产品产值的控制情况。1999～2002 年建材行业外资新产品产值控制度经历了两次比较大的波动后，基本上保持不断提高的态势。2000 年时最低，是 10.64%，到 2006 年已提高到 26.26%，2007 年略有下降，为 25.78%，2008 年又回升至 27.95%。虽然外资还没有形成对新产品产值的明显控制，但是已经反映出来控制度提升的态势，说明外资的产业创新能力的市场实现水平在提高。

## 四  外资对我国建材产业的总资产控制

从跨国投资理论和我国现实两个方面看，我国利用外资已经进入了一个新阶段。对外资的需求开始从数量为主转向质量为主，资金流动从流入为主转向流入和流出双向并重，吸收外资的方式从新设企业为主转向新设和并购两种方式并重。从国内情况看，目前我国国内资金供给充裕，不少产业生产能力过剩。以建材中的水泥行业为例，中国水泥行业已经连续十几年保持了世界第一水泥生产大国和消费大国的位置，但是落后生产能力比重仍占 60% 左右。不仅淘汰落后产能的问题没有解决好，而且新型干法水泥生产技术的推广也存在很大的区域差异。从行业集中度看，国内水泥企业的规模偏小，排名前十位的水泥企业总体生产能力只相当于世界水泥工业第一位的法国拉斯基集团的产能水平（李江涛，2006）。从历史发展的角度看，建材业内资企业的技术能力和制造水平也在不断提高，能够生产越来越多的中高档产品。因此，仅从资金角度看，我国对外资的内在需求减弱，新设投资对外资的吸引力下降，国内企业对外投资的动力不断增强。建材产业外资总资产控制度计算公式见式（9 - 6）。

$$建材行业外资总资产控制度 = \frac{建材行业外资企业总资产}{建材行业总资产} \times 100\% \qquad (9 - 6)$$

从图 9 - 6 可以看出，建材行业的外资总资产控制度最近几年稳步提升，但是总体控制度还在 25% 以下。1999～2004 年，外资比重基本上在 20% 上下波动；之后开始逐年增加，2007 年增加到 24.5%，之后开始回落，2008 年回落到 23%，2009 年继续回落到 20.65%。

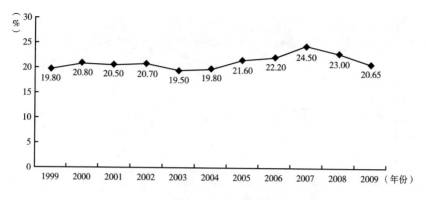

**图 9 - 6　建材业外资总资产控制度**

数据来源：根据《中国统计年鉴》（2000～2010）有关数据计算得到。

## 五　外资对我国建材产业的固定资产投资控制

从国内情况看，目前我国国内资金供给充裕，不少产业生产能力过剩，内资企业的技术能力和制造水平不断提高，能够生产越来越多的中高档产品。因此，仅从资金角度看，我国对外资的内在需求减弱，新设投资对外资的吸引力下降，国内企业对外投资的动力不断增强。固定资产投资一旦形成产能，不仅对社会总需求形成拉动，还在较长的时间里影响社会总供给能力和结构。同时，固定资产的存量规模，也关乎产业的持续成长能力。建材产业外资固定资产控制度计算公式见式（9－7）。

$$建材行业外资固定资产净值控制度 = \frac{建材行业外资企业固定资产净值}{建材行业固定资产净值} \times 100\%$$

$$(9-7)$$

从图 9－7 可以看出外资在建材行业的固定资产净值控制度的变化。1999～2002 年，外资的控制度呈缓升趋势，到 2002 年为 25.40%。2002～2004 年开始出现下降趋势，随后几年逐年上升，到 2007 年增至 26.10%，2008 年和 2009 年出现回落，2009 年降为 21.88%。固定资产净值的变化反映出外资资本积累的情况，也在一定程度上可以说明产业发展的潜力和技术装备水平的情况。随着建材行业结构优化、生产规模扩大以及新技术的推广与使用，加大建材产业投资存在

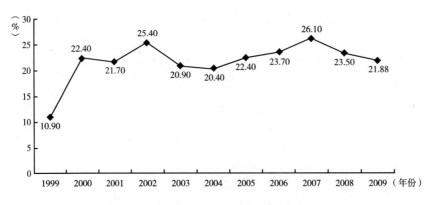

**图 9 – 7　建材业外资固定资产的控制度**

数据来源：根据《中国统计年鉴》（2000～2010）有关数据计算得到。

一定的客观必然性。外资固定资产净值控制度相对稳定，说明推动建材业投资增长的主要还是内资企业。

# 六　结论与对策建议

改革开放三十多年来，外资进入对推动建材工业的发展和技术水平的提升，都起到了至关重要的作用。从总体情况来看，建材行业中外资控制仍处于警戒线水平以下，没有形成对产业的实质性控制。但是，如何引导好外资流向，提高外资的技术溢出水平以及形成内外资的良性互动和协调发展，需要注重如下几个方面的工作。

## （一）加强对外转让技术的政策支持力度

根据已经确定的利用外资的重点产品和地区等目标，不断提高利用外资的投资强度和技术先进水平，避免外资集中于劳动密集型的加工产业领域，引导外资投资于技术含量高的、节能降耗和环境友好的产品，并加大鼓励外资实质性转让技术的政策支持力度。

## （二）创造消化吸收外资技术的有利条件

重视技术引进和进口设备的消化吸收工作，将技术引进的重点从"硬件"

转向"软件"，即从重视引进成套设备转向许可证贸易、技术服务、合作生产等，并在机制上形成产、学、研、官配套成龙的促进外资有效技术扩散的通道，减少技术扩散路径中的耗散损失，确立明晰的产业发展战略。对外资进入的方式和深度要有明确的界定，避免以牺牲战略利益、长远利益为代价换取眼前利益（韩永奇，2006）。

### （三）提高利用外资的质量

通过制定严格的环保、能耗、水耗、资源综合利用和安全、质量、技术、规模等标准，提高外资的准入门槛，对不符合国家产业政策和发展规划的投资，应依法停建或改建；尤其是要禁止技术和安全水平低、能耗物耗高、污染严重的外资项目进入。

### （四）切实提升内资企业的技术创新能力

加强大企业集团的机制和体制建设，不断提升其总体技术水平，尤其是消化吸收外资技术的能力和与其配套衔接能力，创造良好的有利于外资技术溢出的微观基础，不断提升自主创新能力。

**参考文献**

［1］韩永奇：《外资为何如此看好中国水泥产业》［J］，《建材发展导向》2006 年第 4 期，第 27～29 页。
［2］李江涛：《产能过剩——问题、理论及治理机制》［M］，中国财政经济出版社，2006。
［3］刘作毅：《外资大举进入水泥行业如何应对?》［J］，《中国建材》2006 年第 12 期，第 9～12 页。
［4］汪洋：《建材业靠什么保住"蛋糕"份额》［J］，《建材工业信息》2002 年第 5 期，第 3～6 页。
［5］苑金生：《外资并购与品牌》［J］，《中国建材》2007 年第 2 期，第 62～65 页。
［6］余良军、于建东：《"入世后"行业走势及命运》［M］，经济日报出版社，2001。
［7］2009 中国行业年度报告系列之建材，中国经济信息网。

# B.10
# 中国石化产业外资控制分析

石化产业包括石油石化和化工两个大部分，行业上游主要包括：原油、天然气的勘测和开采，经过加工冶炼生产出成品油、苯、烃、烯等化学产品；行业下游包括：精细化工行业和化工新材料、塑料、轮胎、化纤行业、有机化学品、化学肥料行业等子行业。

石化产业是国民经济的支柱产业，其资源资金技术密集，产业关联度高，经济总量大，产品广泛应用于国民经济、人民生活、国防科技等各个领域，对促进相关产业升级和拉动经济增长具有举足轻重的作用。

目前，我国已成为全球第二大石化产品生产大国，2010年石化产品国内生产总值约11957亿美元，其中出口约1317亿美元，有20多种大宗产品产量位居世界前列，其中氮肥、磷肥、纯碱、烧碱、硫酸、电石、农药、染料、轮胎、甲醇、合成纤维产量排名世界第一，乙烯、合成树脂、合成橡胶排名世界第二。随着新建、改扩建装置的陆续投入生产，我国主要石化产品产量将继续保持世界领先位置。同时，我国也是全球第二大石化产品消费国，2010年石化产品国内消费12495亿美元左右，其中进口约1855亿美元，占国内市场份额的14.8%[①]。

2010年，石化产业产值占全国工业总产值的11.1%，达到78675亿元，创历史同期最好水平，比2005年增长180%。其中，炼油行业产值24252亿元，比2005年增长135%；化工行业产值52321亿元，比2005年增长197%，按汇率（6.58）计算突破7900亿美元，超越美国跃居世界第一。石化产业实现利润总额3800亿元左右，比2005年增长382%，占全国工业总利润的8.9%[②]。

---

① "十一五"石化产业经济实现快速增长. http：//www. sinopecnews. com. cn/shnews/content/2011 - 03/03/content_ 944123. htm, 2011 - 03 - 05。

② "十一五"石化产业经济实现快速增长. http：//www. sinopecnews. com. cn/shnews/content/2011 - 03/03/content_ 944123. htm, 2011 - 03 - 05。

由于经济全球化进程加快，我国加入世界贸易组织以来，对外开放程度不断加大，加之我国投资环境的改善，经济得到了持续快速的发展，石油化工产品需求旺盛。以欧美大石油公司为主，日、韩、中东等国家地区紧跟，外资企业加快了全面进入我国石油化工产业和关联行业的步伐，投资规模和力度明显加大，涉及业务领域不断拓展，有些领域已在中国市场占有相当份额（金泉，2004）。据商务部统计，2009年石化工业新设立外商投资项目30个，比上年同期增加4个，实际使用外资金额33302万美元，同比下降51.55%。新设立企业数和实际使用外资金额占全国同期吸收外资总量的比重分别为0.13%和0.37%。从利用外资方式看，2009年石化工业新设中外合资项目14个，外商独资项目16个，实际使用外资金额分别为20514万美元和12788万美元①。

外商利用其资本、技术、管理等生产要素或营销环节方面的优势，通过合资、收购等方式控制东道国的企业，甚至控制某些重要产业，由此引发产业安全问题（何维达和李冬梅，2008）。外资是一把双刃剑，其在提供资金、知识和人才补充的同时，也给我国带来了产业威胁和经济安全问题，这主要体现在侵占国内市场、产业控制力增强、加剧内资企业对国外的技术依赖、造成本土品牌流失等方面（刘建丽和王欣，2010）。

目前外资对我国石化产业主要关注两大领域：在国家控制性行业中，外资首先关注原油和天然气的勘探开发，其次是炼油及成品油流通、石化、轮胎、农药等支柱性产业。在上述领域，外资一般采取合资形式进入；在竞争性领域，外资比较关注涂料、染料、黏合剂、工程塑料、合纤单体和有机原料等技术含量高、专用性强的产业，在这些领域，外资独资占较大比例。外资进入我国石化产业虽然能带来大量的资金、先进的技术和先进的管理经验，有利于我国石化产业的发展，但外资企业也可能通过技术上的领先优势，形成行业领域的垄断，威胁到我国石化产业的安全。

通过外资对我国石化产业的市场、股权、技术、总资产、净资产的控制度可以较好地反映出我国石化产业受外资控制的情况。本文借鉴国家发改委的报告，将石化产业分为石油和天然气开采业，石油加工、炼焦及核料加工业，化学原料及化学制品制造业三个细分行业。

---

① 2009年石化工业利用外资现状. http：//www.fdi.gov.cn/pub/FDI/zgjj/hyzk/zzy/shgy/t20100826_ 125390. htm, 2011 - 03 - 02。

# 一 外资对我国石化产业的市场控制

随着我国经济的快速发展，国内对石化产品的需求快速增长，建筑、纺织、电子、汽车等产业对石化产品需求旺盛，国内生产不能满足国内市场需求，需要大量进口。巨大的石油石化产品需求潜力，成为吸引外资进入我国的重要原因。外资企业进入中国市场后，会凭借其技术、资金等优势，在石化产业某些领域形成垄断，抢占我国石化产业市场，对国内石化企业的发展形成威胁，影响石化产业安全。

市场份额是对产业控制能力的最综合、最直接的反映，所以可以通过外资在我国石化产业的市场份额来反映其对我国石化产业的市场控制情况，称之为外资市场控制度。外资市场控制度指标从市场的角度反映了外资对一个产业的控制程度，外资市场控制度越高，产业的发展安全受外资的影响程度越大。

本文利用外资企业的销售收入与国内该产业总的销售收入之比来衡量外资市场控制度。石化产业外资市场控制度计算公式为式（10-1）。

$$石化产业外资市场控制度 = \frac{外资石化产业的销售收入}{石化产业总销售收入} \times 100\% \qquad (10-1)$$

## （一）外资对我国石化产业市场控制的总体情况

根据《中国统计年鉴》（2000~2010）的相关数据和公式（10-1），可以计算出1999~2009年我国石化产业的外资市场控制度，结果如表10-1所示。从表10-1中的数据可以看出，自1999年以来，外资对我国石化产业的市场控制度总体呈缓慢上升的趋势，1999年为10.9%，2000年为10.8%，随后逐年上升，2007年达到19.5%，2008年之后略有下降，2009年为18.9%。总体来说，我国石化产业受外资市场控制程度较低。

## （二）外资对我国石化产业市场控制的细分行业情况

根据《中国统计年鉴》（2000~2010）的相关数据和公式（10-1），可以计算出石化产业的三个细分行业1999~2009年的外资市场控制度，结果如图10-1所示。

表 10 - 1　我国石化产业外资市场控制度

| 年份 | 外资石化产业销售收入（亿元） | 石化产业总销售收入（亿元） | 外资市场控制度（%） |
|---|---|---|---|
| 1999 | 1003.80 | 9185.04 | 10.9 |
| 2000 | 1393.32 | 12908.08 | 10.8 |
| 2001 | 1831.41 | 13321.46 | 13.7 |
| 2002 | 2143.04 | 14509.11 | 14.8 |
| 2003 | 2891.33 | 18730.85 | 15.4 |
| 2004 | 3910.38 | 24913.49 | 15.7 |
| 2005 | 5682.29 | 34346.95 | 16.5 |
| 2006 | 7336.45 | 43162.63 | 17.0 |
| 2007 | 10306.83 | 52932.48 | 19.5 |
| 2008 | 12621.42 | 66997.72 | 18.8 |
| 2009 | 12395.71 | 65454.51 | 18.9 |

　　注：本文统计的石化产业包括石油和天然气开采业；石油加工、炼焦及核料加工业；化学原料及化学制品制造业，下同。

　　数据来源：根据《中国统计年鉴》（2000～2010）相关数据整理、计算得到。其中：①"销售收入"用的是 1999～2005 年《中国统计年鉴》中"全部国有及规模以上非国有工业企业"中"产品销售收入"统计项目下的数据和 2006～2009 年《中国统计年鉴》中"全部国有及规模以上非国有工业企业"中"主营业务收入"统计项目下的数据。②"外资销售收入"指《中国统计年鉴》中 1999～2006 年的"'三资'工业企业销售收入"和 2007～2009 年的"外商投资和港澳台商投资工业企业销售收入"；"产业总销售收入"指《中国统计年鉴》中 1999～2006 年的"全部国有及规模以上非国有工业企业销售收入"和 2007～2009 年的"规模以上工业企业销售收入"。

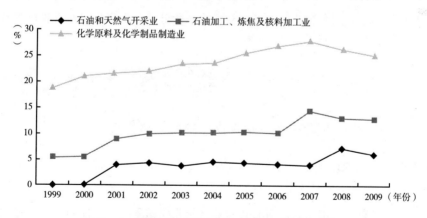

图 10 - 1　我国石化产业细分行业外资市场控制情况

　　注：1999 年和 2000 年无石油和天然气开采业"外资产品销售收入"统计，按 0 来计算。

　　数据来源：根据《中国统计年鉴》（2000～2010）相关数据整理、计算得到。

从图 10-1 可以看出，在我国石化三大细分行业中，受外资市场控制程度最高的是化学原料及化学制品制造业，并且自 1999 年以来呈逐年上升趋势，由 1999 年的 18.8% 逐渐上升至 2007 年的 27.8%，2008 年开始有所下降，2009 年下降到 25.3%。其次是石油加工、炼焦及核料加工业，其受外资市场控制程度整体水平比化学原料及化学制品制造业要低，但自 1999 年以来也呈逐渐上升的趋势，到 2007 年达到最高值 14.5%，之后略有下降，2009 年为 12.9%。石油和天然气开采业是石化三大产业中受外资市场控制程度最低的产业，2001 年以来，一直在 4% 左右，只有 2008 年出现较大幅度增长，比 2007 年增长 84.6%，达到 7.2%，2009 年又出现小幅度下降，为 6.1%。

## 二　外资对我国石化产业的股权控制

目前，由于石化产业的大部分行业还属于国家控制行业，所以外资多以合资的形式进入我国石化产业，取得这些企业的部分控股权，从维护石化产业安全来讲，对外资股权控制度必须加以必要的限制。

股权控制度指标是从股权的角度反映外资对我国产业的控制程度。严格来讲，外资股权控制度应该是外资控股企业的外资总额与全部合资企业外资总额的比例。为了数据的可获得性和数据的连续性，可以用外资企业所有者权益与全部国有及规模以上非国有企业所有者权益之比来衡量。石化产业的外资股权控制度计算公式为式（10-2）。

$$石化产业外资股权控制度 = \frac{外资石化产业所有者权益}{石化产业所有者权益} \times 100\% \qquad (10-2)$$

### （一）外资对我国石化产业股权控制的总体情况

根据《中国统计年鉴》（2000~2010）的相关数据和公式（10-2），可以计算出 1999~2009 年我国石化产业的外资股权控制度，结果如表 10-2 所示。从表 10-2 可以看出，由于我国对石化企业外资股权比率的严格控制，外资对我国石化产业的股权控制度多年以来保持较低水平的平稳状态，但 2002 年以来也出现了一个小幅度的上升态势，2007 年最高达到 18.9%，2008 年和 2009 年有所下降。

表 10 – 2　我国石化产业外资股权控制度

| 年份 | 外资石化产业所有者权益（亿元） | 石化产业所有者权益（亿元） | 外资股权控制度（%） |
|---|---|---|---|
| 1999 | 586.10 | 6876.68 | 8.5 |
| 2000 | 702.74 | 7124.80 | 9.9 |
| 2001 | 1050.13 | 7901.57 | 13.3 |
| 2002 | 1144.00 | 8494.95 | 13.5 |
| 2003 | 1372.66 | 9651.87 | 14.2 |
| 2004 | 1661.64 | 11163.48 | 14.9 |
| 2005 | 2336.19 | 13853.93 | 16.9 |
| 2006 | 3030.33 | 16505.67 | 18.4 |
| 2007 | 3810.40 | 20149.97 | 18.9 |
| 2008 | 4254.86 | 24631.58 | 17.3 |
| 2009 | 4731.12 | 26870.28 | 17.6 |

注：《中国统计年鉴 2005》无 2004 年"所有者权益"统计，为了保持数据的连续性，2004 年所有者权益为总资产减去总负债。

数据来源：根据《中国统计年鉴》（2000～2010）相关数据整理、计算得到。其中：①"外资石化产业所有者权益"指《中国统计年鉴》中 1999～2006 年的"'三资'工业企业所有者权益"和 2007～2009 年的"外商投资和港澳台商投资工业企业所有者权益"；②"石化产业所有者权益"指《中国统计年鉴》中 1999～2006 年的"全部国有及规模以上非国有工业企业所有者权益"和 2007～2009 年的"规模以上工业企业所有者权益"。

## （二）外资对我国石化产业股权控制的细分行业情况

根据《中国统计年鉴》（2000～2010）的相关数据和公式（10－2），可以计算出石化产业的三大细分行业 1999～2009 年的外资股权控制度，结果如图 10－2 所示。

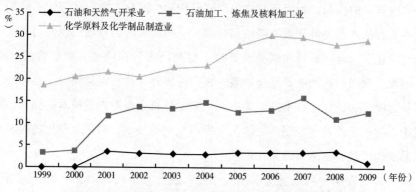

图 10 – 2　我国石化产业细分行业外资股权控制情况

注：①1999 年和 2000 年无石油和天然气开采业"外资所有者权益"统计，按 0 来处理；②《中国统计年鉴 2005》无 2004 年"所有者权益"统计，为了保持数据的连续性，2004 年所有者权益为总资产减去总负债。

数据来源：根据《中国统计年鉴》（2000～2010）相关数据整理、计算得到。

如图 10 - 2 所示，我国石化三大产业，受外资股权控制程度从高到低依次是化学原料及化学制品制造业，石油加工、炼焦及核料加工业，石油和天然气开采业。化学原料及化学制品制造业受外资股权控制度呈逐年上升趋势，2006 年最高达到 29.8%，2007 和 2008 年有所下降，分别为 29.5% 和 27.9%，2009 年出现小幅度上涨至 28.9%。石油加工、炼焦及核料加工业受外资股权控制程度整体上也呈逐渐上升趋势，2007 年最高为 15.9%，2008 年有所降低为 11.1%，2009 年又涨至 12.7%。石油和天然气开采业受外资股权控制程度比较低，自 2001 年以来，年均控制度为 3.4%，2008 年最高为 3.9%，2009 年大幅度下降至 1.1%。

## 三 外资对我国石化产业的技术控制情况

近年来，我国石化工业科技虽已取得较大成绩，但整体工艺技术水平只相当于 20 世纪 90 年代中期国外的水平，与国外大公司仍有较大差距。主要表现在：缺乏原创性的技术创新能力，缺少拥有自主知识产权、国际领先的核心技术和专有技术，应用基础研究和前瞻性技术研究还较薄弱。而与此相比，国外跨国石油石化公司在兼并联合、重组调整后科技开发实力不断增强，继续占据技术市场强势地位，中国石油石化企业与之差距拉大。同时，欧美日跨国石油石化公司加强了对先进技术的控制，利用其在知识产权保护和标准化方面的优势，不断加强对我国石油石化产业关键技术的制约和控制。一些著名跨国石油石化公司在我国申请的有机化工、合成材料和润滑油等技术专利已占我国同类专利总数的 60% 左右。因此，我国石化产业要安全发展，在引进国外先进技术的同时，必须加大技术创新力度，加快核心技术进步的步伐，减少外资企业对先进技术的控制。外资对我国石化产业的技术控制，可以从对发明专利的控制、对研发费用的控制和对新产品产值的控制三个方面来反映①。

外资拥有发明专利控制度指标从外资掌握发明专利的角度反映外资对我国产业的控制程度。石化产业外资拥有发明专利控制度可以用外资石化企业拥有

---

① 《中国科技统计年鉴 2010》中没有分行业"三资"企业的统计数据，因此，该三项指标的统计数据更新到 2008 年。

发明专利数量与我国石化产业拥有发明专利总数量之比来衡量，计算公式为式（10 - 3）。

$$石化产业外资发明专利控制度 = \frac{外资石化产业拥有的发明专利数量}{石化产业拥有的发明专利总量} \times 100\%$$

$$（10 - 3）$$

### （一）外资对我国石化产业的发明专业控制

**1. 外资对我国石化产业发明专利控制的总体情况**

根据《中国科技统计年鉴》（1999~2009）的相关数据和公式（10 -3），可以计算出 1998~2008 年我国石化产业的外资拥有发明专利控制度，结果如表 10 -3 所示。从表 10 -3 可以看出，我国石化企业拥有的发明专利数量增长迅速，1998 年为 465 项，2008 年为 6725 项，增长近 14 倍。

从拥有发明专利数量角度反映的外资对我国石化产业的技术控制程度是比较低的，1998~2005 年间，只有 2003 年外资发明专利控制度超过了 10%，2006 年达到最高值 17.3%，2007 年开始下降，2008 年降到 11.0%。

表 10 -3　我国石化产业外资发明专利控制度

| 年份 | 大中型外资石化产业拥有发明专利数(项) | 大中型石化企业拥有发明专利数(项) | 外资发明专利控制度(%) |
| --- | --- | --- | --- |
| 1998 | 35 | 465 | 7.5 |
| 1999 | 40 | 524 | 7.6 |
| 2000 | 26 | 902 | 2.9 |
| 2001 | 18 | 1067 | 1.7 |
| 2002 | 50 | 1443 | 3.5 |
| 2003 | 156 | 1465 | 10.6 |
| 2004 | 293 | 3059 | 9.6 |
| 2005 | 203 | 2775 | 7.3 |
| 2006 | 560 | 3230 | 17.3 |
| 2007 | 534 | 4014 | 13.3 |
| 2008 | 740 | 6725 | 11.0 |

注：①《中国科技统计年鉴》无"石油和天然气开采业"外资拥有发明专利数量的统计，所以石油和天然气开采业的数据按 0 来计算。②1998~2001 年没有进行石油加工、炼焦及核料加工业的外资拥有发明专利数量统计，也按 0 来处理。

数据来源：根据《中国科技统计年鉴》（1999~2009）相关数据整理、计算得到。

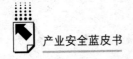

**2. 外资对我国石化产业发明专利控制的细分行业情况**

根据《中国科技统计年鉴》（1999～2009）的相关数据和公式（10-3），计算得到我国石化产业分行业 1998～2008 年的外资发明专利控制度，结果如图 10-3 所示。

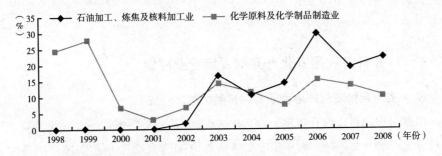

**图 10-3　我国石化产业分行业外资发明专利控制度**

注：①《中国科技统计年鉴》无"石油和天然气开采业"外资拥有发明专利数量的统计，所以图中没有石油和天然气开采业的数据；②1998～2001 年没有进行石油加工、炼焦及核料加工业的外资拥有发明专利数量统计，故按 0 来处理。

数据来源：根据《中国科技统计年鉴》（1999～2009）相关数据整理、计算得到。

从图 10-3 可以看出，我国石化产业中，石油加工、炼焦及核料加工业的外资发明专利控制度在 2006 年之前呈波动上升的趋势，并在 2006 年达到最高值 29.72%，之后呈回落趋势，2008 年为 22.59%。化学原料及化学制品制造业的外资发明专利控制度在 1999 年最高，为 27.78%，2000 年开始出现大幅度下降，并在 2001 年达到最低值 2.96%，之后其外资发明专利控制度呈波动变化趋势，2002～2008 年的平均外资拥有发明专利控制度为 11.37%。

**（二）外资对我国石化产业的研发费用控制**

研究和开发（R&D）方面的大量投入是推动产业技术进步与产业发展的主要动力。对于石化产业这种资本和技术密集型的产业，研发投入在产业技术进步与提升国际竞争力方面的作用则显得更为重要。

世界百强石油石化企业中，有些企业的研究与开发投入达到营业收入的 10% 以上，有的甚至高达 15%，正是靠对科技工作的高而合理的投入，这些企业在竞争中才占据了优势地位。然而，目前我国由于科技体制的落后，严重制约了石油科技的发展，造成研发投入不足，而且投资结构不合理。例如，上海石化公司 2006 年、2007 年和 2008 年的研究和开发经费分别为 5160 万元、5350 万元和 4730 万元，均仅占上述年度销售总额的 0.1% 左右。中国石化公司 2006~2008 年的研究和开发费用分别为 3419 万元、2902 万元和 3400 万元，占当年营业收入的比重分别为 0.32%、0.24% 和 0.23%，研发费用占营业收入的比重呈逐年下降趋势①。我国石化企业科技研发投入严重不足，化工业技术落后，缺少具有知识产权和竞争力的产品，不仅严重影响石油化工业的整体盈利能力，影响我国石化工业科技的发展，极大地制约我国石化工业国际竞争力的提高，而且将制约石油化工业的长远发展，进而可能给我国石化产业安全带来不利影响。

这里用外资石化产业研发经费与我国石化产业研发经费总额的比例来表示外资对我国石化产业的研发费用控制度。计算公式为式（10-4）。

$$石化产业外资研发费用控制度 = \frac{外资石化产业研发费用}{石化产业总研发费用} \times 100\% \qquad (10-4)$$

**1. 外资对我国石化产业研发费用控制的总体情况**

根据《中国科技统计年鉴》（1999~2009）的相关数据和公式（10-4），可以计算出 1998~2008 年我国石化产业的外资研发费用控制度，结果如表 10-4 所示。

表 10-4　我国石化产业外资研发费用控制度

| 年份 | 大中型外资石化企业研发经费（亿元） | 大中型石化企业总研发经费（亿元） | 外资研发费用控制度（%） |
| --- | --- | --- | --- |
| 1998 | 3.01 | 68.72 | 4.4 |
| 1999 | 3.75 | 79.30 | 4.7 |
| 2000 | 6.95 | 116.47 | 6.0 |
| 2001 | 9.34 | 113.88 | 8.2 |
| 2002 | 11.04 | 123.98 | 8.9 |
| 2003 | 6.92 | 66.77 | 10.4 |
| 2004 | 14.70 | 116.12 | 12.7 |
| 2005 | 9.20 | 117.13 | 7.9 |
| 2006 | 10.27 | 136.64 | 7.5 |
| 2007 | 19.12 | 187.87 | 10.2 |
| 2008 | 40.07 | 293.72 | 13.6 |

数据来源：根据《中国科技统计年鉴》（1999~2009）相关数据整理、计算得到。其中：①2004 年、2008 年的统计项目为"规模以上工业企业 R&D 活动情况统计"；②其余年份统计项目为"分行业工业企业'三资'R&D 活动情况统计"和"分行业工业企业 R&D 活动情况统计"。

---

① 中国石化，危机抵御能力弱于国际同行. http：//money. 163. com/09/0330/20/55MB13IL002538QQ. html，2011-02-15。

从表 10-4 的数据可以看出，1998~2004 年外资对我国石化产业的研发费用控制度一直处于上升趋势，从 1998 年的 4.4% 上升到 2004 年的 12.7%，年平均增长率为 19.8%。2005 年出现了较大幅度的下降，为 7.9%，下降幅度达到 37.9%，2006 年与 2005 年基本持平，2007 年开始出现较大幅度的增长，2008 年达到 13.6%，但是总体来说，外资对我国石化产业的研发费用控制度处于比较低的水平。

**2. 外资对我国石化产业研发费用控制的细分行业情况**

根据《中国科技统计年鉴》（1999~2009）的相关数据和公式（10-4），可以计算出我国石化产业三大细分行业 1998~2008 年的外资研发费用控制度，结果如图 10-4 所示。

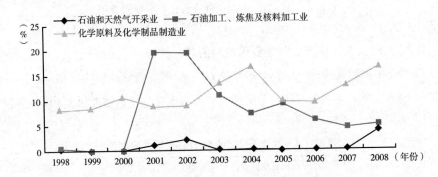

**图 10-4　我国石化三大产业外资研发费用控制度**

注：2000 年、2003 年、2005 年、2006 年、2007 年没有进行石油和天然气开采业外资拥有发明专利数量统计，按 0 来处理。

数据来源：根据《中国科技统计年鉴》（1999~2009）相关数据整理、计算得到。

从图 10-4 可以看出，我国石化产业三大细分行业，总体来说，外资研发费用控制度从高到低依次是化学原料及化学制品制造业，石油加工、炼焦及核料加工业和石油和天然气开采业。化学原料及化学制品制造业的外资研发费用控制度呈平稳波动趋势，1998~2008 年的平均外资研发费用控制度为 11.18%，2008 年为 16.36%。石油加工、炼焦及核料加工业的外资研发费用控制度在 2001 年和 2002 年最高，分别为 19.60% 和 19.45%，之后大幅度下降并保持平稳变化态势，2004~2008 年的外资研发费用控制度平均值为 6.45%。石油和天然气开采业外资研发费用控制度比较低，2008 年为最高值，也仅为 3.94%。

### （三）外资对我国石化产业的新产品产值控制

我国石化企业技术创新能力不足，技术成果转化率不高，科技进步对经济增长的贡献率低。据统计，我国大型一体化国家石油公司科技成果转化率为45%左右，科技进步对经济增长的贡献率为46.2%，而国外大石油公司的科技成果转化率已达60%～80%，科技进步对经济增长的贡献率一般在80%左右。我国石化企业应该加强先进技术的研发投入，提高技术成果转化率，提高高新技术产品的比重，提高我国石化产业产品的国际竞争力。

2008年我国石化行业新产品产值4561.09亿元，比上年增长62.3%，新产品产值增幅比较大的为有机化工原料、合成橡胶、信息化学品、有机肥料，全行业新产品产值贡献率为5.28%。

外资对我国石化产业新产品产值的控制度，可以通过外资石化企业新产品产值与我国石化产业总的新产品产值之比来衡量。计算公式为式（10－5）。

$$石化产业外资新产品产值控制度 = \frac{外资石化企业新产品产值}{石化产业总的新产品产值} \times 100\% \quad （10－5）$$

#### 1. 外资对我国石化产业新产品产值控制的总体情况

根据《中国科技统计年鉴》（1999～2009）的相关数据和公式（10－5），可以计算得到1998～2008年我国石化产业的外资新产品产值控制度，结果如表10－5所示。

表10－5　我国石化产业外资新产品产值控制度

| 年份 | 大中型外资石化企业新产品产值（亿元） | 大中型石化企业新产品产值（亿元） | 外资新产品产值控制度（%） |
|---|---|---|---|
| 1998 | 55.21 | 299.08 | 18.5 |
| 1999 | 73.11 | 435.83 | 16.8 |
| 2000 | 89.14 | 574.34 | 15.5 |
| 2001 | 135.00 | 590.22 | 22.9 |
| 2002 | 146.24 | 649.90 | 22.5 |
| 2003 | 115.30 | 674.06 | 17.1 |
| 2004 | 266.77 | 1393.96 | 19.1 |
| 2005 | 187.35 | 1606.13 | 11.7 |
| 2006 | 257.25 | 1857.93 | 13.8 |
| 2007 | 378.30 | 2810.10 | 13.5 |
| 2008 | 1166.63 | 4561.09 | 25.6 |

数据来源：根据《中国科技统计年鉴》（1999～2009）相关数据整理、计算得到。其中：①2004年、2008年的统计项目为"分行业规模以上工业企业'三资'基本情况统计"和"分行业规模以上工业企业基本情况统计"；②其余年份的统计项目为"分行业大中型工业企业'三资'基本情况统计"和"分行业大中型工业企业基本情况统计"。

从表中数据可以看出，我国石化企业新产品产值的年增长速度是比较快的，1998年新产品产值为299.08亿元，到2008年新产品产值为4561.09亿元，增长幅度超过14倍。"十一五"期间，新产品产值年均增长33.4%，高于行业平均增速10个百分点以上。外资对我国石化产业的新产品产值控制一直处于波动状态。1998年我国石化产业外资新产品产值控制度为18.5%，1999和2000年连续小幅下降，2001出现大幅提高，控制度达到22.9%，比2000年提高47.7%，2003年大幅下降，比2002年下降24%，2004年小幅回升，2005年又出现比较大幅度的下降，下降幅度为39%，之后开始提高，并在2008年达到十年来最高值25.6%。

**2. 外资对我国石化产业新产品产值控制的细分行业情况**

根据《中国科技统计年鉴》（1999~2009）的相关数据和公式（10-5），计算得到我国石化三大细分行业1998~2008年的外资新产品产值控制度，结果如图10-5所示。

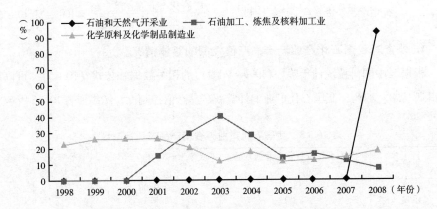

**图10-5 我国石化产业分行业外资新产品产值控制情况**

注：《中国科技统计年鉴》无1998~2007年的"石油和天然气开采业"外资拥有发明专利数量的统计，故按0来处理。

数据来源：根据《中国科技统计年鉴》（1999~2009）相关数据整理、计算得到。

从图10-5可以看出，石油和天然气开采业只在2008年有数据，其外资新产品产值控制度高达93.26%。石油加工、炼焦及核料加工业在2003年之前一直处于上升趋势，并在2003年达到40.80%，之后开始下降，2008年为7.50%。化学原料及化学制品制造业的外资新产品产值控制度近十一年来变动幅度不大，

2002 年之前都在 20% 以上。从 2003 年开始一直处于 10% 到 20% 之间，其外资新产品产值控制度平均值为 14.54%。

## 四　外资对我国石化产业的总资产控制

我们用外资石化企业总资产与我国全部国有及规模以上非国有石化企业总资产的比值来衡量外资对我国石化产业总资产的控制度。计算公式为式（10 - 6）。

$$石化产业外资总资产控制度 = \frac{外资石化产业总资产}{石化产业总资产} \times 100\% \qquad (10 - 6)$$

### （一）外资对我国石化产业总资产控制的总体情况

根据《中国统计年鉴》（2000～2010）的相关数据和公式（10 - 6），可以计算出 1999～2009 年我国石化产业的外资总资产控制度，结果如表 10 - 6 所示。

表 10 - 6　我国石化产业外资总资产控制度

| 年份 | 外资石化产业总资产（亿元） | 石化产业总资产（亿元） | 外资总资产控制度（%） |
|---|---|---|---|
| 1999 | 1445.08 | 15844.10 | 9.1 |
| 2000 | 1570.63 | 16562.06 | 9.5 |
| 2001 | 2061.01 | 17220.78 | 12.0 |
| 2002 | 2253.75 | 18000.65 | 12.5 |
| 2003 | 2707.46 | 19628.04 | 13.8 |
| 2004 | 3258.12 | 22377.55 | 14.6 |
| 2005 | 4827.29 | 28238.40 | 17.1 |
| 2006 | 6538.48 | 34226.27 | 19.1 |
| 2007 | 8459.25 | 41750.28 | 20.3 |
| 2008 | 9977.09 | 52073.00 | 19.2 |
| 2009 | 11240.04 | 59699.75 | 18.8 |

数据来源：根据《中国统计年鉴》（2000～2010）相关数据整理、计算得到。其中：①"外资总资产"指《中国统计年鉴》1999～2006 年中的"'三资'工业企业总资产"和 2007～2009 年中的"外商投资和港澳台商投资工业企业总资产"；②"总资产"指《中国统计年鉴》1999～2006 年中的"全部国有及规模以上非国有工业企业总资产"和 2007～2009 年的"规模以上工业企业总资产"。

从表 10 - 6 的数据可以看出，我国石化产业总资产受外资控制度从 1999 年以来处于缓慢上升的趋势，2007 年最高为 20.3%，2008 年开始略有下降，2009 年继续下降到 18.8%。

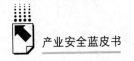
## （二）外资对我国石化产业总资产控制的细分行业情况

根据《中国统计年鉴》（2000～2010）的相关数据和公式（10-6），计算得到我国石化三大细分行业1999～2009年的外资总资产控制度，结果如图10-6所示。

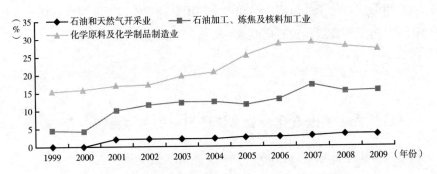

**图10-6 我国石化产业分行业外资总资产控制情况**

数据来源：根据《中国统计年鉴》（2000～2010）相关数据整理、计算得到。

从图10-6可以看出，我国石化产业中化学原料及化学制品制造业总资产受外资控制程度比较高，自1999年以来，处于逐年上升的趋势，1999年为15.6%，2007年达到29.1%，2008年开始略有降低，2009年为27.2%。石油加工、炼焦及核料加工业受外资总资产控制程度整体比化学原料及化学制品制造业低，1999年以来，平均外资总资产控制度为11.5%，最高为2007年的17.3%，2008年降低为15.7%，2009年和2008年几乎持平，为15.7%。石油和天然气开采业由于国家的严格控制，受外资总资产的控制非常低，平均仅为2.7%。

## 五 外资对我国石化产业的固定资产投资控制

外资固定资产净值控制度从固定资产的角度反映了外资对我国石化产业的控制程度。石化产业外资固定资产净值控制度可以用外资石化企业固定资产净值与我国石化产业总固定资产净值之比来衡量。计算公式为式（10-7）。

$$石化产业外资固定资产净值控制度 = \frac{外资石化产业固定资产净值}{石化产业总固定资产净值} \times 100\%$$

（10-7）

## （一）外资对我国石化产业固定资产投资控制的总体情况

根据《中国统计年鉴》（2000~2010）的相关数据和公式（10-7），可以计算出1999~2009年我国石化产业的外资固定资产净值控制度，结果如表10-7所示。

表10-7　我国石化产业外资固定资产净值控制度

| 年份 | 外资石化产业固定资产净值（亿元） | 石化产业固定资产净值（亿元） | 外资固定资产净值控制度（%） |
|---|---|---|---|
| 1999 | 599.44 | 7253.37 | 8.3 |
| 2000 | 671.27 | 8429.20 | 8.0 |
| 2001 | 867.72 | 9023.21 | 9.6 |
| 2002 | 927.38 | 9348.50 | 9.9 |
| 2003 | 1104.56 | 9899.70 | 11.2 |
| 2004 | 1226.57 | 10673.24 | 11.5 |
| 2005 | 1899.58 | 12701.29 | 15.0 |
| 2006 | 2811.50 | 15112.38 | 18.6 |
| 2007 | 3255.63 | 17013.36 | 19.1 |
| 2008 | 4057.66 | 20686.22 | 19.6 |
| 2009 | 4985.69 | 26296.05 | 19.0 |

数据来源：根据《中国统计年鉴》（2000~2010）相关数据整理、计算得到。其中：①"外资石化产业固定资产净值"指《中国统计年鉴》中1999~2006年的"'三资'工业企业固定资产净值"和2007~2009年的"外商投资和港澳台商投资工业企业固定资产净值"；②"石化产业固定资产净值"指《中国统计年鉴》中1999~2006年的"全部国有及规模以上非国有工业企业固定资产净值"和2007~2009年的"规模以上工业企业固定资产净值"。

从表10-7中的数据可以看出，我国石化产业受外资固定资产净值的控制度比较低，但自1999年开始，整体呈上升趋势，2008年达到19.6%，2009年有所降低，为19.0%。

## （二）外资对我国石化产业固定资产投资控制的细分行业情况

根据《中国统计年鉴》（2000~2010）的相关数据和公式（10-7），计算得到我国石化三大产业1999~2009年的外资固定资产净值控制度，结果如图10-7所示。

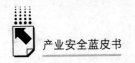

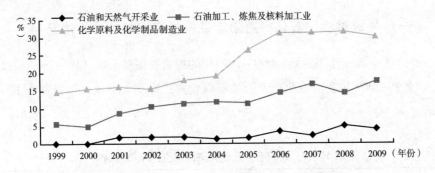

**图 10 - 7　我国石化产业分行业外资固定资产净值控制情况**

数据来源：根据《中国统计年鉴》（2000～2010）相关数据整理、计算得到。

从图 10 - 7 可以看出，我国石化产业中化学原料及化学制品制造业固定资产净值受外资控制程度比较高，1999 年以来呈现逐年上升的趋势，2008 年达到31.7%，2009 年略有降低为 30.2%。石油加工、炼焦及核料加工业固定资产净值受外资控制程度 1999 年以来平均为 11.6%，整体也是呈逐渐上升的趋势，2009 年达到 17.5%。石油和天然气开采业固定资产净值受外资控制程度比较低，近年平均为 2.7%。

## 六　结论与对策建议

通过以上外资对我国石化产业市场、股权、技术、总资产和净资产控制度的统计分析，可以得出结论：外资对我国石化产业有一定控制力。按细分行业来说，对化学原料及化学制品制造业的控制程度比较高，对石油加工、炼焦及核料加工业的控制程度一般，对石油和天然气开采业的控制程度很低。化学原料及化学制品制造业受外资控制问题应该引起我们的关注。

### （一）运用完善的法律细则调控外资并购行为

运用完善的法律细则调控外资并购行为是维护我国产业安全最有效的手段。一国要利用外资，必须结合外资的演变规律和自身的发展阶段，制定相应的政策措施吸引外资的进入。要借鉴欧美等外资并购国家产业安全审查法律制度中的合理成分，充分考虑我国的现实国情和未来发展的需要，进一步完善细化相关法律法规和审查协调机制，继续完善国家产业损害预警机制。一个行业发展、一种市场行为的监管跟上了，所有关联方都会从中获益。对外资并购强化监管，正是要兼顾各方利益，最终实现共赢（杨益，2009）。应该建立符合中国石化产业实际情况的产业安全管理体系。

### （二）中国企业先要自强

企业只有尽快拥有更多的自主知识产权、核心关键技术和自主品牌，才可能在国际竞争中成长为强大的跨国公司，产业安全也才会有坚实基础。要集中力量和资金，强化国家级超大型石化园区建设，提高企业竞争能力；强化技术进步，加大对关键技术的研发支持，提高石化产业发展的技术控制力和品牌控制力。

### （三）国内企业应加快国内外整合的步伐

应切实加快打破地方行政壁垒带来的阻碍，促进国内企业间的资源重组、并购和整合。有条件的企业还应该大胆地"走出去"，整合全球资源。积极实施"走出去"战略，支持国内有实力的企业开展境外石化资源开发与合作，选择技术实力强的国外公司合资建设项目。顺应趋势，把握机遇，更加积极主动地发挥外资跨国并购的作用。

仅仅依靠跨国公司投资进行技术开发无法建立起自己的技术和知识创新体系，无法完成对跨国公司的追赶和超越，实现内生性经济增长和国民经济持续高速发展；而简单排斥跨国公司投资和本土化也无法利用其外溢效应，实现经济技术快速进步。只有在利用跨国公司投资中引进技术，在引进的基础上消化、吸收和创新，掌握更多的自主知识产权，才能超越他人；也只有中资企业的自主创新能力提高，才能增强对跨国公司的吸引力，进一步提高与跨国公司合作的层次，实现科技水平的螺旋形上升和知识的快速积累，支撑经济持续高速发展（桑百川，2004）。

我国外资利用要提高政府相关部门的产业安全意识，正确处理开放、发展与产业安全之间的关系；要建立产业安全预警体系，预防外资对某个行业的垄断；要通过科技创新和国内企业的兼并和重组，提高国内产业的竞争力，实现长期产业安全（王维和高伟凯，2008）。石化产业需要具体分析外资区位选择的影响因素，产业安全目标实现的主要和关联因素，相关政策实施后可能的效率和效应，

以及相关产业的基础和发展潜力，制定相应的措施和要求，充分发挥政府、市场等各种力量，实现外资利用与产业安全双赢。

**参考文献**

[1] 金泉：《从 OL 模型看外资加速进入中国石化行业的动因》[J]，《探索》2004 年第 3 期，第 82 ~ 85 页。

[2] 何维达、李冬梅：《我国产业安全理论研究综述》[J]，《经济纵横》2008 年第 8 期，第 74 ~ 76 页。

[3] 刘建丽、王欣：《我国利用外资"十一五"回顾与"十二五"展望》[J]，《财贸经济》2010 年第 7 期，第 69 ~ 75 页。

[4] 杨益：《理性看待外资并购，在进一步开放中维护产业安全》[J]，《国际贸易》2009 年第 1 期，第 4 ~ 6 页。

[5] 桑百川：《因势利导　趋利避害　外商投资外部性影响的合理利用》[J]，《国际经济合作》2004 年第 7 期，第 25 ~ 29 页。

[6] 王维、高伟凯：《基于产业安全的我国外资利用思考》[J]，《财贸经济》2008 年第 12 期，第 91 ~ 95 页。

# 中国轻工业外资控制分析

从产业范畴来看，轻工业所涵盖的领域非常广泛。轻工业指主要提供生活消费品和制作手工工具的工业，它与重工业共同构成第二产业（工业）。轻工业按其所使用的原料不同，可分为两大类：第一类是以农产品为原料的轻工业，是指直接或间接以农产品为基本原料的轻工业。主要包括食品制造、饮料制造、烟草加工、纺织、缝纫、皮革和毛皮制作、造纸以及印刷等工业；第二类是以非农产品为原料的轻工业，是指以工业品为原料的轻工业，主要包括文教体育用品、化学药品制造、合成纤维制造、日用化学制品、日用玻璃制品、日用金属制品、手工工具制造、医疗器械制造、文化和办公用机械制造等工业①。

轻工业总共涉及大约 45 个大小行业。根据当前国家统计局统计口径，轻工行业分为 19 个大类 137 个小类，包括农副食品加工、食品饮料制造、家具、造纸、文教体育用品、日化、塑料、玻璃陶瓷、金属制品、家电及照明、钟表眼镜、建筑装饰业等。

本文选择了轻工业中的 9 个细分行业进行统计分析②，包括农副食品加工业，食品制造业，饮料制造业，皮革、毛皮、羽绒及其制造业，家具制造业，造纸及纸制品业，文教体育用品制造业，塑料制造业，工艺品及其他制造业。

轻工业是国民经济的重要产业，它是国家消费品工业的主体，具有"满足内需、出口外销、就业支柱、服务三农"的显著特征，承担着提高人民群众生活水平、生活质量，不断满足人民群众日益增长的物质、文化生活需要和日益扩大的国内外市场需求及出口创汇，吸纳劳动力就业，为工业化积累资金，解决

① http：//www.stats.gov.cn/tjzd/tjzbjs/t20020327_14284.htm.2011-04-06.

② 纺织产业已在前文单独分析。本文通过计算发现，以上 9 个行业的各项指标在轻工业整个行业总额中所占比例均在前列，因此，本文采取以上 9 个细分行业作为重点分析指标。

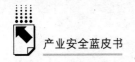
"三农"问题，保障和改善民生等责任和义务，担当着为其他行业配套，对其他传统产业及高新技术发展起到基础和促进作用的重要角色，在经济和社会发展中起着非常重要的作用。

2009 年是我国经济发展最为困难的一年。受国际金融危机影响，轻工业增速大幅下降，不少企业经营困难，有的停产倒闭，失业人员大量增加。在异常困难的情况下，全行业坚决贯彻中央应对国际金融危机的决策部署，积极推动《轻工业调整和振兴规划》和扶持轻工业政策的出台和实施，有力遏制了轻工业急剧下滑局面，实现了轻工经济平稳较快增长。全年规模以上企业总产值 107614.5 亿元，同比增长 13.5%。累计完成工业总产值 3935.43 亿元，同比增长 7.87%，低于轻工行业平均水平 5.6 个百分点；累计完成工业销售产值 3895 亿元，同比增长 10%，增幅低于轻工总体水平 3.4 个百分点。①

改革开放以来，外资大量进入我国轻工业。据商务部统计，2009 年轻工业〔本段所述轻工业，包括国家统计局《国民经济行业分类（GB/T 4754 – 2202）》中的轻工业（行业代码分别为 C14 和 C15）〕新设立外商投资项目 287 个，比上年同期减少 116 个，实际使用外资金额 169387 万美元，同比上升 5.64%。新设立企业数和实际使用外资金额占全国同期吸收外资总量的比重分别为 1.22% 和 1.88%。从外资来源地看，以实际使用外资金额计算，2009 年中国香港、英属维尔京群岛、新加坡、日本、中国台湾等国家和地区位居轻工业吸收外资来源地的前五位，分别占该行业实际使用外资总额的 39.01%、21.41%、8.45%、6.64%、3.84%。从利用外资方式看，2009 年轻工业新设中外合资项目 84 个，外商独资项目 189 个，中外合作项目 14 个，实际使用外资金额分别为 39576 万美元、102014 万美元和 5333 万美元。② 大量外资涌入国内轻工业，在给我国经济发展注入活力的同时，也带来了严重的负面影响。近年来在轻工业部分行业出现国外跨国公司利用他们在技术、资金、营销网络等方面的优势控制我国行业内的优势企业，形成对中国市场的垄断趋势，进而占领行业的制高点，控制我国的经济，直接威胁到相关产业发展和经济安全。

---

① http：//www.fdi.gov.cn/pub/FDI/zgjj/hyzk/zzy/qgy/t20100611_ 122700. htm. 2011 – 04 – 06.

② http：//www.fdi.gov.cn/pub/FDI/zgjj/hyzk/zzy/qgy/t20100827_ 125414. htm. 2011 – 04 – 06.

本文通过外资对我国轻工产业的市场、股权、技术、总资产、净资产的控制度分析，反映出我国轻工业受外资控制情况。

## 一 外资对我国轻工业的市场控制

外商投资的重要目的是控制东道国市场，为了达到控制市场的目的，近年来外商对同一产业内的骨干企业往往通过兼并、收购及系列投资来实现产业内部的一体化控制，力图谋求在某些产业的垄断地位（祝年贵，2003）。当前，外资进入我国轻工业已经从最初的合资合作演变到了越来越多的收购、控股各个行业的龙头骨干企业，从而形成垄断，控制轻工产业市场。这不利于国家产业政策的布局，会冲击到我国的民族工业体系，对我国的产业安全和经济安全构成严重威胁。如果按照国际通行的外资市场控制率警戒线标准（通常为20%，一般行业为30%，少数竞争性行业为50%）来衡量当前外资对我国产业市场控制度，则亮起红灯的行业已经很多（李孟刚，2006）。因此，在外资业绩骄人的今天，对外资市场控制度的分析和监控对维护我国产业安全是十分重要的。

外资市场控制度指标从市场份额的角度反映了外资对我国轻工业的控制程度。轻工业外资市场控制度可以用外资轻工企业的销售收入与国内轻工业总的销售收入之比来衡量，计算公式见式（11-1）。

$$\text{轻工业外资市场控制度} = \frac{\text{外资轻工企业的销售收入}}{\text{轻工业总销售收入}} \times 100\% \qquad (11-1)$$

### （一）外资对我国轻工业市场控制的总体情况

根据《中国统计年鉴》（2000~2010）的相关数据和公式（11-1），可以计算出1999~2009年我国轻工业的外资市场控制度，结果如表11-1所示。从表11-1的数据可以看出，自1999年以来，外资对我国轻工业的市场控制度一直保持在35%以上，十一年的平均市场控制度为37.0%。自2007年起，比例虽然有所回落，2009年达到32%，但也已经大大超过了国际通行的20%~30%的警戒线标准。从市场角度反映的外资对我国轻工业的总体控制程度是比较高的，应该引起对轻工业产业安全的重视。

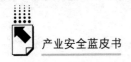

表 11 - 1    1999～2009 年我国轻工业外资市场控制度

| 年份 | 外资轻工企业销售收入(亿元) | 我国轻工业总销售收入(亿元) | 外资市场控制度(%) |
|---|---|---|---|
| 1999 | 3712.77 | 10612.26 | 35.0 |
| 2000 | 4376.77 | 11951.75 | 36.6 |
| 2001 | 4913.73 | 13276.79 | 37.0 |
| 2002 | 5697.55 | 15459.34 | 36.9 |
| 2003 | 7731.59 | 20497.90 | 37.7 |
| 2004 | 9514.91 | 25667.07 | 37.1 |
| 2005 | 13236.97 | 34177.06 | 38.7 |
| 2006 | 16427.07 | 42434.26 | 38.7 |
| 2007 | 20530.97 | 54680.51 | 37.6 |
| 2008 | 24253.19 | 69426.98 | 34.9 |
| 2009 | 25309.89 | 79133.49 | 32.0 |

注：①2003 年以前无"工艺品及其他制造业"统计数据；②外资企业指外商投资和港澳台商投资企业；③我国轻工产业总销售收入统计的是我国全部国有及规模以上非国有轻工企业主营业务收入。

数据来源：根据《中国统计年鉴》(2000～2010) 相关数据整理、计算得到。

## （二）外资对我国轻工业市场控制的细分行业情况

本文统计的轻工业主要包括农副食品加工业，食品制造业，饮料制造业，皮革、毛皮、羽毛（绒）及其制造业，家具制造业，造纸及纸制品业，文教体育用品制造业，塑料制造业，工艺品及其他制造业 9 个细分行业。根据《中国统计年鉴》(2000～2010) 的相关数据和公式（11 - 1），可以计算得到这 9 个细分行业1999～2009 年的外资市场控制度，结果见图 11 - 1。

在 9 个细分行业中，文教体育用品制造业是受外资市场控制最高的行业，年均外资市场控制度为 59.6%，其次为皮革、毛皮、羽毛（绒）及其制造业，年均外资市场控制度为 51.9%，这两个产业的外资市场控制度都已经超过了国际上对竞争性行业 50% 的警戒线标准，所以这两个产业应该引起我们的关注。其余产业年均外资市场控制度分别为：家具制造业 46.5%，塑料制造业 40.9%，工艺品及其他制造业 39.2%，食品制造业 38.8%，饮料制造业 33.5%，造纸及纸制品业 32.7%，农副食品加工业 26.6%。从这些数据可以发现，轻工业各个产业的市场受外资控制的程度普遍偏高，如果这种情况延续下去，很有可能影响到我国轻工业的安全。

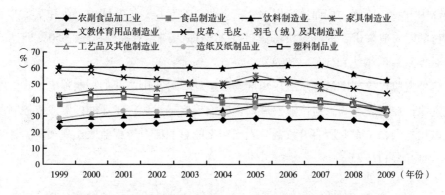

图 11 – 1　1999～2009 年我国轻工业 9 大产业外资市场控制情况

注：2003 年以前无"工艺品及其他制造业"统计数据。

数据来源：根据《中国统计年鉴》（2000～2010）相关数据计算得到。

　　跨国公司拥有雄厚的资本、研发能力、先进的技术、先进的经营理念和管理方法。通过外资并购，国内企业可以引进知识资本，促进我国企业战略重组和技术升级。外资并购对我国民族企业发展确实存在有利的因素，但我们也必须清醒地看到，外资并购也正逐渐吞噬我国的民族企业（景玉琴，2005）。

　　在洗涤品行业，美国宝洁利用其品牌优势和税收优惠，基本上挤垮了国内洗涤品企业，国内十大民用洗涤剂品牌几乎全军覆没。仅飘柔、海飞丝、潘婷、沙宣 4 个品牌，就占有 60% 以上的国内市场，超过了国际公认的垄断线。

　　在日化行业的合资中，外资通常利用中国企业原有的生产线和营销渠道，为外资品牌打工，同时冷落中方企业原有品牌。1994 年初，联合利华取得上海牙膏厂的控股权，并采用品牌租赁的方式经营上海牙膏厂"中华"牙膏，外方口头承诺自己的"洁诺"牌和"中华"牌的投入比是 4∶6，但并未兑现，中华牙膏多年来为联合利华贡献了 8 亿～9 亿的销售额。

## 二　外资对我国轻工业的股权控制

　　股权控制是跨国公司产业控制最重要的方式，即通过利用资本实力，占据国内多数股份制企业。一般来说，子公司经营的产品和技术垄断程度越高，母公司的股权控制就越紧，直至完全独资（朱钟棣，2006）。现在的外资更倾向于利用其资本实力采用投入大量注册资金或增资扩股等方式，迫使中方放弃多数股权或稀释中方股权比例，从而达到占据合资企业多数股权，控制国内企业和某些产业的目的。一般来讲，外资股权份额超过 20% 即达到相对控制，超过 50% 即达到绝对控制（何维达和何昌，2002）。

外资股权控制度指标从股权角度反映了外资对我国产业的控制程度，轻工业外资股权控制度越高，对产业发展安全影响程度越大。轻工业的外资股权控制度可以用外资轻工企业所有者权益与我国轻工业总的所有者权益之比来衡量，计算公式见式（11－2）。

$$轻工业外资股权控制度 = \frac{外资轻工企业所有者权益}{轻工业所有者权益} \times 100\% \qquad (11-2)$$

## （一）外资对我国轻工业股权控制的总体情况

根据《中国统计年鉴》（2000~2010）的相关数据和公式（11－2），可以计算出 1999~2009 年我国轻工业的外资股权控制度，结果如表 11－2 所示。通过表 11－2 可以看出，1999 年以来，我国轻工业股权受外资的控制程度一直比较高，保持在 40% 左右，其中 2009 年最低（38.8%），2006 年最高（42.9%）。我国轻工业外资股权控制度距离 50% 的绝对控制已经非常接近，应当引起注意。

表 11－2　1999~2009 年我国轻工业外资股权控制度

| 年份 | 外资轻工企业所有者权益（亿元） | 我国轻工业所有者权益（亿元） | 外资股权控制度（%） |
|------|------|------|------|
| 1999 | 1859.60 | 4519.78 | 41.1 |
| 2000 | 2010.46 | 4969.15 | 40.5 |
| 2001 | 2275.05 | 5700.97 | 39.9 |
| 2002 | 2548.00 | 6499.98 | 39.2 |
| 2003 | 3263.54 | 7971.47 | 40.9 |
| 2004 | 4087.79 | 9719.90 | 42.1 |
| 2005 | 4912.03 | 11468.33 | 42.8 |
| 2006 | 5880.67 | 13703.46 | 42.9 |
| 2007 | 7016.54 | 16762.37 | 41.9 |
| 2008 | 8396.17 | 20817.45 | 40.3 |
| 2009 | 9290.93 | 23939.67 | 38.8 |

注：①《中国统计年鉴（2005）》无 2004 年"所有者权益"统计，为了保持数据的连续性，2004 年数据采用 2003 年和 2005 年相应数据的平均值；②外资企业指外商投资和港澳台商投资企业（下同）；③"我国轻工业所有者权益"统计的是我国全部国有及规模以上非国有轻工企业所有者权益。

数据来源：根据《中国统计年鉴》（2000~2010）有关数据整理、计算得到。

## （二）外资对我国轻工业股权控制的细分行业情况

根据《中国统计年鉴》（2000～2010）的相关数据和公式（11－2），可以计算得到我国轻工业9个细分行业1999～2009年的外资股权控制度，结果见图11－2。

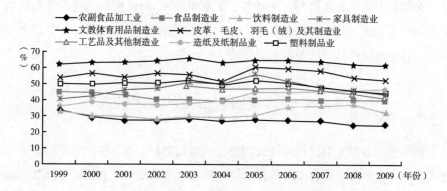

**图 11－2  1999～2009 年我国轻工业 9 个细分行业外资股权控制情况**

注：2003 年以前无"工艺品及其他制造业"统计数据。

数据来源：根据《中国统计年鉴》（2000～2010）有关数据计算得到。

如图 11－2 所示，从股权角度分析，在 9 个细分行业中，文教体育用品制造业是受外资控制程度最高的行业，其次是皮革、毛皮、羽毛（绒）及其制造业，这与利用市场控制度指标得出的结论是一致的。2009 年这两个行业的外资股权控制度分别为 61.9% 和 52.3%，都已经超过了 50% 的绝对控制标准。其余产业 2009 年的外资股权控制度分别为：家具制造业 43.8%，塑料制造业 44.7%，造纸及纸制品业 47.4%，工艺品及其他制造业 41.1%，食品制造业 41.5%，饮料制造业 32.3%，农副食品加工业 25.2%。

外资企图通过投资控制我国造纸业龙头企业的一个典型案例是 CVC 并购晨鸣案。晨鸣纸业集团为中国纸业龙头企业，原为寿光造纸厂，产能 0.6 万吨，1997 年在深交所上市，现总资产 112 亿元，拥有山东、武汉、江西、吉林、海拉尔等十几处生产基地，2005 年纸产量 210 万吨，销售收入 170 亿元，连续 11 年保持全国第一，为中国企业 500 强和世界纸业 50 强。2006 年 5 月，美国 CVC（花旗集团与亚太企业投资管理公司共同成立的投资管理公司，管理私募基金 27

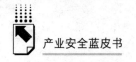

亿美元）与晨鸣签署了战略投资意向书，向 CVC 非公开发行 10 亿 A 股，募集 50 亿元，CVC 将持有晨鸣 42% 股份，超过寿光国资局成为第一大股东。同年 9 月，此意向取消，改由国家开发银行牵头组成银团申请 60 亿元长期项目贷款。

在饮料制造业，20 年来，达能公司在中国饮料行业 10 强企业中，已收购娃哈哈 39 家企业 51% 股权，乐百氏 98% 股权，上海梅林正广和饮用水公司 50% 股权，深圳益力矿泉水公司 54.2% 股权、汇源果汁 22.18% 股权。还在乳业收购了蒙牛 50% 股权，光明 20.01% 股权。这些企业都拥有中国驰名商标，是行业的排头兵。其中乐百氏品牌已基本退出市场。

## 三 外资对我国轻工业的技术控制

近年来，通过对引进技术设备的消化吸收与创新，我国轻工业取得了突飞猛进的发展，个别行业的技术水平得到迅速提高，如大型骨干乳制品企业技术装备达到国际先进水平；洗涤行业技术水平基本达到或接近国际先进水平；造纸、皮革、塑料加工、照明、电池等行业技术装备达到世界先进水平。但我国轻工业总体技术水平与先进国家相比还存在较大差距，高端产品生产能力弱，出口产品以贴牌加工为主，产品附加值较低，关键技术装备主要依赖进口。

对外商而言，保持技术垄断，尤其是对核心技术的垄断，是其获得垄断利润的关键。因此，跨国公司总是通过大量招聘国内科技人才，并购国内科研机构，开展在华研究开发，构筑技术壁垒，以图保持其在中国市场的技术优势，谋求维持市场优势地位。在一些高科技领域里，为了保持对核心技术的垄断，外资在取得控股地位以后，往往取消企业原有的技术研发机构，使其依附于外资母公司研究开发机构所提供的技术，形成中国企业对国外技术的依赖。这种做法无疑削弱了东道国的技术创新能力（景玉琴，2006）。外资企图通过技术上的控制来达到控制我国轻工业的目的。外资技术控制度从技术角度反映外资对国内产业控制程度。外资技术控制度越高，产业发展安全受影响的程度越大（黄建军，2001）。外资对我国轻工业的技术控制，可以从对发明专利的控制、对研发费用的控制和对新产品产值的控制三个方面来反映。

轻工业外资拥有发明专利控制度指标从拥有发明专利的角度反映了外资对我国轻工业的技术控制程度。轻工业外资发明专利控制度可以用外资轻工企业拥有的发明专利数量与我国轻工业拥有的发明专利总量之比来衡量，计算公式见式（11－3）。

$$轻工业外资拥有发明专利控制度 = \frac{外资轻工企业拥有的发明专利数量}{轻工业拥有的发明专利总量} \times 100\%$$

$$(11－3)$$

## （一）外资对我国轻工业的发明专业控制

**1. 外资对我国轻工业发明专利控制的总体情况**

根据《中国科技统计年鉴》（1999～2009）的相关数据和公式（11－3），可以计算出1998～2008年我国轻工业的外资拥有发明专利控制度，结果如表11－3所示。从表11－3可以看出，外资对我国轻工业拥有发明专利的控制程度是比较高的。十一年中，有4年超过30%，有3年超过20%，2001和2007两年的控制度超过40%，2008年也接近40%为38.8%。

表11－3  1998～2008年我国轻工业外资拥有发明专利控制度

| 年份 | 大中型外资轻工企业拥有<br>发明专利数（项） | 我国大中型轻工企业拥有<br>发明专利数（项） | 外资发明专利<br>控制度（%） |
|---|---|---|---|
| 1998 | 78 | 472 | 16.5 |
| 1999 | 354 | 1131 | 31.3 |
| 2000 | 241 | 733 | 32.9 |
| 2001 | 448 | 1089 | 41.1 |
| 2002 | 335 | 999 | 33.5 |
| 2003 | 296 | 1225 | 24.2 |
| 2004 | 778 | 3658 | 21.3 |
| 2005 | 857 | 2458 | 34.9 |
| 2006 | 747 | 3137 | 23.8 |
| 2007 | 1129 | 2675 | 42.2 |
| 2008 | 1616 | 4166 | 38.8 |

注：2009年《中国科技统计年鉴》统计指标由大中型工业企业变更为规模以上企业，即主营业务收入在500万以上的企业（下同）。

数据来源：根据《中国科技统计年鉴》（1999～2009）有关数据整理、计算得到。统计项目分别为分行业规模以上工业企业（三资）科技项目与专利（拥有发明专利数）和分行业规模以上工业企业科技项目与专利（拥有发明专利数）。

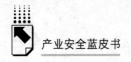

**2. 外资对我国轻工业发明专利控制的细分行业情况**

根据《中国科技统计年鉴》（1999～2009）的相关数据和公式（11-3），可以计算得到1998～2008年我国轻工业9个细分行业外资发明专利控制度，结果如表11-4所示。

表11-4　1998～2008年我国轻工业9个细分外资拥有发明专利控制度

| 年份 | 外资发明专利控制度（%） | | | | | | | | |
|---|---|---|---|---|---|---|---|---|---|
| | 农副食品加工业 | 食品制造业 | 饮料制造业 | 皮革、毛皮、羽绒及其制造业 | 家具制造业 | 造纸及纸制品业 | 文教体育用品制造业 | 塑料制造业 | 工艺品及其他制造业 |
| 1998 | 24.0 | 21.0 | 1.6 | 66.7 | 0 | 18.2 | 27.7 | 14.0 | 0 |
| 1999 | 20.5 | 55.8 | 9.2 | 0 | 0 | 35.3 | 26.7 | 0 | 48.3 |
| 2000 | 3.0 | 26.5 | 17.9 | 0 | 0 | 38.5 | 76.3 | 16.4 | 0.0 |
| 2001 | 4.8 | 37.2 | 14.1 | 16.7 | — | 16.7 | 39.4 | 51.3 | 70.6 |
| 2002 | — | 16.5 | 12.7 | 11.1 | 72.0 | 13.0 | 46.7 | 66.3 | 73.7 |
| 2003 | — | 8.7 | 8.8 | 83.3 | 100.0 | 2.4 | 43.5 | 44.1 | 38.3 |
| 2004 | 22.1 | 7.5 | 12.1 | 41.5 | 20.3 | 6.5 | 13.3 | 34.4 | 52.3 |
| 2005 | 18.5 | 8.3 | 21.8 | 86.4 | 62.6 | 10.3 | 55.2 | 54.1 | 13.6 |
| 2006 | 25.3 | 9.0 | 13.2 | 71.4 | 18.3 | 12.3 | 20.9 | 39.5 | 42.4 |
| 2007 | 24.5 | 24.0 | 21.0 | 60.4 | 48.4 | 28.3 | 82.5 | 49.0 | 39.1 |
| 2008 | 11.8 | 25.6 | 27.2 | 27.4 | 59.2 | 30.6 | 78.5 | 66.3 | 44.5 |
| 均值 | 17.1 | 21.8 | 14.5 | 42.3 | 38.1 | 19.3 | 46.4 | 39.6 | 38.4 |

注：划"一"的表示该年份没有进行外资拥有发明专利数量统计。

数据来源：根据《中国科技统计年鉴》（1999～2009）有关数据计算得到。

从表11-4数据可以看出，自1998年以来，9个细分行业中拥有发明专利受外资控制程度平均水平最高的是文教体育用品制造业和皮革、毛皮、羽绒及其制造业，平均外资发明专利控制度分别为46.4%和42.3%。2008年9个细分行业中拥有发明专利受外资控制程度最高的也是文教体育用品制造业（78.5%）和塑料制造业（66.3%），其次是家具制造业（59.2%）和工艺品及其他制造业（44.5%）。

**（二）外资对我国轻工业的研发费用控制**

产业研发费用投入的不断增加和保持研发费用适度规模，有助于支持产业技术进步，以及提高产业的国际竞争力和产业安全程度。由于技术进步和创新在国际竞争中发挥着日益重要的作用，因而产业的研发费用支出的多少预示着产业未来国际竞争力的强弱。产业研发费用越高，则该产业的国际竞争力就越强（李孟刚，2008）。

外资研发费用控制度指标从研发投入的角度反映了外资对我国轻工业的技术控制。轻工产业外资研发费用控制度可以用外资轻工企业研发费用与我国轻工业总的研发费用之比来衡量，计算公式见式（11-4）。

$$轻工业外资研发费用控制度 = \frac{外资轻工企业研发费用}{轻工业总研发费用} \times 100\% \qquad (11-4)$$

**1. 外资对我国轻工业研发费用控制的总体情况**

根据《中国科技统计年鉴》（1999～2009）的相关数据和公式（11-4），可以计算出 1998～2008 年我国轻工业的外资研发费用控制度，结果如表 11-5 所示。从表中数据可以看出，我国轻工业外资研发费用控制度整体呈现逐渐增长的趋势。2008 年外资研发费用控制比率达到 39.8%，与 2007 年相比虽然有所回落，但是依然保持较高的控制度。

表 11-5　1998～2008 年我国轻工业外资研发费用控制度

| 年份 | 大中型外资轻工企业研发经费(亿元) | 我国大中型轻工企业研发经费(亿元) | 外资研发费用控制度(%) |
|---|---|---|---|
| 1998 | 5.87 | 32.77 | 17.9 |
| 1999 | 6.14 | 38.34 | 16.0 |
| 2000 | 10.33 | 54.02 | 19.1 |
| 2001 | 14.10 | 59.24 | 23.8 |
| 2002 | 14.87 | 65.93 | 22.6 |
| 2003 | 9.98 | 37.20 | 26.8 |
| 2004 | 20.92 | 65.30 | 32.0 |
| 2005 | 13.50 | 63.81 | 21.2 |
| 2006 | 26.73 | 87.72 | 30.5 |
| 2007 | 50.10 | 112.72 | 44.4 |
| 2008 | 76.78 | 193.10 | 39.8 |

数据来源：根据《中国科技统计年鉴》（1999～2009）有关数据整理、计算得到。统计项目为分行业规模以上工业企业（三资）研究与试验发展活动情况（R&D 经费）和分行业规模以上工业企业研究与试验发展活动情况（R&D 经费）。

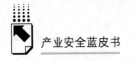

**2. 外资对我国轻工业研发费用控制的细分行业情况**

根据《中国科技统计年鉴》（1999～2009）的相关数据和公式（11-4），可以计算得到我国轻工业 9 个细分行业 1998～2008 年的外资研发费用控制度，结果如表 11-6 所示。

表 11-6 1998～2008 年我国轻工业 9 大产业外资研发费用控制度

| 年份 | 外资研发费用控制度（%） | | | | | | | | |
|---|---|---|---|---|---|---|---|---|---|
| | 农副食品加工业 | 食品制造业 | 饮料制造业 | 皮革、毛皮、羽绒及其制造业 | 家具制造业 | 造纸及纸制品业 | 文教体育用品制造业 | 塑料制造业 | 工艺品及其他制造业 |
| 1998 | 15.1 | 15.7 | 10.9 | 27.5 | 10.4 | 12.7 | 58.0 | 20.4 | 17.9 |
| 1999 | 2.4 | 16.7 | 8.7 | 40.5 | 3.4 | 20.4 | 29.7 | 25.2 | 2.6 |
| 2000 | 6.8 | 15.0 | 18.7 | 16.9 | 18.0 | 24.4 | 44.4 | 23.8 | 13.7 |
| 2001 | 1.7 | 5.6 | 4.0 | 23.9 | 5.1 | 3.4 | 19.0 | 22.0 | 47.6 |
| 2002 | 8.3 | 23.8 | 10.3 | 26.2 | 15.4 | 33.2 | 47.6 | 31.6 | 35.8 |
| 2003 | 9.1 | 28.1 | 14.2 | 51.4 | 1.9 | 53.2 | 47.6 | 17.6 | 17.0 |
| 2004 | 12.5 | 28.6 | 41.6 | 44.6 | 75.0 | 39.4 | 51.4 | 28.2 | 9.0 |
| 2005 | 14.1 | 12.9 | 11.9 | 41.4 | 69.4 | 13.7 | 52.2 | 37.9 | 13.0 |
| 2006 | 18.5 | 33.8 | 23.8 | 61.1 | 80.7 | 34.2 | 62.8 | 28.1 | 14.1 |
| 2007 | 56.6 | 42.4 | 35.3 | 56.2 | 70.2 | 38.9 | 57.9 | 51.1 | 17.8 |
| 2008 | 34.2 | 40.3 | 38.8 | 50.9 | 57.3 | 44.9 | 49.4 | 41.1 | 20.7 |
| 均值 | 16.3 | 23.9 | 19.8 | 40.1 | 37.0 | 28.9 | 47.3 | 29.7 | 19.0 |

数据来源：根据《中国科技统计年鉴》（1999～2009）有关数据计算得到。

从表 11-6 数据可以看出，自 1998 年以来，轻工业 9 个细分行业中外资研发费用控制度平均水平最高的是文教体育用品制造业和皮革、毛皮、羽绒及其制造业，平均外资研发费用控制度分别为 47.3% 和 40.1%。其余产业平均外资研发费用控制度比较高的还有家具制造业（37.0%），塑料制造业（29.7%）和造纸及纸制品业（28.9%）。

## （三）外资对我国轻工业的新产品产值控制

外资新产品产值控制度指标从新产品研发的角度反映了外资对我国轻工业的技术控制程度。轻工业外资新产品产值控制度可以用外资轻工企业新产品产值与我国轻工业总的新产品产值之比来衡量，计算公式见式（11-5）。

$$轻工业外资新产品产值控制度 = \frac{外资轻工企业新产品产值}{轻工业总的新产品产值} \times 100\% \quad (11-5)$$

**1. 外资对我国轻工业新产品产值控制的总体情况**

根据《中国科技统计年鉴》（1999～2009）的相关数据和公式（11-5），可以计算出 1998～2008 年我国轻工业外资新产品产值控制度，结果如表 11-7 所示。从表中数据可以看出，自 1998 年以来，我国轻工业外资新产品产值控制度整体呈上升趋势，并且 2006～2008 年已经连续三年都在 40% 以上，分别为 42.8%、48.0% 和 40.9%。我国轻工业新产品产值受外资的控制程度已经比较高，轻工企业应该加强新产品的研发，特别是高科技产品的研发，提高产品附加值，以提高我国轻工产品的国际竞争力。

**表 11-7　1998～2008 年我国轻工业外资新产品产值控制度**

| 年份 | 大中型外资轻工企业<br>新产品产值(亿元) | 我国大中型轻工企业<br>新产品产值(亿元) | 外资新产品产值<br>控制度(%) |
|---|---|---|---|
| 1998 | 73.37 | 278.53 | 26.3 |
| 1999 | 84.15 | 334.44 | 25.2 |
| 2000 | 113.82 | 376.64 | 30.2 |
| 2001 | 173.57 | 483.93 | 35.9 |
| 2002 | 179.80 | 523.59 | 34.3 |
| 2003 | 233.46 | 662.15 | 35.3 |
| 2004 | 481.72 | 1337.13 | 36.0 |
| 2005 | 289.03 | 1034.71 | 27.9 |
| 2006 | 730.05 | 1706.84 | 42.8 |
| 2007 | 1131.87 | 2356.62 | 48.0 |
| 2008 | 1606.62 | 3930.60 | 40.9 |

数据来源：根据《中国科技统计年鉴》（1999～2009）有关数据整理、计算得到。统计项目为分行业规模以上工业企业（三资）基本情况工业总产值（新产品）项和分行业规模以上工业企业基本情况工业总产值（新产品）项。

**2. 外资对我国轻工业新产品产值控制的细分行业情况**

根据《中国科技统计年鉴》（1999～2009）的相关数据和公式（11-5），计算得到 1998～2008 年我国轻工业 9 个细分行业外资新产品产值控制度，结果如表 11-8 所示。

表 11 – 8    1998 ~ 2008 年我国轻工业 9 大产业外资新产品产值控制度

| 年份 | 外资新产品产值控制度(%) | | | | | | | | |
|------|---------------|---------|-----------|----------------------|-----------|---------------|------------------|------------|-----------------|
|      | 农副食品加工业 | 食品制造业 | 饮料制造业 | 皮革、毛皮、羽绒及其制造业 | 家具制造业 | 造纸及纸制品业 | 文教体育用品制造业 | 塑料制造业 | 工艺品及其他制造业 |
| 1998 | 31.0 | 23.5 | 12.9 | 18.4 | 35.8 | 43.9 | 60.6 | 27.7 | 12.8 |
| 1999 | 5.7  | 22.6 | 18.9 | 4.6  | 22.8 | 53.6 | 56.7 | 29.2 | 3.6  |
| 2000 | 25.1 | 37.5 | 18.2 | 15.8 | 36.5 | 59.0 | 31.1 | 20.8 | 10.9 |
| 2001 | 30.5 | 42.1 | 17.1 | 57.3 | 32.6 | 48.1 | 48.3 | 25.1 | 9.5  |
| 2002 | 24.6 | 34.1 | 12.8 | 26.8 | 48.3 | 63.1 | 24.2 | 24.6 | 39.6 |
| 2003 | 40.3 | 36.8 | 18.5 | 27.3 | 49.4 | 51.9 | 20.6 | 27.6 | 49.5 |
| 2004 | 24.1 | 32.2 | 24.0 | 33.7 | 73.8 | 52.5 | 38.0 | 30.0 | 23.9 |
| 2005 | 11.4 | 35.2 | 13.5 | 34.1 | 81.2 | 29.4 | 36.7 | 24.5 | 23.3 |
| 2006 | 32.5 | 52.0 | 20.1 | 40.0 | 74.3 | 57.6 | 68.0 | 39.8 | 21.9 |
| 2007 | 60.3 | 56.3 | 29.6 | 27.7 | 76.0 | 56.4 | 74.8 | 47.7 | 21.3 |
| 2008 | 43.9 | 45.4 | 36.2 | 24.7 | 43.6 | 49.4 | 51.5 | 38.5 | 22.1 |
| 均值 | 29.9 | 38.0 | 20.2 | 28.2 | 52.2 | 51.4 | 46.4 | 30.5 | 21.7 |

数据来源：根据《中国科技统计年鉴》（1999 ~ 2009）有关数据计算得到。

从表 11 – 8 数据可以看出，自 1998 年以来，轻工业 9 个细分行业中外资新产品产值控制度平均水平最高的是家具制造业，为 52.2%，其次为造纸及纸制品业，为 51.4%。其他产业平均外资新产品产值控制度比较高的还有文教体育用品制造业，为 46.4%，食品制造业，为 38.0%。2008 年 9 个细分行业的外资新产品产值控制度虽然有所回落，但是依旧符合平均水平的发展态势。其中家具制造业（43.6%）、造纸及纸制品业（49.4%）和文教体育用品制造业（51.5%）的控制度仍居于很高水平。我国家具制造企业和造纸及纸制品制造企业要提高对产品的创新能力，以维护该行业的产业安全。

## 四    外资对我国轻工业的总资产控制

外资总资产控制度指标从总资产的角度反映了外资对我国轻工业的控制程度。轻工业外资总资产控制度可以用外资轻工企业总资产与我国轻工业总资产之比来衡量，计算公式见式（11-6）。

$$轻工业外资总资产控制度 = \frac{外资轻工企业总资产}{轻工业总资产} \times 100\% \qquad (11-6)$$

## （一）外资对我国轻工业总资产控制的总体情况

根据《中国统计年鉴》（2000~2010）的相关数据和公式（11-6），可以计算出1999~2009年我国轻工业外资总资产控制度，结果如表11-9所示。从表11-9的数据可以看出，自1999年以来，我国外资总资产控制度一直在35%~42%的范围内，并且2005年以后一直在40%以上，由于金融危机的影响，2009年稍有回落（38.6%）。可见，外资总资产在我国轻工业资产中的比重是相当大的。

表11-9 1999~2009年我国轻工业外资总资产控制度

| 年份 | 外资轻工企业总资产（亿元） | 我国轻工业总资产（亿元） | 外资总资产控制度（%） |
|---|---|---|---|
| 1999 | 4918.75 | 13099.95 | 37.6 |
| 2000 | 4918.75 | 13888.16 | 35.4 |
| 2001 | 5269.11 | 14711.29 | 35.8 |
| 2002 | 5829.58 | 16164.02 | 36.1 |
| 2003 | 7398.69 | 19441.30 | 38.1 |
| 2004 | 8567.03 | 22409.76 | 38.2 |
| 2005 | 11203.06 | 26978.47 | 41.5 |
| 2006 | 13242.12 | 31562.81 | 42.0 |
| 2007 | 15907.72 | 37998.54 | 41.9 |
| 2008 | 18400.42 | 45663.64 | 40.3 |
| 2009 | 19951.92 | 51657.17 | 38.6 |

数据来源：根据《中国统计年鉴》（2000~2010）有关数据整理、计算得到。

## （二）外资对我国轻工业总资产控制的细分行业情况

根据《中国统计年鉴》（2000~2010）的相关数据和公式（11-6），可以计算得到1999~2009年我国轻工业9个细分行业外资总资产控制情况，结果如图11-3所示。

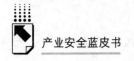

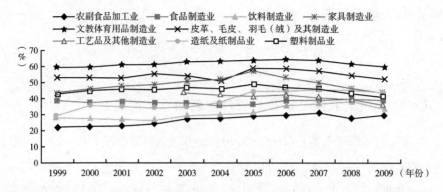

**图 11 - 3   1999～2009 年我国轻工业 9 个细分行业外资总资产控制情况**

注：2003 年以前无"工艺品及其他制造业"统计数据。

数据来源：根据《中国统计年鉴》（2000～2010）有关数据计算得到。

从图 11 -3 可以看出，我国轻工业中受外资总资产控制比较大的 2 个细分行业是文教体育用品制造业和皮革、毛皮、羽毛（绒）及其制造业，自 1999 年以来它们的年均外资总资产控制度分别为 61. 9% 和 54. 8%，都超过了 50% 的绝对控制警戒线。另外，家具制造业（49. 1%）、塑料制品业（45. 5%）和工艺品及其他制造业（41. 0%）的外资总资产控制度也都在 40% 以上。

## 五　外资对我国轻工业的固定资产投资控制

外资固定资产净值控制度指标从固定资产的角度反映了外资对我国轻工业的控制程度。轻工产业外资固定资产净值控制度可以用外资轻工企业固定资产净值与我国轻工业总固定资产净值之比来衡量，计算公式见式（11 -7）。

$$轻工业外资固定资产净值控制度 = \frac{外资轻工企业固定资产净值}{轻工业总固定资产净值} \times 100\% \quad (11 - 7)$$

### （一）外资对我国轻工业固定资产投资控制的总体情况

根据《中国工业经济统计年鉴》（2000～2010）的相关数据和公式（11 -7），可以计算出 1999～2009 年我国轻工业的外资固定资产净值控制度，结果如表 11 - 10 所示。从表中数据可以看出，我国轻工业外资固定资产净值控制度整体呈上升趋势，1999 年以来一直在 36% 以上，并且从 2004 年开始达到 40% 以上，2009 年达到 37%。

表 11 −10　1999～2009 年我国轻工业外资固定资产净值控制度

| 年份 | 外资轻工企业固定资产净值(亿元) | 我国轻工业总固定资产净值(亿元) | 外资固定资产净值控制度(%) |
|---|---|---|---|
| 1999 | 1843.78 | 5100.24 | 36.2 |
| 2000 | 2034.83 | 5374.71 | 37.9 |
| 2001 | 2188.82 | 5651.96 | 38.7 |
| 2002 | 2347.12 | 6075.58 | 38.6 |
| 2003 | 2753.91 | 6934.64 | 39.7 |
| 2004 | 4402.85 | 9446.05 | 46.6 |
| 2005 | 4066.34 | 9503.32 | 42.8 |
| 2006 | 4674.80 | 10812.02 | 43.2 |
| 2007 | 5248.90 | 12481.03 | 42.1 |
| 2008 | 6121.96 | 15397.79 | 43.9 |
| 2009 | 6419.90 | 17351.31 | 37.0 |

注：由于 2005 年没有出版《中国工业经济统计年鉴》，所以无 2004 年数据，为了保持数据的连续性，2004 年数据采用的统计项目为《中国统计年鉴 2005》按行业分全部国有及规模以上非国有工业企业主要指标和按行业分"三资"工业企业主要指标中的固定资产净值年平均余额。

数据来源：根据《中国工业经济统计年鉴》（2000～2010）及《中国统计年鉴 2005》有关数据整理、计算得到。

## （二）外资对我国轻工业固定资产投资控制的细分行业情况

根据《中国工业经济统计年鉴》（2000～2010）的相关数据和公式（11 −7），可以计算得到我国轻工业 9 个细分行业 1999～2009 年的外资固定资产净值控制度，结果如图 11 −4 所示。

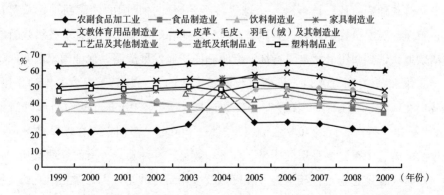

图 11 −4　1999～2009 年我国轻工业 9 个细分行业外资固定资产净值控制情况

数据来源：根据《中国工业经济统计年鉴》（2000～2010）及《中国统计年鉴 2005》有关数据整理、计算得到。

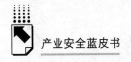

从图 11 - 4 可以看出，自 1999 年以来，9 个细分行业中受外资固定资产净值控制程度最高的两个行业是文教体育用品制造业和皮革、毛皮、羽毛（绒）及其制造业，年均外资固定资产净值控制度分别为 63.7% 和 53.8%，均已超过 50% 的绝对控制警戒线标准。另外，食品制造业（40.2%）、造纸及纸制品业（42.9%）、塑料制品业（48.3%）、家具制造业（47.1%）、工艺品及其他制造业（42.0%）的外资固定资产净值控制度也都在 40% 以上，这些产业的产业安全问题应该引起我们的关注。

## 六　结论及对策建议

不可否认，外资对我国的产业发展产生了积极的影响。但是，通过以上对于外资对我国轻工业市场、股权、技术、总资产和净资产控制度的分析，不难看出，外资对我国轻工业的控制程度非常高，尤其是文教体育用品制造业，皮革、毛皮、羽毛（绒）及其制造业，塑料制造业，造纸及纸制品业，家具制造业，工艺品及其他制造业。较高的外资控制度，必将引起我国轻工业的产业安全。因此，在吸收外资、合理利用外资的同时，也必须注意维护轻工业的产业安全。从振兴我国轻工业、维护轻工业产业安全的角度出发，应采取以下几点措施。

一是要进一步明确我国外资利用的阶段、基础条件和外资需求特征，转变政府职能提高政府相关部门外资利用的产业安全意识。我国外资利用已经进入到了外资并购和独资阶段，已经融入全球经济中。因此，我国的外资利用在获得技术、管理等层次目标的同时，应该适当强化产业和经济安全的目标。各级政府应该清楚地认识到我国外资需求特征，有明确的产业发展战略，保证国家产业的安全（王维和高伟凯，2008）。外资对我国轻工业的发展起到了很大的推动作用，但我们在加大一些产业吸收外资力度的同时，要谨防引资过度而引起外资的"替代"和"挤占"问题（罗志松和荣先恒，2005）。当前，要在保持外资适度规模的同时，注重提高外资的质量、水平和效益，并注意内外资的合理搭配。

二是要在定量与定性相结合、规模与结构相结合的基础上，建立产业安全预警体系，确保产业安全。产业安全势必影响我国的经济安全，关注不够将使我国的产业控制力下降，影响经济主权，但关注过度又将会使我国外资利用的良好势头受到影响，进而影响我国的进一步开放和经济的发展。因此，要建立合理和准确的产业安全预警体系。全面而又准确地预警产业安全状况，既要考虑到总量指标，又要进行结构性分析。分析相关企业数量比例，同时兼顾相关企业的地位，全面准确地预警产业安全，以利于国家采取相应的政策措施，保证相关产业安全。

三是增强自主创新能力，加大技术的吸收和创新能力，确保外资的溢出渠道畅通，充分发挥外资的溢出效应，尤其是技术溢出效应，同时要挖掘本土产业的技术创新能力，培育具有国际竞争力的主导产业（单春红等，2007）。一国经济在全球分工格局中所处的位置，取决于国家技术创新、产业升级的内在动力和实力，这也是综合国力竞争的核心。

四是推进轻工业产业有序转移。外商直接投资的产业结构和区域结构不合理，直接影响吸收外国直接投资预期总体社会经济效益的取得，从而加剧产业结构的矛盾（黄建军，2001）。我国轻工业 R&D 经费投入虽然逐年有所上升，但是与西方发达国家相比还存在很大的差距，所谓的中国制造，更多的是贴着中国标签应用国外技术的外国产品，因此必须要提高重点装备自主化水平，推进关键技术创新与产业化，做好公共服务，同时要着力培育发展轻工业特色区域和产业集群，根据行业特点和发展要求推进产业转移。

## 参考文献

［1］国务院办公厅，轻工业调整和振兴规划，2009。

［2］黄建军：《中国的产业安全问题》［J］，《财经科学》2001 年第 6 期，第 1～7 页。

［3］何维达、何昌：《当前中国三大产业安全的初步估算》［J］，《中国工业经济》2002 年第 2 期，第 26～27 页。

［4］景玉琴：《开放、保护与产业安全》［J］，《财经问题研究》2005 年第 5 期，第 33～34 页。

［5］景玉琴：《警惕外资威胁我国产业安全》［J］，《天津社会科学》2006 年第 1 期，第 81～84 页。

［6］李孟刚：《产业安全》［M］，浙江大学出版社，2008。

［7］李孟刚：《中国产业外资控制报告》［J］，《中国国情国力》2006 年第 6 期，第 12～16 页。

［8］罗志松、荣先恒：《吸收 FDI 对我国经济安全的影响及对策》［J］，《世界经济研究》2005 年第 2 期，第 4～8 页。

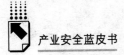
[9] 单春红、曹艳娇、于谨凯：《外资利用对我国产业安全影响的实证分析——外资结构效应和溢出效应角度》[J]，《产业经济研究》2007 年第 6 期，第 23~30 页。

[10] 王维、高伟凯：《基于产业安全的我国利用外资的思考》[J]，《财贸经济》2008 年第 12 期，第 91~95 页。

[11] 祝年贵：《利用外资与中国产业安全》[J]，《财经科学》2003 年第 5 期，第 111~115 页。

[12] 朱钟棣：《入世后中国的产业安全》[M]，上海财经大学出版社，2006。

# B.12
# 中国有色金属产业外资控制分析

有色金属是指除铁、锰、铬三种黑色金属，以及铀、钍等25种放射性金属之外的铜、铝、铅、锌、镍、锡等59种金属，以及硅、砷、硒、碲等5种半金属，合计64种金属元素（中国经济信息网，2010）。有色金属是国民经济、国防工业、科学技术发展必不可少的基础材料和重要的战略物资，而且由于有色金属产业关联度系数大，对其他关联产业的辐射拉动作用大，因此在我国国民经济中扮演着十分重要的角色（黄晓东和谢英亮，2010）。依照《国民经济行业分类与代码（GB/T4754 – 2002）》标准，有色金属产业对应有色金属矿采选业和有色金属冶炼及压延加工业2个大类8个小类。

国际金融危机爆发以来，我国有色金属工业受到严重影响，产量下降，出口受阻，企业亏损严重。为减缓金融危机对我国有色金属产业的影响程度，2009年3月25日，国务院颁布了《有色金属产业调整和振兴规划》（国发［2009］14号）。这个规划的及时出台，对于提振市场信心，指明有色金属产业发展方向意义重大，对地方政府、企业及有关单位也有重要的指导作用。在国家一系列刺激政策有效推动下，有色金属业生产从2009年第二季度开始逐步回升，到第四季度生产增速明显加快。2009年有色金属业增加值比2008年增长12.8%，增幅比上年同期提高0.7%。2009年新开工项目投资总额为2860.3亿元，比2008年增长38.7%，增幅比2008年回升了19.4%。2009年有色金属工业投资平稳增长，全年累计完成固定资产投资2716.9亿元，同比增长16.5%，增幅比2008年回落24.4%。①

据商务部统计，2009年有色金属工业新设立外商投资项目126个，比2008年同期减少41个，实际使用外资金额91986万美元，同比上升0.1%。新设立企业数和实际使用外资金额占全国同期吸收外资总量的比重分别为0.54%和

---

① 2009年有色金属产业发展概况，http：//www.fdi.gov.cn/pub/FDI/zgjj/hyzk/zzy/ysjsgy/t20100611_ 122686. htm，2010 – 03 – 24。

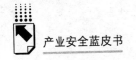
1.02%。2009 年有色金属工业新设中外合资项目 33 个，外商独资项目 82 个，中外合作项目 8 个，实际使用外资金额分别为 14161 万美元、71318 万美元和 5547 万美元。[①]

## 一 外资对我国有色金属产业的市场控制

外商通过对东道国的投资，最主要的目的是要增加销售收入，扩大自己的市场份额。外资对东道国市场的控制可以用"外资市场控制度"来描述。外资市场控制度越高，表明外资在该行业的市场份额越大。有色金属产业外资市场控制度采用《中国统计年鉴》（2000～2010）中有色金属产业"外商投资企业与港澳台商投资企业"的销售收入与该产业总的销售收入之比表示，具体见公式（12−1）。

$$有色金属产业外资市场控制度 = \frac{有色金属产业外资企业当年销售收入}{有色金属产业当年销售总收入} \times 100\%$$

$$(12-1)$$

### （一）外资对我国有色金属行业市场控制的总体情况

根据《中国统计年鉴》（2000～2010）的相关数据和公式（12−1），可以计算出外资对我国有色金属行业市场的控制度，结果如表 12−1 所示。

由表 12−1 的数据可以看出，有色金属产业中外资企业的销售收入在产业整体收入中始终占据着较低的比重，一直处在 15% 以下。但是这一比重保持着小幅增长的态势。特别是 2004 年以后，外资对市场的控制度有了较快的增长。2008 年增长到了自 1999 年以来的最高值 14.6%，2009 年又出现了回落，降到13.8%。有色金属产业销售总收入呈现的是增长的态势，外资的销售收入在2008 年之前呈现的也是增长的态势，2009 年有一定程度的下降，影响了外资市场控制度。由此可见，在有色金属产业市场控制度方面，外资所占的比重不大，内资企业占有更大的优势。

---

① 2009 年有色金属工业利用外资现状，http：//www.fdi.gov.cn/pub/FDI/zgjj/hyzk/zzy/ysjsgy/
t20100826_ 125389.htm，2010 −03 −24。

**表 12 – 1　1999 ~ 2009 年有色金属产业外资市场控制总体状况**

| 年份 | 外资销售收入（亿元） | 产业销售总收入（亿元） | 外资市场控制度（%） |
|---|---|---|---|
| 1999 | 232.52 | 2066.71 | 11.3 |
| 2000 | 285.43 | 2462.77 | 11.6 |
| 2001 | 271.81 | 2651.10 | 10.3 |
| 2002 | 325.71 | 2976.60 | 10.9 |
| 2003 | 458.59 | 4085.26 | 11.2 |
| 2004 | 713.43 | 6115.37 | 11.7 |
| 2005 | 1234.26 | 8965.69 | 13.8 |
| 2006 | 2080.72 | 14562.72 | 14.3 |
| 2007 | 2853.22 | 20156.43 | 14.2 |
| 2008 | 3407.14 | 23372.93 | 14.6 |
| 2009 | 3288.40 | 23859.31 | 13.8 |

注：1999 ~ 2004 年使用"产品销售收入"统计项；2005 ~ 2009 年使用"主营业务收入"统计项。

数据来源：根据《中国统计年鉴》（2000 ~ 2010）有关数据整理、计算得到。其中，1999 ~ 2006 年"外资销售收入"的统计项目是"按行业分'三资'工业企业主要指标"，"产业销售总收入"的统计项目是"按行业分全部国有及规模以上非国有工业企业主要指标"；2007 ~ 2010 年"外资销售收入"的统计项目是"按行业分外商投资和港澳台商投资工业企业主要指标"，"产业销售总收入"的统计项目是"按行业分规模以上工业企业主要指标"。

## （二）外资对我国有色金属产业市场控制的细分行业情况

根据《中国统计年鉴》（2000 ~ 2010）的相关数据和公式（12 – 1），可以计算得出有色金属产业两个细分行业的外资市场控制度，结果如图 12 – 1 所示。

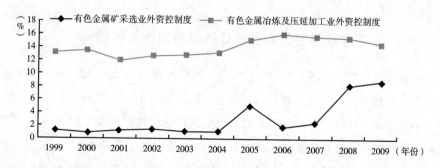

**图 12 – 1　1999 ~ 2009 年外资对我国有色金属产业市场细分行业控制度**

数据来源：根据《中国统计年鉴》（2000 ~ 2010）相关数据整理、计算得到。

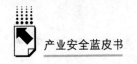
由图 12 -1 可以看出，外资对有色金属矿采选业的控制程度较低，在 2005 年之前没有超过 2%，2007 年以后，外资的控制度出现了大幅度的上升，但是始终没有超过 10%。表明外资正在不断地进入有色金属矿采选业，但是外资所占的比重不大。外资对有色金属冶炼及压延加工业的控制程度一直比较稳定，2004 年以前，外资市场控制度处在 12% ~14% 之间，没有大幅度的波动。自 2005 年起，有色金属冶炼及压延加工业外资市场控制度有所提升，2006 年达到了最高点 15. 96%，2006 年后略有下降，但都保持在 14% 以上。

## 二 外资对我国有色金属产业的股权控制

随着我国对外开放领域的逐步扩大和外商对华投资环境熟悉程度的加深，国际投资者越来越多地采用并购方式进入我国市场，外商独资企业发展十分迅速，外资对股权的要求也越来越高（崔本强，2008）。外资股权控制度是从股权角度反映外资对国内产业控制程度的一个指标。外资股权控制程度可以用有色金属产业外资企业的注册资本与有色金属产业总的注册资本之比来衡量，这里用所有者权益代替注册资本。在实际计算时，采用《中国统计年鉴》（2000 ~2010）中有色金属产业两个大类行业的"三资工业企业"的所有者权益与整个有色金属产业的所有者权益之比来表示外资股权控制程度，具体计算公式为式（12 -2）。

$$有色金属产业外资股权控制度 = \frac{有色金属产业外资企业当年所有者权益}{有色金属产业当年总所有者权益} \times 100\%$$

$$(12 - 2)$$

### （一） 外资对我国有色金属产业股权控制的总体情况

根据《中国统计年鉴》（2000 ~2010）的相关数据和公式（12 -2），可以计算出外资对我国有色金属产业股权控制度，结果如表 12 -2 所示。

从表 12 -2 可以看出外资对我国有色金属产业股权控制度呈现逐年上升的趋势，但是外资股权控制度整体不高，在 2008 年之前基本保持在 15% 以下。2008 年之前，股权控制度的上升趋势也比较稳定，除 2001 年股权控制度为 8. 9% 以外，其他年份均保持在 10% 以上。2008 年，有色金属产业外资股权控制度超过了 16%，比 2007 年上涨了 2. 6 个百分点，2009 年达到了最高值 16. 7%，与 2008

表 12 – 2　　1999～2009 年外资对我国有色金属行业股权控制的总体状况

| 年份 | 外资企业所有者权益(亿元) | 产业总所有者权益(亿元) | 外资股权控制度(%) |
|---|---|---|---|
| 1999 | 114.57 | 1052.85 | 10.9 |
| 2000 | 133.43 | 1202.33 | 11.1 |
| 2001 | 119.45 | 1348.47 | 8.9 |
| 2002 | 168.88 | 1437.06 | 11.8 |
| 2003 | 180.61 | 1666.55 | 10.8 |
| 2004 | 251.75 | 2073.38 | 12.1 |
| 2005 | 443.28 | 2887.80 | 15.4 |
| 2006 | 573.05 | 3985.51 | 14.4 |
| 2007 | 778.56 | 5861.75 | 13.3 |
| 2008 | 1176.72 | 7206.05 | 16.3 |
| 2009 | 1328.29 | 7946.95 | 16.7 |

　　数据来源：根据《中国统计年鉴》（2000～2010）有关数据整理、计算得到。其中，1999～2006 年"外资企业所有者权益"的统计项目是"按行业分'三资'工业企业主要指标"，"产业总所有者权益"的统计项目是"按行业分全部国有及规模以上非国有工业企业主要指标"；2007～2010 年"外资企业所有者权益"的统计项目是"按行业分外商投资和港澳台商投资工业企业主要指标"，"产业总所有者权益"的统计项目是"按行业分规模以上工业企业主要指标"。

年相比增长了 0.4 个百分点。总体来看，外资在有色金属产业的股权控制度不高，但是有上升的趋势。

## （二）外资对我国有色金属产业股权控制的细分行业情况

　　我国有色金属产业中内资企业占优势地位，2009 年内资企业的权益比重为83.3%，优势明显。然而，具体到有色金属矿采选业和有色金属冶炼及压延加工业的行业类别之中，外资股权控制的变化略有不同。

　　根据《中国统计年鉴》（2000～2010）的相关数据和公式（12 – 2），可以分别计算出有色金属矿采选业和有色金属冶炼及压延加工业两个细分行业的外资股权控制度，结果如图 12 – 2 所示。

　　图 12 – 2 反映出，十一年当中外资对我国有色金属矿采选业的平均控制度为3.9%，但是这一控制度在不断地提升。对有色金属冶炼及压延加工业的平均控制度为 14.4%，其平均控制度明显高于前者。外资对我国有色金属矿采选业的股权控制变化比对有色金属冶炼及压延加工业的控制变化剧烈，例如，2009 年外资对我国有色金属矿采选业的股权控制度比 2004 年增加了 12.24 个百分点；

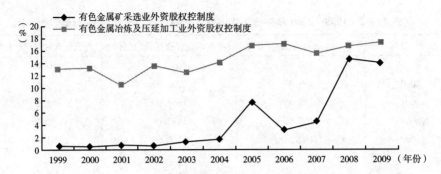

**图 12 – 2  1999～2009 年外资对我国有色金属行业细分行业的股权控制情况**

数据来源：根据《中国统计年鉴》（2000～2010）相关数据整理、计算得到。

而 2009 年外资对我国有色金属冶炼及压延加工业的股权控制度比 2004 年仅增加了 3.8 个百分点。自 2006 年以来，外资对有色金属矿采选业的股权控制度呈现上升趋势，2009 年有小幅度的下降，但是降幅不大。自 2004 年起，外资对有色金属冶炼及压延加工业的股权控制度呈现上升趋势，其中 2007 年略有下降。总体而言，外资对我国有色金属矿采选业和有色金属冶炼及压延加工业的股权控制度不高，但是都呈现了上升趋势，其中有色金属矿采选业的增幅较大。

## 三　外资对我国有色金属产业的技术控制

我国有色金属资源丰富，但是由于技术的限制，大部分资源都被加工成了初级产品，产品附加值低，大部分出口国外。在常规有色金属产品生产方面，无论是质量还是品种均能基本满足国民经济发展的需要，但是对于那些现代高技术或国防所需的高、精、尖产品，还需大量引进国外产品。外资对我国有色金属产业的技术控制可分为三个子指标：拥有发明专利控制度，研发费用控制度以及新产品产值控制度。

### （一）外资对我国有色金属产业拥有发明专利控制情况

有色金属矿采选业拥有发明专利数量与该行业中外资企业拥有发明专利数量的状况如表 12 – 3 所示。由于不少关键数据缺失，无法对有色金属矿采选业外资拥有发明专利控制度给予更进一步的分析。

**表 12 - 3  1999～2008 年有色金属矿采选业及外资拥有发明专利数量的状况**

| 年份 | 外资拥有发明专利数量(项) | 总体拥有发明专利数量(项) |
|---|---|---|
| 1999 | 0 | 4 |
| 2000 | 1 | 4 |
| 2001 | — | 32 |
| 2002 | — | 4 |
| 2003 | — | 18 |
| 2004 | — | 7 |
| 2005 | 10 | 13 |
| 2006 | — | 37 |
| 2007 | — | 54 |
| 2008 | 41 | 76 |

注：由于《中国科技统计年鉴 2010》没有统计"三资"企业的相关数据，故只统计到 2008 年，下同。

数据来源：根据《中国科技统计年鉴》（2000～2009）有关数据整理、计算得到。其中，1999～2000 年"总体拥有发明专利数量"的统计项为"分行业大中型工业企业技术开发产出"，"外资拥有发明专利数量"的统计项为"分行业大中型工业企业（三资）技术开发产出"；2001～2003 年"总体拥有发明专利数量"的统计项为"分行业大中型工业企业科技项目与专利"，"外资拥有发明专利数量"的统计项为"分行业大中型工业企业（三资）技术开发产出"；2004 年"总体拥有发明专利数量"的统计项为"分行业规模以上工业企业科技项目与专利"，"外资拥有发明专利数量"的统计项目为"分行业规模以上工业企业（三资）科技项目与专利"；2005～2009 年"总体拥有发明专利数量"的统计项目为"分行业大中型工业企业科技项目与专利"，"外资拥有发明专利数量"的统计项目为"分行业大中型工业企业（三资）技术开发产出"。

根据《中国科技统计年鉴》（2000～2009）相关数据，利用公式（12-3），可得到有色金属冶炼及压延加工业总体拥有发明专利数量，该行业中外资企业拥有发明专利数量的状况以及外资对发明专利的控制度，如表 12-4 所示。

由表 12-4 可以看出，外资在有色金属冶炼及压延加工业拥有发明专利的控制方面有很大的波动，其中 2000 年当年外资拥有发明专利数量为 0，2003 年外资对发明专利的控制度达到了 10.9%。其余年份外资的控制度也不稳定，没有固定的波动范围。总的来说在拥有发明专利控制方面，外资的控制度是不稳定的，外资整体的控制度也不高。

$$有色金属产业外资发明专利控制度$$
$$= \frac{有色金属产业外资当年拥有发明专利数量}{有色金属产业当年拥有发明专利数量} \times 100\% \qquad (12-3)$$

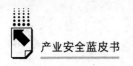

表12-4　1999～2008年有色金属冶炼及压延加工业和
外资拥有发明专利数量的状况

| 年份 | 外资拥有发明专利数(项) | 总体拥有发明专利数(项) | 外资发明专利控制度(%) |
|---|---|---|---|
| 1999 | 3 | 96 | 3.1 |
| 2000 | 0 | 167 | 0.0 |
| 2001 | 9 | 210 | 4.3 |
| 2002 | 11 | 258 | 4.3 |
| 2003 | 28 | 256 | 10.9 |
| 2004 | 80 | 767 | 10.4 |
| 2005 | 11 | 651 | 1.7 |
| 2006 | 25 | 769 | 3.3 |
| 2007 | 57 | 1097 | 5.2 |
| 2008 | 127 | 1309 | 9.7 |

数据来源：根据《中国科技统计年鉴》（2000～2009）有关数据整理得到。其中，1999～2000年"总体拥有发明专利数"的统计项目为"分行业大中型工业企业技术开发产出"，"外资拥有发明专利数"的统计项目为"分行业大中型工业企业（三资）技术开发产出"；2001～2003年"总体拥有发明专利数"的统计项目为"分行业大中型工业企业科技项目与专利"，"外资拥有发明专利数"的统计项目为"分行业大中型工业企业（三资）技术开发产出"；2004年"总体拥有发明专利数"的统计项目为"分行业规模以上工业企业科技项目与专利"，"外资拥有发明专利数"的统计项目为"分行业规模以上工业企业（三资）科技项目与专利"；2005～2009年"总体拥有发明专利数"的统计项目为"分行业大中型工业企业科技项目与专利"，"外资拥有发明专利数"的统计项目为"分行业大中型工业企业（三资）技术开发产出"。

## （二）外资对我国有色金属产业的研发费用控制情况

经过技术改造和研发投入，我国有色金属大型企业的能耗已经达到或接近国际先进水平，电解铝和氧化铝的生产技术基本上都达到国际先进水平，电解铝技术已经输出国外。但是，相比自主研发，引进技术比重仍然较大。

外资研发费用控制度反映了外资对研发费用的控制程度，它可以用有色金属产业外资企业当年的研发费用和有色金属产业当年总研发费用之比来衡量，具体为公式（12-4）。

$$有色金属产业外资研发费用控制度 = \frac{有色金属产业外资当年研发费用}{有色金属产业当年总研发费用} \times 100\%$$

$$(12-4)$$

根据《中国科技统计年鉴》（2000～2009）相关数据和研发费用控制度计算公式（12-4），可以计算出有色金属产业外资研发费用控制度，结果见表12-5。

表 12 – 5　1999 ～ 2008 年有色金属产业外资研发费用控制状况

| 年份 | 外资研发费用（万元） | 研发费用总额（万元） | 外资研发费用控制度（%） |
|------|------|------|------|
| 1999 | 10114 | 111657 | 9.1 |
| 2000 | 11668 | 246346 | 4.7 |
| 2001 | 20312 | 278734 | 7.3 |
| 2002 | 19393 | 264259 | 7.3 |
| 2003 | 29629 | 149673 | 19.8 |
| 2004 | 18990 | 254780 | 7.5 |
| 2005 | 29999 | 369395 | 8.1 |
| 2006 | 43702 | 568566 | 7.7 |
| 2007 | 71445 | 708097 | 10.1 |
| 2008 | 148999 | 1030763 | 14.5 |

数据来源：根据《中国科技统计年鉴》（2000 ～ 2009）有关数据整理、计算得到。其中，1999 ～ 2000 年"研发费用总额"的统计项目是"分行业大中型工业企业技术开发经费内部支出"，"外资研发费用"的统计项目是"分行业大中型工业企业（三资）技术开发经费内部支出"；2001 ～ 2003 年"研发费用总额"的统计项目是"分行业大中型工业企业科技活动经费内部支出"，"外资研发费用"的统计项目是"分行业大中型工业企业（三资）科技活动经费内部支出"；2004 年、2008 年"研发费用总额"的统计项目是"分行业规模以上工业企业研究与实验发展（R&D）活动情况"，"外资研发费用"的统计项目是"分行业规模以上工业企业（三资）研究与实验发展（R&D）活动情况"；2005 ～ 2007 年"研发费用总额"的统计项目是"分行业大中型工业企业研究与实验发展（R&D）活动情况"，"外资研发费用"的统计项目是"分行业大中型工业企业（三资）研究与实验发展（R&D）活动情况"。

　　如表 12 – 5 所示，2000 年我国有色金属产业外资对研发费用的控制度下降为 4.7%，2003 年外资对研发费用的控制度大幅度上升达到了 19.8%，为 2000 年的 4.2 倍。2008 年外资对研发费用的控制度为 14.5%，与上一年相比增加了 4.4 个百分点。其他年份的外资控制度也有所波动，但整体的波动幅度不大，平均值为 7.8%，且均未超过 10%。虽然外资在研发费用上的控制度所占的比重不高，但是应该看到，外资在数量和总的市场控制状况方面也并不占优。从 2006 年开始，外资对研发费用的控制度以每年 3% 左右的速度增长，应该引起关注。

## （三）外资对我国有色金属产业的新产品产值控制

　　新产品的生产有助于推动传统产业的改造升级，能够进一步巩固和扩大传统产业的竞争优势，有助于促进产品、产业的结构调整。外资新产品产值控制度反映了外资企业新产品的产值在整个产业新产品产值中所占的比重，为外资有色金属企业当年新产品工业总产值和有色金属产业当年新产品工业总产值之比，具体见公式（12 – 5）。

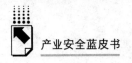

有色金属产业外资新产品产值控制度

$$= \frac{有色金属企业外资当年新产品工业总产值}{有色金属产业当年新产品工业总产值} \times 100\% \qquad (12-5)$$

由于有色金属矿采选业许多关键数据缺失，所以根据《中国科技统计年鉴》（2000～2009）有色金属冶炼及压延工业的相关数据和公式（12-5）计算得出外资对新产品产值控制度变化情况，如图12-3所示。

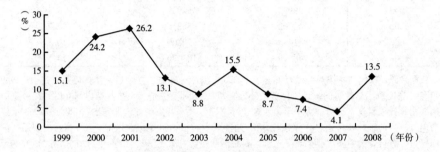

图12-3　1999～2008年有色金属产业外资新产品产值控制度

数据来源：根据《中国科技统计年鉴》（2000～2009）相关数据整理、计算得到。

从图12-3可以看出，在1999～2001年期间，有色金属产业冶炼及压延加工业外资对新产品的控制度持续上升，一度超过25%。2002年出现大幅度的下降，到2003年降到8.8%，与2001年相比下降了17.4个百分点。虽然2004年有一定程度的回升，但2005年之后，下降的趋势更加明显，2007年达到十年来最低的4.1%。2008年又有所回升，增长至13.5%。

## 四　外资对我国有色金属产业的总资产控制

总资产控制度指标反映了外资对有色金属行业总资产的控制情况，总资产控制度越高，说明该行业总资产中外资所占的比重越大，该项指标可以用有色金属产业外资当年总资产与有色金属产业当年总资产之比来衡量，如公式（12-6）。

$$有色金属产业外资总资产控制度 = \frac{有色金属产业外资当年总资产}{有色金属产业当年总资产} \times 100\%$$

$$(12-6)$$

## （一）外资对我国有色金属产业总资产控制的总体情况

根据《中国统计年鉴》（2000～2010）的相关数据和公式（12－6），可以计算得出外资对我国有色金属产业外资总资产控制度，结果见表12－6所示。

表12－6　1999～2009年有色金属产业外资总资产控制状况

| 年份 | 外资总资产（亿元） | 产业总资产（亿元） | 外资总资产控制度（%） |
|---|---|---|---|
| 1999 | 312.91 | 3223.92 | 9.7 |
| 2000 | 345.47 | 3415.58 | 10.1 |
| 2001 | 313.25 | 3725.54 | 8.4 |
| 2002 | 404.67 | 3944.57 | 10.3 |
| 2003 | 461.78 | 4656.74 | 9.9 |
| 2004 | 613.07 | 5719.48 | 10.7 |
| 2005 | 1089.91 | 6592.04 | 14.5 |
| 2006 | 1401.71 | 10021.92 | 14.0 |
| 2007 | 1849.10 | 13220.92 | 14.0 |
| 2008 | 2631.87 | 16421.18 | 16.0 |
| 2009 | 3110.15 | 19270.27 | 16.1 |

数据来源：根据《中国统计年鉴》（2000～2010）有关数据整理、计算得到。其中，1999～2006年"外资总资产"的统计项目是"按行业分'三资'工业企业主要指标"，"产业总资产"的统计项目是"按行业分全部国有及规模以上非国有工业企业主要指标"；2007～2010年"外资总资产"的统计项目是"按行业分外商投资和港澳台商投资工业企业主要指标"，"产业总资产"的统计项目是"按行业分规模以上工业企业主要指标"。

从表12－6可以看出，1999～2004年，外资对总资产的控制度一直保持在10%左右，从2005年开始，外资对总资产的控制度出现上升的趋势，2005年比2004年上升了3.8个百分点，2008年比2007年上升了2个百分点。2005年以后外资对总资产的控制度一直在14%以上，并且逐年上升，2009年达到了最高值16.1%。

## （二）外资对我国有色金属产业细分行业总资产控制情况

具体到有色金属矿采选业和有色金属冶炼及压延加工业的行业类别之中，外资对总资产控制的变化状况则各有不同。根据《中国统计年鉴》（2000～2010）相关数据和公式（12－6），可以计算得出外资对我国有色金属产业细分行业总资产的控制度，结果见图12－4。

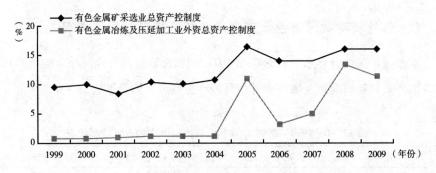

**图 12 – 4　1999～2009 年有色金属产业外资总资产控制度**

数据来源：根据《中国统计年鉴》（2000～2010）相关数据整理、计算得到。

从图 12 – 4 可见，外资对我国有色金属矿采选业的总资产控制程度比对有色金属冶炼及压延加工业明显要高。1999～2004 年二者的波动都不大，有色金属矿采选业总资产控制度保持在 10% 左右，有色金属冶炼及压延加工业总资产控制度在 1% 左右。从 2004 年开始，有色金属矿采选业和有色金属冶炼及压延加工业在总资产控制度方面都有了大幅度的增加，但是后者的波动幅度要比前者剧烈得多。2004～2009 年有色金属矿采选业总资产控制度最高为 2005 年的16.5%，最低为 2004 年的 10.7%，两者相差两者 5.8 个百分点。2009 年有色金属矿采选业总资产控制度与 2008 年相比变化不大，有色金属冶炼及压延加工业的总资产控制度与 2008 年相比略有下降。

## 五　外资对我国有色金属产业的固定资产净值控制

有色金属产业固定资产净值的当前值以及增值反映了企业、行业、产业的新产品研发能力、资产增值能力等关键要素，对于昭示产业开展技术创新，提升节能减排能力等方面，具有重要的意义。可以用有色金属产业外资固定资产净值控制度来反映外资对有色金属产业固定资产净值控制的情况，如公式（12 – 7）。

$$有色金属产业外资固定资产净值控制度 = \frac{有色金属产业外资固定资产净值}{有色金属产业总固定资产净值} \times 100\%$$

$$（12 – 7）$$

### （一）外资对我国有色金属产业固定资产净值控制的总体情况

根据《中国统计年鉴》（2000～2010）相关数据和公式（12-7），可以计算出外资对有色金属产业固定资产净值的控制度，结果见表12-7。

**表12-7　1999～2009年有色金属产业外资企业固定资产净值控制状况**

| 年份 | 外资固定资产净值（亿元） | 产业固定资产净值（亿元） | 外资固定资产净值控制度（%） |
|------|------|------|------|
| 1999 | 133.66 | 1385.05 | 9.7 |
| 2000 | 144.41 | 1450.13 | 10.0 |
| 2001 | 124.97 | 1524.60 | 8.2 |
| 2002 | 174.03 | 1616.53 | 10.8 |
| 2003 | 180.15 | 1769.25 | 10.2 |
| 2004 | 214.44 | 2075.10 | 10.3 |
| 2005 | 345.46 | 2623.41 | 13.2 |
| 2006 | 446.12 | 3142.46 | 14.2 |
| 2007 | 580.99 | 3867.41 | 15.0 |
| 2008 | 835.36 | 5232.99 | 16.0 |
| 2009 | 1022.21 | 6025.64 | 17.0 |

数据来源：根据《中国统计年鉴》（2000～2010）有关数据整理计算、得到。其中1999～2006年"外资固定资产净值"的统计项目是"按行业分'三资'工业企业主要指标"，"产业固定资产净值"的统计项目是"按行业分全部国有及规模以上非国有工业企业主要指标"；2007～2010年"外资固定资产净值"的统计项目是"按行业分外商投资和港澳台商投资工业企业主要指标"，"产业固定资产净值"的统计项目是"按行业分规模以上工业企业主要指标"。

从表12-7可以看出，有色金属产业外资企业固定资产净值控制度呈现上升的趋势，1999～2004年的固定资产净值控制度保持在10%左右，2005年外资固定资产净值的控制度比2004年上升2.9个百分点，达到了13.2%。2005～2009年，有色金属产业外资对固定资产净值的控制度一直以每年1%左右的增长速度递增，2009年达到最高值17%，是控制度最低的2001年的两倍。

### （二）外资对我国有色金属产业细分行业固定资产净值控制情况

根据《中国统计年鉴》（2000～2010）的相关数据和公式（12-7），可以计算出外资对我国有色金属产业细分行业的固定资产净值控制度，结果如图12-5所示。

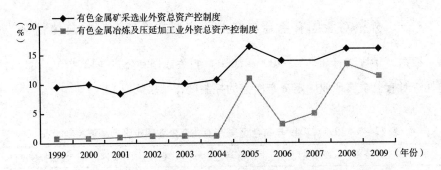

图 12 - 5    1999～2009 年有色金属产业分行业外资固定资产净值控制度

资料来源：根据《中国统计年鉴》（2000～2010）相关数据整理、计算得到。

从图 12 - 5 可以看出，外资对我国有色金属冶炼及压延加工业的固定资产净值控制度比对有色金属矿采选业固定资产净值控制度明显要低。2005 年，外资对我国有色金属冶炼及压延加工业的固定资产净值控制度迅速上升，从 2004 年的 1.15% 上升到了 2005 年的 10.93%，在 2006 年又大幅下降至 3.08%，2006 年之后又呈现上升的趋势，2009 年其控制度有所下降，但是下降幅度不大。外资对我国有色金属矿采选业的固定资产净值控制度呈现了较大幅度的波动。有色金属矿采选业总资产的控制度 1999～2004 年一直保持在 10% 左右，从 2005 年开始呈现大幅度增长的趋势。

总的来说外资对我国的有色金属矿采选业和有色金属冶炼及压延加工业的固定资产净值控制度都有较大的波动，但目前呈上升趋势，且后者有追赶前者的势头。

## 六    结论与对策建议

有色金属产业经过近几年的快速发展，今后产业发展的重点应由量的扩张转变到结构调整上。应大力推进产业结构调整和优化，加快淘汰落后产能，提高企业的自主创新能力，形成新的经济增长点。

### （一）对内兼并重组，对外"走出去"

近几年海外金属矿业并购规模不断扩大，并购数量、并购金额迅猛增长。

海内外的发展状况，为有色金属产业创造了并购重组的良机。国内企业应当顺应行业整合的发展趋势，通过兼并、重组、联合等方式，形成一系列具有国际产业竞争力的大型有色金属企业集团。受金融危机的影响，国际矿业市场上一些业绩优良的矿业企业融资受阻，资金链断裂，这对于有能力、有优势的中国企业来说，收购海外资源提高国际话语权，是"走出去"的一种新的模式。比如2008年2月12日，中国铝业以195亿美元再度注资国际矿业巨头力拓公司，2月5日，中金岭南以约2亿美元收购澳大利亚PEM矿业公司50.1%的股权（韩梅，2009）。

## （二）开发并实施有色金属资源和产品国家储备战略

我国作为世界有色金属的生产和消费大国，多数产品产量和消费量常年位居世界首位，有色金属作为重要的基础原材料和战略资源，其产量及储备量对我国国民经济的持续健康发展有着重要意义。同时，我国有色金属总体资源紧缺的状况比较明显，加大找矿、勘探的投入不能作为唯一手段，还应当从资源节约利用的角度，对重要矿产资源实行控制性开采，提高行业的准入门槛，规范产业发展秩序。借鉴其他国家的经验，将有色金属资源和产品储备制度作为国家总体矿产政策的一部分，实现国家重要战略资源的安全稳定供给。

## （三）转变产业发展模式，发展低碳经济、循环经济

2008年6月，十项能源消耗限额强制性国家标准开始实施，标志着高耗能行业进行宏观调控、淘汰落后工艺、节约能源等具体举措被正式提上日程。这也符合国际产业发展的大趋势，即促使高耗能产业向绿色产业的方向转变。因此，推进先进技术的研发与利用，提高再生资源的回收率和综合利用率变得非常重要。

建立生产环节的微观生态网络，即企业推广各个生产工艺之间的物料循环，力求对污染物的排放实现"零排放"；建立企业间的生态工业网络，即使一个企业的废气、废热、废水、废渣成为另一个企业的能源和原材料，从而推动资源的真正意义上的有效利用，形成一系列高资源利用率、低污染排放的可持续发展的企业集团。

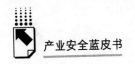

**参考文献**

[1] 2010 中国行业年度报告系列之有色金属，中国经济信息网，2010。

[2] 崔本强：《外资并购对我国的影响及法律对策》[J]，《商业研究》2008 年第 10 期，第 113～115 页。

[3] 黄晓东、谢英亮：《打造我国超大型有色金属企业集团的意义分析及政策建议》[J]，《中国矿业》2010 年第 5 期，第 17～19 页。

[4] 韩梅：《浅析有色金属产业发展的对策与建议》[J]，《现代商业》2009 年第 20 期，第 64～65 页。

[5] 朱娅琼：《有色金属：产业升级刻不容缓》[J]，《中国投资》2010 年第 1 期，第 91～94 页。

# B.13
# 中国电子信息产业外资控制分析

电子信息产业是信息产业的一部分,是狭义的信息产业(宿辉栋,2010)。它是研制和生产电子设备及各种电子元件、器件、仪器、仪表的军民结合型工业[①]。依照国家统计局《国民经济行业分类(GB/T 4754-2002)》,电子信息产业在2002年及以前对应的是《中国统计年鉴》中"电子及通信设备制造业"类别,2003年至今对应的是"通信设备、计算机及其他电子设备制造业"类别[②]。根据《国民经济行业分类与代码(GB/T 4754-2002)》,通信设备、计算机及其他电子设备制造业包括通信设备制造、雷达及配套设备制造、广播电视设备制造、电子计算机制造、电子器件制造、电子元件制造、家用视听设备制造和其他电子设备制造等生产行业。

信息技术是当今世界经济社会发展的重要驱动力,电子信息产业是国民经济的战略性、基础性和先导性支柱产业[③],是推动传统产业转型升级、提升国家工业化水平和国际产业分工位势的重要动力,也是各国争夺产业发展"控制权"和"话语权"的焦点所在。因此,电子信息产业的产业安全问题,是世界各国,特别是像我国这样电子信息产业"后来者"必须密切关注的重要问题(国家发

---

[①] 电子信息产业,http://www.gov.cn/zwgk/2009-04/15/content_ 1282430. htm,2011-03-28。

[②] 比较国民经济行业分类标准2002和高技术产业分类目录后发现,电子信息产业对应的通信设备、计算机及电子设备制造业除去电子计算机制造业就是高技术产业中的电子及通信设备制造业类别。通过《中国统计年鉴》(2006~2010)和《中国高技术产业统计年鉴》(2006~2010)的相关数据整理、计算可得,2005~2009年期间,在"主营业务收入"指标下,电子计算机制造业占通信设备、计算机及其他电子设备制造业的百分比历年分别为37.99%、36.26%、36.37%、36.52%和34.72%。由此可见,电子计算机制造业在通信设备、计算机及其他电子设备制造业中所占的百分比较大,是一个举足轻重的子行业。在此认为将包含电子计算机在内的通信设备、计算机及其他电子设备制造业(电子信息产业)作为一个章节来进行研究是具有一定的意义的。

[③] 国务院办公厅,电子信息产业调整和振兴规划,http://www.gov.cn/zwgk/2009-04/15/content_ 1282430. htm,2011-03-28。

改委宏观经济研究院课题组，2009）。

受经济下滑的影响，2009 年以来通信设备制造业①销售额有所减少。全年通信设备行业实现工业销售值 8438.8 亿元，同比减少 0.2%，增速较 2008 年同期减少 6.8%。受行业亏损的影响，通信设备制造业投资明显减少。2009 年，通信设备行业完成固定资产投资 2627.2 亿元，同比增长 6.7%。通信设备制造业投资完成额占全部城镇固定资产投资的比重由 2008 年同期的 1.7% 下降到 1.4%。2009 年在通信设备制造业占有绝对控制地位的外资企业，完成工业销售值 5257.98 亿元，同比下降 10.5%，实现工业销售值占整个行业的比重为 62.3%。国有企业、股份合作企业、股份制企业和私营企业经营状况良好，工业销售值增速较 2008 年同期均有所加快。从不同规模企业销售情况看，大、中型企业销售额均有所减少，小型企业工业销售值状况好于大、中型企业，但增速均较 2008 年同期有所下降。其中，占主导地位的大型企业工业销售值同比减少 0.3%，是导致全行业销售下降的重要原因。②

2007 年以来，电子信息产业竞争力总体有所提升，但是本土企业规模相对较小、技术研发能力较弱，处于国际产业链低端的状况没有根本改变；外资企业在生产和出口中占有主导地位，并有加强趋势；产业中内资企业的产业控制力减弱，产业成长力下降，产业发展面临考验③。2009 年，我国电子信息产业由于受金融危机的影响而处于低迷状态，行业销售额和增速均有所下降。

改革开放以来，技术、资本密集型的电子信息产业是中国利用外资最多的行业之一。如表 13 - 1 所示，1998 ~ 2002 年，我国电子信息产业吸引外资数量急剧增加，而 2003 ~ 2009 年，实际使用外资金额呈现不稳定的状态且经常上下波动。就外资企业数量来看，我国电子信息产业每年新设外资企业数量自 2004 年以来

---

① 此处所述的通信设备制造业对应于国家统计局《国民经济行业分类与代码（GB/T 4754 - 2002）》中的行业代码为 C40 的类别，即通信设备、计算机及其他电子设备制造业，下同。

② 国家发展门户，2009 年电子通信工业发展概况，http://www.fdi.gov.cn/pub/FDI/zgjj/hyzk/zzy/dztxgy/t20100708_ 123635.htm，2011 - 04 - 11。

③ 国家发改委产业经济与技术经济研究所：《二零零八年中国产业安全状况年度评估报告》，2009。

持续减少，且 2009 年新设外资企业数量与 1998 年新设外资企业数量相差不到 100 个。

表 13 – 1  1998 ~ 2009 年我国电子信息产业吸收外资情况

| 年份 | 新设外资企业数量(个) | 实际使用外资金额(万美元) | 年份 | 新设外资企业数量(个) | 实际使用外资金额(万美元) |
|---|---|---|---|---|---|
| 1998 | 1044 | 243201 | 2004 | 3112 | 705873 |
| 1999 | 922 | 314572 | 2005 | 2607 | 655505 |
| 2000 | 1529 | 459406 | 2006 | 2433 | 816466 |
| 2001 | 1993 | 709231 | 2007 | 1977 | 768645 |
| 2002 | 2976 | 813554 | 2008 | 1298 | 845143 |
| 2003 | 2957 | 634699 | 2009 | 1139 | 711544 |

数据来源：根据商务部外商投资统计及中国投资指南网的相关数据整理、计算得到。其中，2007 ~ 2009 年新设外资企业数量及实际使用外资金额的相关数据分别由我国东部、中部、西部的新设外资企业数量及实际使用外资金额的相关数据加总得到。

具体来看，2009 年我国电子通信工业①新设立外商投资项目 1140 个，比上年同期减少 158 个，实际使用外资金额 717390 万美元，同比下降 15.12%。新设立企业数和实际使用外资金额占全国同期吸收外资总量的比重分别为 4.86% 和 7.97%。②

从外资来源地看，以实际使用外资金额计算，2009 年香港、英属维尔京群岛、萨摩亚、韩国、开曼群岛等国家或地区位居我国电子通信工业吸收外资来源地的前五位，分别占该行业实际使用外资总额的 36.84%、15.02%、8.17%、7.98%、6.28%。③ 从资金投向区域看，我国东部、中部、西部实际利用外资金额分别占全国实际利用外资总额的 90.75%、6.29%、2.96%，各区域实际使用外资比例不均衡。从利用外资方式看，2009 年电子通信工业新设中外合资项目

①  此处所述的电子通信工业对应于国家统计局《国民经济行业分类与代码（GB/T 4754 – 2002）》中的行业代码为 C40 的类别，即通信设备、计算机及其他电子设备制造业，下同。

②  商务部，2009 年电子通信工业利用外资现状，http：//www.fdi.gov.cn/pub/FDI/zgjj/hyzk/zzy/dztxgy/t20100827_ 125417. htm，2011 – 04 – 07。

③  商务部，2009 年电子通信工业利用外资现状，http：//www.fdi.gov.cn/pub/FDI/zgjj/hyzk/zzy/dztxgy/t20100827_ 125417. htm，2011 – 04 – 07。

201 个，外商独资项目 928 个，中外合作项目 10 个，实际使用外资金额分别为 81855 万美元、621098 万美元和 8591 万美元。①

## 一　外资对我国电子信息产业的市场控制

外资对我国电子信息产业的市场控制过高将削弱我国政府对该产业的控制力，影响我国电子信息产业的自主发展及完整产业链的形成，从而影响产业安全。我国电子信息产业外资市场控制度计算公式见式（13 - 1）。

$$电子信息产业外资市场控制度 = \frac{电子信息产业外资企业的当年销售收入}{电子信息产业的当年总销售收入} \times 100\%$$

$$(13 - 1)$$

通过《中国统计年鉴》（1999 ~ 2010）的相关数据，在最能够反映市场占有及控制程度的"主营业务收入"指标下，将外资企业②与规模以上工业企业作比较（见图 13 - 1），不难发现电子信息产业中外资企业的销售收入在产业整体销售收入中始终占据着较高的比重。有资料显示，2007 年 1 ~ 11 月，电子信息产业内资企业市场占有率为 17.59%，2008 年 1 ~ 11 月为 17.01%，比上年同期下降了 0.58 个百分点③。

根据《中国统计年鉴》（2000 ~ 2010）的相关数据和公式（13 - 1）计算（结果见图 13 - 1），我国电子信息产业外资市场控制度 1999 ~ 2005 年稳步上升，2006 ~ 2009 年出现上下波动的情况。2004 ~ 2008 年期间，外资企业对市场的控制度均为 80% 以上，而在 2009 年，我国电子信息产业外资市场控制度下降到 80% 以下，这一下降结果不排除有金融危机的影响因素发生了作用。从平均值意义上讲，电子信息产业十一年内的平均销售收入为 23312.61 亿元人民币，而其中外资企业的收入就高达 18664.41 亿元，控制度达到了 80%。外资对我国电子信息产业较高的市场控制度说明我国电子信息产业安全问题堪忧，足以引起我国政府的关注。

---

① 商务部，2009 年电子通信工业利用外资现状，http：//www.fdi.gov.cn/pub/FDI/zgjj/hyzk/zzy/dztxgy/t20100827_ 125417.htm，2011 - 04 - 07。
② 这里的外资企业包括外商投资企业和港澳台商投资企业。
③ 国家发改委产业经济与技术经济研究所：《二零零八年中国产业安全状况年度评估报告》，2009。

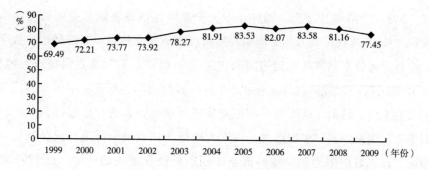

**图 13 – 1   1999~2009 年中国电子信息产业外资市场控制度**

注：《中国统计年鉴》中电子信息产业 2003 年及其以后的数据采用的是通信设备、计算机及其他电子设备制造业的相关数据，2002 年及其以前的数据采用的是电子及通信设备制造业的相关数据，下面相关数据的采用与此相同。

数据来源：根据《中国统计年鉴》（2000~2010）的相关数据计算得到。

## 二   外资对我国电子信息产业的股权控制

改革开放初期至 80 年代末，进口成为迅速改变电信基础设备与技术落后局面的唯一途径。中国这一世界上最大的市场也吸引了众多的国际电信设备生产经营公司。激烈的竞争使中国成为世界上少数几个购买大型电信设备价格最低廉的国家之一，也使中国的电信设备市场被西门子、爱立信、AT&T、摩托罗拉、阿尔卡特等几家主要的跨国公司所控制，国内的设备制造商难以与这些巨头展开竞争。从 80 年代中期开始，我国政府为了国内企业能更好地发展，提出采用"以市场换技术"的策略，鼓励企业与国外厂商合资或合作经营，成立了众多的合资企业，大大促进了中国电信行业的发展。但到了 90 年代初期，国内市场上几乎所有的先进电信设备都是从国外进口或通过国内合资企业生产的，民族通信设备制造行业依然十分幼稚。中国市场中从事通信设备制造的企业共有 2000 多家，这些企业的规模普遍较小，近半数的企业年产值在 1000 万元以下，产值在 1 亿元以上的企业只有 120 余家，其中产值在 10 亿元以上的企业仅有 20 家。生产厂家的重复建设和国外企业的激烈竞争以及走私产品的冲击使国内大量生产能力闲置，其中电话机的生产能力利用率为 70%，传真机和微波产品的生产能力利用率为 50%，用户交换机的生产能力利用率为 40%（赵惟和程寨华, 2005)。90 年代至今, 国外企业完全垄断通信设备制造业的局面逐渐得到改观。从 80 年代末期开始, 国家先后将程控数字交换机、光纤通信、数字微波、综合业务数字网等技术列为国家"七五"和"八五"重点科技攻关项目, 1991 年我国第一台数字程控交换机 DS - 30 研制成功, 打开了中国通信设备的自主发展之门。目前, 我国数字程控交换机的整套设备进口已经趋向于零, 以深圳华为、深圳中兴、中国巨龙、西安大唐等为代表的一批通信设备制造企业的崛起, 标志着中国通信设备制造企业同国外企业竞争的开始。自 1997 年以来, 随着国际经济形势的变化以及外资加大对华投资力度, 民营企业的迅速崛起, 电子信息产业领域呈现出多种经济成分共同发展的局面。在多元经济成分共存的大背景下, 通过研究外资股权控制度指标来了解外资对我国电子信息产业的股权控制情况是很有必要的。电子信息产业外资股权控制度的计算公式见式 (13 - 2)。

$$电子信息产业外资股权控制度 = \frac{电子信息产业外资企业当年所有者权益}{电子信息产业当年总所有者权益} \times 100\%$$

$$(13 - 2)$$

电子信息产业领域中, 外商投资和港澳台投资工业企业的外资所有者权益、规模以上工业企业的所有者权益值二者呈现双增长的态势。

根据《中国统计年鉴》(2000 ~ 2010) 的相关数据和公式 (13 - 2), 可以计算出我国电子信息产业外资股权控制度, 结果见图 13 - 2。图 13 - 2 显示了历年外资股权控制度的变化状况。十一年间, 我国电子信息产业外资市场控制度的变化呈"S"型上下波动, 且外资平均股权控制度为 62%。2005 ~ 2008 年, 外资股

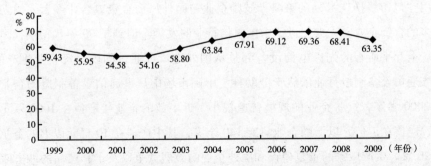

**图 13 - 2  1999 ~ 2009 年中国电子信息产业外资股权控制度**

数据来源: 根据《中国统计年鉴》(2000 ~ 2010) 的相关数据计算得到。

权控制度均高于65%，这是一个偏高的不安全的状态。2009年，外资股权控制度降低到65%以下，说明金融危机使外国对我国电子信息产业的投资额有所减少，进而影响到外资对我国该产业的股权控制度。

## 三 外资对我国电子信息产业的技术控制

从国产化率的角度看，我国电子及通信设备制造业的外资技术控制率比较低，产业安全度比较高。但是，从产业组织的角度来分析，中国电子及通信设备制造业企业数量众多，但企业之间的专业化协作分工不强，重复引进、技术的研发投入不足、具有自主知识产权的高科技产品数量非常少，因此很多企业都成为外资企业的配套厂商和一般环节的生产加工企业，或者完全成为外资企业的贴牌厂商。外资企业在中国电子信息工业中的优势地位十分明显。更为重要的是外资企业还控制着中国电子工业产品市场的核心技术。例如，移动通信设备元器件与零部件的配套能力比较低、核心芯片（包括基带芯片和RF芯片）、LCD、RF器件主要依靠进口。由于光电子、微电子、材料技术等基础技术薄弱，光器件产业难以适应光通信产业发展的要求。尽管我国的光器件研发水平已接近世界水平，但在光器件产业化方面仍处于较落后的局面，表现在产值低、品种少、高档产品不多。在已形成的产业化产品中缺乏独立自主的核心技术——芯片技术，绝大多数产品仍以劳动密集的组装方式进行生产。其次在通信设备制造领域，我国能够完全自主生产的主要通信设备，包括程控交换机、电话机等的生产能力均存在不同程度的过剩。技术水平越低的产品，生产能力过剩问题越严重，价格竞争越激烈，企业赢利率越低，制约了技术投入和进一步发展。由此可见，规模小、技术水平低、重复建设以及恶性竞争是制约我国电子通信产业进一步做大做强的主要因素。

### （一）外资对我国电子信息产业的拥有发明专利数量控制

在电子信息产业领域内，按照外资企业拥有发明专利数量与规模以上全部工业企业拥有发明专利数量对比的思路，可计算得出我国电子信息产业外资拥有发明专利控制度。其中电子信息产业外资拥有发明专利控制度的计算公式见式（13-3）。

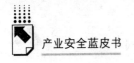

电子信息产业外资拥有发明专利控制度

$$= \frac{电子信息产业外资企业拥有发明专利数量}{电子信息产业拥有发明专利数量} \times 100\% \qquad (13-3)$$

由相关数据计算得出，我国电子信息产业总的发明专利数量年平均为4740.4 项，其中来自于外资企业的年平均有 2161.7 项。根据《中国科技统计年鉴》（2000～2009）的相关数据和公式（13-3）计算，结果如图 13-3 所示，十年间外资发明专利控制度平均达到 38.9%。

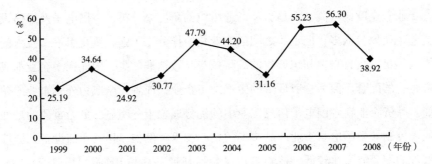

**图 13-3　1999～2008 年中国电子信息产业外资拥有发明专利控制度**

数据来源：根据《中国科技统计年鉴》（2000～2009）的相关数据计算得到。

我国电子工业生产设备自主生产能力较低，在很大程度上依赖于国外的生产技术和大量引进，甚至重复引进。设备技术水平低，过度依赖进口的现状表明我国的电子工业设备在外资技术控制指标上的产业安全度比较低。

## （二）外资对我国电子信息产业的研发费用控制

从 R&D 经费投入情况看，电子信息产业本应是一个高投入、高收益、技术更新速度快的产业，没有较高的科技投入，无法创造和拥有高技术水平的科研成果，更无法实现产业快速的技术更新与升级。中国企业 R&D 经费投入比重与美国等发达国家相比，投入强度不足其五分之一，甚至还低于一些发达国家制造业的平均投入水平。此外，目前我国的投入结构有很大问题。中国有相当多的B&D 费用投向科研院所，与企业联系不密切，科技成果转化率很低，不同于国外 R&D、大量用于企业做应用研究。90 年代中期，中国高新技术商品化率为25%，产业化率仅为 7%，说明相当多的 R&D 费用没有产生直接的经济效益。90 年代末，中国对 376 家中央部委所属科研单位实行企业化转制，加大了 R&D

费用投入，促进了科技与经济的结合，取得了初步成效。近几年，我国电子通信行业的国有大中型企业的研究开发费用占销售收入的比例逐年增加。

外资研发费用控制度的计算公式如式（13－4）所示。

$$电子信息产业外资研发费用控制度 = \frac{电子信息产业外资企业研发费用}{电子信息产业研发费用总额} \times 100\%$$

$$（13－4）$$

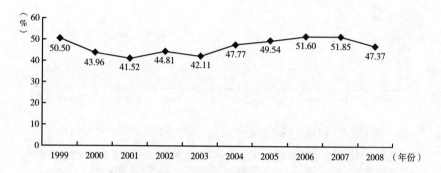

**图 13－4　1999～2008 年中国电子信息产业外资研发费用控制度**

数据来源：根据《中国科技统计年鉴》（2000～2009）的相关数据计算得到。

由图 13－4 可知，我国电子信息产业领域外资企业的研发费用占总产业研发费用的百分比基本维持在 40%～52%。

### （三）外资对我国电子信息产业的新产品产值控制

外资新产品产值控制度是衡量外资技术控制度的重要指标之一，它反映了外资对我国电子信息产业的新产品产值控制情况。具体来说，电子信息产业外资新产品产值控制度的计算公式见式（13－5）。

$$电子信息产业外资新产品产值控制度$$
$$= \frac{电子信息产业外资企业当年新产品产值}{电子信息产业当年新产品产值} \times 100\% \qquad （13－5）$$

根据《中国科技统计年鉴》（2000～2009）的相关数据计算得出，1999～2008年，电子信息产业新产品年产值平均为 47487464.2 万元，其中外资企业的新产品年产值平均为 35600343.1 万元。再根据《中国统计年鉴》（2000～2010）的相关数据和公式（13－5）计算得出外资企业新产品产值控制度，结果如图 13－5 所示。

1999～2008年，电子信息产业外资新产品产值控制度均在55%以上，且外资新产品产值平均控制度为75%。这也从侧面反映了内资电子信息产业技术开发能力不强，国内电子信息企业多数在为惠普、戴尔等国际巨头代工生产，在国际产业的国际分工中仍处于产业链低端，产业附加值较低，产业利润水平较低。

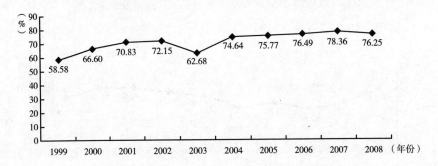

**图13－5　1999～2008年电子信息产业外资的新产品产值控制度**

数据来源：根据《中国科技统计年鉴》（2000～2009）的相关数据计算得到。此处采用的数据为主营业务收入或产品销售收入的新产品产值的相关数据。

2007年以来，信息产品升级对产业影响非常明显。手机、集成电路、显示器整体收入增速明显下降；但是高端产品收入增速较快，以宽频、多核为主的笔记本电脑有明显增长，液晶电视产销增速也很快。新的移动通信设备和终端市场前景看好，特别是3G技术的商用、手机智能化、新兴增值业务的出现，拉动了国内手机用户的增长。元器件小型化、低消耗等特点迎合了下游厂商对高技术的需要。

目前，全球电子信息产业分工细化的趋势不断加强，已经从传统的产业间垂直分工转向垂直分工与水平分工相结合的混合分工。从产业链发展格局来看，目前美国仍然占据着电子信息产业链的高端环节，而日本、欧盟由于其在部分技术领域的优势，占据了产业链的中高端环节。

## 四　外资对我国电子信息产业的总资产控制

2007年至2008年上半年，电子信息产业资产总额不断扩大，产业成长态势良好；然而2008年下半年以来，受到产业成长周期及金融危机的影响，产业发展速度出现了明显下降，产业成长步伐放缓。2007年，电子信息产业资产总额为 24376.20 亿元，比 2006 年增长 18.90%，2008 年下半年以来，增长速度迅速下降，2008 年 1～11 月，资产总额增长率降至 7.41%，比上年同期下降 7.43%。2009 年，我国电子信息产业资产总额为 29737.5 亿元，比 2008 年增长 10.09%。自 2007 年起，外资企业开始将部分投资转移到越南、菲律宾等国家，产业的成本比较优势连同资产规模将更加弱化。①

电子信息产业外资总资产控制度是衡量外资对电子信息产业总资产控制情况的指标，其计算公式见式（13－6）。

$$
\text{电子信息产业外资总资产控制度} = \frac{\text{电子信息产业外资企业当年总资产}}{\text{电子信息产业当年总资产}} \times 100\%
$$

$$(13－6)$$

根据《中国统计年鉴》（2000～2010）的相关数据和公式（13－6）计算，得到电子信息产业外资总资产控制度，结果如图 13－6 所示。

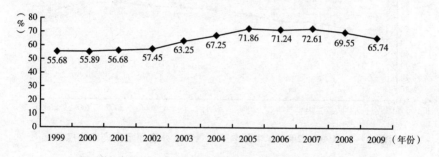

**图 13－6　1999～2009 年电子信息产业外资总资产控制度**

数据来源：根据《中国统计年鉴》（2000～2010）的相关数据计算得到。

由图 13－6 可见，2005～2007 年，外资对我国电子信息产业的总资产控制度维持在 70% 左右。虽然 2008 年以来外资对我国电子信息产业的总资产控制度有所降低，但仍在 65% 以上。这为我国电子信息产业的总资产结构带来了安全隐患。

## 五　外资对我国电子信息产业的固定资产净值控制

固定资产是资产的一种，固定资产净值是在原值基础上扣除折旧等减值因素后的

---

① 国家发改委产业经济与技术经济研究所：《二零零八年中国产业安全状况年度评估报告》，2009。

数额，该项数值非常重要，它的当前值以及增值反映了企业、行业、产业的新产品研发能力、资产增值能力等关键要素。外资固定资产净值控制度公式见式（13-7）。

$$电子信息产业外资固定资产净值控制度$$
$$= \frac{电子信息产业外资企业当年固定资产净值}{电子信息产业当年固定资产净值} \times 100\% \qquad (13-7)$$

根据《中国统计年鉴》（2000～2010）的相关数据和公式（13-7）计算得出，十一年间我国电子信息产业的净资产平均值为3931.315亿元，其中外资企业的相应数值为2942.502亿元，其百分比高达74.8%；如图13-7所示，除了1999年以外，外资企业净资产对总产业净资产的比重始终处于60%以上。这也较好地说明了本产业领域中，外资企业相较内资企业而言，其强大的资金实力、技术研发能力等鲜明优势，使得我们自身的产业控制能力受到较大的挑战。

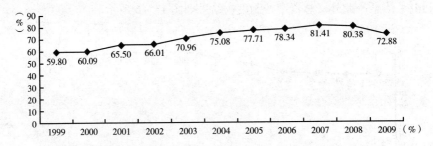

**图13-7　1999～2009年中国电子信息产业外资固定资产净值控制度**

数据来源：根据《中国统计年鉴》（2000～2010）的相关数据计算得到。

# 六　结论与对策建议

## （一）恰当利用资源优势，调整电子信息产业地理结构

伴随着金融危机的影响，我国东部沿海地区电子信息产业成本比较优势日渐弱化，应当抓住2009～2011年电子产业调整和振兴规划的机遇，尽快考虑如何充分利用中西部地区土地资源、原材料、劳动力等成本优势，把东部地区的资金、技术和管理优势与之合理结合，加强地域合作，引导东部沿海地区与中西部地区电子信息业的转移、合作与共同发展。

## （二）培育本土产业龙头，提升整个产业的国际竞争力

首先，在技术研发层面，加大对基础研究和产品技术研发的投入，在研发、对外投资保险等方面给予相应的政策支持，重点培育扶持一批具有代表性的、有能力参加国际竞争的龙头企业，并能够以集团化的态势对外"走出去"，对内抵御外国跨国公司对中国电子信息产业的垄断。其次，在产权结构、治理结构等层面，加大改革力度，使之形成能够支撑自主创新的制度保障。再次，积极学习国内外先进的管理经验，大力吸引和培养优秀的技术和管理人才，建立具有自主创新能力的人力资源保障体系。

## （三）完善产业安全法律制度，构建高效的服务支撑系统

以防范垄断并购和恶意并购、保持并提高我国在重要行业和关键领域的控制力为长久目的，完善关于外资并购的法律法规，引导并规范外资并购健康发展，推动产业安全法的建立。此外，不断完善电子信息产业的产业服务支撑系统，加强现代物流产业、金融服务业、咨询服务业等电子信息制造产业服务系统的建设。从而，在法律政策环境和服务支撑系统两个方面，营造电子信息产业可持续发展的良好环境。

**参考文献**

[1] 国家发改委产业经济与技术经济研究所：《二零零八年中国产业安全状况年度评估报告》[R]，2009 年 7 月。

[2] 国家发展和改革委员会宏观经济研究院课题组：《我国电子信息产业现状与安全问题测度》[J]，《改革》2009 年第 8 期，第 49～61 页。

[3] 宿辉栋：《有关我的电子信息产业的探究》[J]，《经营管理者》2010 年第 1期，第 313 页。

[4] 赵惟、程寨华：《中国电信产业外资控制力剖析》[J]，《中国电子商务》2005 年第 4 期，第 18～21 页。

[5] 中国政府网：《国务院办公厅发布电子信息产业调整和振兴规划》[J]，2009 年 4月 15 日。

[6] 中华人民共和国商务部：《2007 年中国外商投资报告》[R]，2007。

# B.14
# 中国高技术产业外资控制分析

高技术产业已经成为国家安全、经济发展、社会进步的新的决定因素，目前国内外学术界对高技术产业尚未形成统一的定义。美国商务部将研发费用占工业总附加值的比重在10%以上或科学技术人员占全体职工的比重在10%以上的产业称为高技术产业（杜小斌，2004）；经济合作发展组织（OECD）认为高技术产业是指研发费用占销售额的比重超过7.1%的产业；国内学术界普遍认为，高技术产业是技术密集度高、发展速度快、具有高附加值和高效益、有一定市场规模、能够对相关产业产生较大波及效果的产业（蔡敏，2002）。从成本与效益角度，一般认为高技术产业是指产品研究与开发投入高、依靠不断创新而快速发展的具有高附加值和高效益的产业（矫庆星和姜青云，2009）；从对国民经济的贡献角度，一般认为高技术产业则是对科学原理有重大突破，处于当代科学前沿，拥有对当今科技、经济、军事、社会发展有重大影响的新兴技术的产业集群（沈宁宁、何建敏和庄亚明，2009）。

《中国高技术产业统计年鉴》将高技术产业分为核燃料加工、信息化学品制造、医药制造业、航空航天器制造业、电子及通信设备制造业①、电子计算机及办公设备制造业、医疗设备及仪器仪表制造业、公共软件服务八个门类。受统计资料的限制，本文在分析高技术产业外资控制情况时只针对以下五个产业进行分析：（1）医药制造业，（2）航空航天器制造业，（3）电子及通信设备制造业，（4）电子计算机及办公设备制造业，（5）医疗设备及仪器仪表制造业。其中，医药制造业包括化学品制造（271＋272）、中成药制造（274）和生物生化制品制造（276）；航空航天器制造业包括飞机制造及修理（3761）、航天器制造（3762）和其他飞行器制造（3769）；电子及通信设备制造业包括通信设备制造

---

① 对照高技术产业分类目录和国民经济行业分类标准（2002）后发现，高技术产业中电子及通信设备制造业不包括国民经济行业分类标准（2002）中通信设备、电子计算机及其他电子设备制造业类别中的电子计算机这一行业内容。

（401）、雷达及配套设备制造（402）、广播电视设备制造（403）、电子器件制造（405）、电子元件制造（406）、家用视听设备制造（407）和其他电子设备制造（409）；电子计算机及办公设备制造业包括电子计算机整机制造（4041）、计算机网络设备制造（4042）、电子计算机外部设备制造（4043）和办公设备制造（4154＋4155）。

高技术产业是国际经济和科技竞争的重要阵地。发展高技术产业，对推动产业结构升级，提高劳动生产率和经济效益，具有不可替代的作用。随着经济全球化的推进以及改革开放的深入，我国在高技术产业领域取得了一定的发展，但因受到该轮金融危机的波及以及产业发展环境的影响，仍存在一些制约高技术产业发展的问题，如促进技术进步、自主创新的制度环境仍有待完善；资金短缺，融资能力弱；高技术产业扶持政策有待完善，企业人才紧缺等（张嵋喆和刘澄洁，2010）。

具体来说，2009年，特别是上半年，面对全球金融危机，我国高技术产业作为外向度比较高的产业，受到较大冲击；但受益国内外经济回暖和国家连续出台扶持政策，2009年下半年，我国高技术产业开始复苏，但依旧低迷。（1）从总量看，高技术制造业总量低速增长。2009年，我国高技术制造业实现总产值60914.88亿元，比上年增长5.16%，较全国规模以上工业总产值增速低4.19个百分点①。（2）从行业看，各细分行业运行分化明显。高出口依存度的电子信息产业发展形势依然极不乐观，其中，电子及通信设备制造业、电子计算机及办公设备制造业的总产值比上年分别增长3.04%、－0.90%；医药制造业、航空航天器制造业、医疗设备及仪器仪表制造业的总产值比上年分别增长21.02%、13.10%和10.09%。②（3）从区域看，中西部地区保持平稳高速增长。东部地区由于对出口的依赖程度较高，因此受国际经济环境影响较大。2009年，我国东部地区高技术制造业实现总产值52083.01亿元，同比增长2.96%，其中，环渤海地区的北京、天津，长三角地区的上海、浙江以及福建降幅明显，分别为7.46%、3.52%、2.52%、4.56%和1.16%。相反，中西部地区继续保持平稳增

---

① 高技术产业司，2009年1～12月分行业高技术产业主要经济指标（一），http：//gjss. ndrc. gov. cn/tjsj/tjsjhy/fhyzczsj/t20100126_ 326677. htm，2011 – 04 – 12。

② 高技术产业司，2009年1～12月分行业高技术产业主要经济指标（一），http：//gjss. ndrc. gov. cn/tjsj/tjsjhy/fhyzczsj/t20100126_ 326677. htm，2011 – 04 – 12。

长，2009 年我国中、西部地区高技术制造业实现总产值分别为 5021.33 亿元、3810.54 亿元，同比分别增长 20.90%、19.63%。① （4）从出口看，高技术制造业出口负增长。2009 年，我国高技术产业累计实现出口交货值 29843.69 亿元，同比下降 5.33%。从月度数据看，经历了连续 12 个月同比增速下降后，11 月单月的出口交货值实现了同比正增长，达 9.82%，虽与 2008 年同期基数过低有关，但从环比数据看，也实现了正增长，为 3.90%；表明我国高技术制造业已初步实现了出口的企稳回升（张嵋喆和刘澄洁，2010）。

随着经济全球化的推进，注入我国外商直接投资（Foreign Direct Investment，FDI）数量也逐步增加。需要说明的是，金融危机使发达国家的经济受到影响，进而使我国高技术产业实际利用 FDI 的数量有所减少。如表 14 - 1 所示，2009 年我国高技术产业实际利用 FDI 的数量与 2008 年相比，减少了 266.518 亿元。

表 14 - 1　1998 ~ 2009 年中国高技术产业实际利用外资情况

单位：亿元

| 年份 | 1998 | 1999 | 2000 | 2001 | 2002 | 2003 |
|------|------|------|------|------|------|------|
| 金额 | 3766.991 | 3336.155 | 3369.309 | 3881.913 | 4361.979 | 4428.195 |
| 年份 | 2004 | 2005 | 2006 | 2007 | 2008 | 2009 |
| 金额 | 5015.862 | 4939.897 | 5538.009 | 5685.511 | 6413.946 | 6147.428 |

数据来源：陈明、王丽叶、张京：《自主研发与使用外资对我国高技术产业的影响》，《企业研究》2010 年第 14 期，第 84 ~ 87 页。

FDI 对我国高技术产业的发展是一把"双刃剑"。一方面，FDI 带来了新技术和新工艺，促进了高技术产业的技术进步，给高技术产业注入了新的活力与动力，最终将促进产业升级，进而推动高技术产业的发展；另一方面，这些逐渐增加的 FDI 也不可避免地给高技术产业带来了一些产业安全隐患。表面上看，外资高技术企业对我国高技术产业的发展做出了巨大贡献（徐侠、陈圻和张玮，2007），有利于促进和带动我国高技术产业的发展，但实际上，外资的进入可能控制产业的核心，使我国高技术产业丧失发展独立性，对外依赖性逐渐增强。一旦国际形势发生重大变革，大量 FDI 撤离，我国高技术产业将会停

---

① 高技术产业司，2009 年 1 ~ 12 月分行业高技术产业主要经济指标（一），http：//gjss.ndrc. gov.cn/tjsj/tjsjhy/fhyzczsj/t20100126_ 326677.htm，2011 - 04 - 12。

滞不前，甚至影响到整个国家的经济安全。所以，对高技术产业进行产业安全评价就显得尤为重要，而产业控制力研究则是产业安全评价体系中的一个重要方面。

产业控制力是指外资对东道国产业的控制能力，以及对东道国产业控制力的削弱能力和由此影响产业安全的程度，其实质是外资产业控制力和东道国产业控制力两种力量的对决能力，主要反映外资对一国某产业的控制程度及由此给产业的生存和发展安全造成的影响（李孟刚，2010）。根据高技术产业的特点，本文选取市场控制度、技术控制度、R&D 费用控制度、新产品产值控制度和总资产控制度五个指标分析我国高技术产业总体及各行业受外资控制的程度。总的看来，我国高技术产业受外资控制程度很高，我国产业控制能力相对较差，产业安全受到严重威胁。在本文所分析的五个行业中，电子计算机及办公设备制造业受外资控制程度最为严重，其次是电子通信设备制造业、医疗设备及仪器仪表制造业居中，受外资控制程度最小的是医药制造业和航空航天器制造业两个行业。

## 一　外资对我国高技术产业的市场控制

外资市场控制度指标反映一产业内外资控制企业对国内市场的控制程度，它可以用外资企业的市场份额与国内该产业总的市场份额之比来衡量。在本文中，外资企业市场控制度是指包括港澳台在内的外资企业（"三资"企业）主营业务收入（或销售收入[①]）占该产业所有企业主营业务收入的比重，高技术产业外资市场控制度计算公式见式（14-1）。

$$高技术产业外资市场控制度 = \frac{高技术产业"三资"企业主营业务收入}{高技术产业总产业主营业务收入} \times 100\%$$

$$(14-1)$$

---

[①] 由于历年《中国高技术产业统计年鉴》中统计项目的更换，1997 年、1998 年、2001 三年主营业务收入数据全部或部分丢失，而 2006 年和 2007 年销售收入数据丢失。为了保持同一年度"三资"企业与全产业数据的统计项目相同，并使时间跨度与其他度量指标一致，本文特选用 1997 ~ 2002 年的统计项目为销售收入的数据以及 2003 ~ 2007 年的统计项目为主营业务收入的数据进行分析。

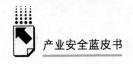

## （一）外资对我国高技术产业市场控制的总体情况

根据公式（14－1）和《中国高技术产业统计年鉴2003》、《中国高技术产业统计年鉴2008》和《中国高技术产业统计年鉴2010》的"三资"企业和总产业的合计数据，对我国高技术产业外资市场总体控制度进行计算，结果见表14－2。

表14－2　1999～2009年中国高技术产业外资市场控制度

| 年份 | 高技术产业"三资"企业主营业务收入（亿元） | 高技术产业主营业务收入（亿元） | 外资市场控制度（%） |
|---|---|---|---|
| 1999 | 4430.84 | 7820 | 56.66 |
| 2000 | 6006.81 | 10034 | 59.86 |
| 2001 | 7375.17 | 12015 | 61.38 |
| 2002 | 9043.3 | 14614 | 61.88 |
| 2003 | 13734.14 | 20412 | 67.28 |
| 2004 | 20610.7 | 27846 | 74.02 |
| 2005 | 24789.7 | 33922 | 73.08 |
| 2006 | 30115.8 | 41585 | 72.42 |
| 2007 | 36281 | 49714 | 72.98 |
| 2008 | 39255 | 55729 | 70.44 |
| 2009 | 39141.3 | 59567 | 65.71 |

数据来源：根据《中国高技术产业统计年鉴》的相关数据整理、计算得到。其中1999～2002年的数据来自《中国高技术产业统计年鉴2003》，"高技术产业主营业务收入"的统计项目为"中国主要年份销售收入（按行业分组）"，"高技术产业'三资'企业主营业务收入"的统计项目为"中国主要年份'三资'企业销售收入（按行业分组）"；2003～2007年数据来自《中国高技术产业统计年鉴2008》，统计项目为中国主要年份"三资"企业主营业务收入统计（按行业分组）；2008～2009年数据来自《中国高技术产业统计年鉴2010》，统计项目为中国主要年份"三资"企业主营业务收入统计（按行业分组）。

从表（14－2）可以看出，我国高技术产业总体外资市场控制度很高，2004～2008年已超过70%的水平，2004年以前一直保持较高的增长速度，2004年以后增速虽然有所放缓，到2009年外资市场控制度降低，但外资市场控制度仍在65%以上，总体上说明了我国高技术产业受外资控制程度很高。

## （二）外资对我国高技术产业市场控制的细分行业情况

依据《中国高技术产业统计年鉴》的相关数据和公式（14－1），可以计算得出中国高技术产业各行业外资市场控制度，结果如图 14 - 1 所示。具体做法如下：首先，将各产业 1999 ~ 2009 年度"三资"企业及全产业主营业务收入（或销售收入）数据摘录至 Excel 表格中；其次，以"三资"企业数据作为分子，全产业数据作为分母，计算各行业各年度的外资市场控制度；再次，将计算得出的比例数字按产业（列）和年度（行）汇总起来，结果如图 14 - 1 所示。

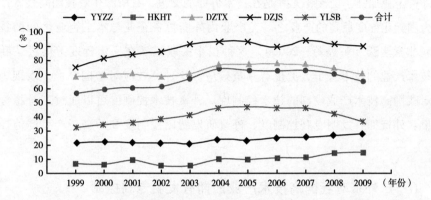

**图 14 - 1　1999 ~ 2009 年中国高技术产业各行业外资市场控制度**

注："YYZZ、HKHT、DZTX、DZJS、YLSB"分别为医药制造业、航空航天器制造业、电子及通信设备制造业、电子计算机及办公设备制造业、医疗设备及仪器仪表制造业的前四个字首字母，分别代表这五个产业，下同。

数据来源：根据《中国高技术产业统计年鉴》相关数据计算得到。

从图 14 - 1 可以看出，电子计算机及办公设备制造业的外资市场控制度最高，在 2000 年就已突破 20%，2003 年突破 90% 大关，直至 2007 年达到 95% 的外资市场控制水平，并且该产业外资市场控制度的增长速度是相对最大的。2000年以前电子及通信设备制造业外资市场控制度与电子计算机及办公设备制造业基本持平，之后一直保持稳定的水平，增长幅度很低，可见，电子及通信设备制造业在引进外资上较电子计算机及办公设备制造业拥有一定程度的控制能力。近两年来，电子计算机及办公设备制造业和电子及通信设备制造业的外资市场控制度有所下降，说明这两个行业的内资企业取得了卓有成效的发展。这跟我国政府大力扶持电子信息产业的政策有直接关系。五个产业中，航空航天器制造业外资市场控制度一直保持在 20% 以下，外资市场控制程度最低，这充分体现出我国航空航天事业的国家控制能力。

## 二 外资对我国高技术产业的技术控制

我国吸引外资有两个根本目的，一是吸引建设资金，二是引进先进技术（刘勇和雷平，2008）。近年来，随着外国对华投资数量的增加，我国内资企业和外资企业加强了交流，尤其是在技术方面的交流，有所深化。我国高技术产业作为国际化程度最高的产业之一，产业内外商投资企业与本土企业之间的技术关联非常活跃（黄烨菁，2006）。这种技术关联虽然在一定程度上促进了我国高技术产业的技术进步，但也有其负效应。这种负效应对中国来说，表现为外资对我国高技术产业较高的技术控制度。外资技术控制度可以通过三个指标来衡量：外资拥有发明专利控制度、外资研发费用控制度和外资新产品产值控制度。

### （一）外资对我国高技术产业的拥有发明专利控制

以往测算外资专利控制情况分别采用申请专利数、发明专利数和拥有发明专利数三个统计项目的数据进行全面分析。本文仅采用拥有发明专利数这一种数据，以此来说明外资对我国高技术产业的净发明专利控制程度①。外资拥有发明专利控制度指标是通过高技术产业外资企业拥有发明专利数占全产业企业拥有发明专利数的比重来测算，该指标越高，说明外资技术控制程度越高，产业转移给我国高技术产业带来技术进步的机会越低。具体计算公式见式（14 - 2）。

$$高技术产业外资拥有发明专利控制度$$
$$= \frac{高技术产业“三资”企业拥有发明专利数}{高技术产业总产业拥有发明专利数} \times 100\% \qquad (14 - 2)$$

**1. 外资对我国高技术产业拥有发明专利控制的总体情况**

根据《中国高技术产业统计年鉴》的相关数据和公式（14 - 2），可以计算出我国高技术产业外资拥有发明专利控制度，结果如表 14 - 3 所示。

---

① 如果分别采用申请专利、发明专利和拥有发明专利来分析外资技术控制度，会使分析变得重复而繁杂。这里仅选取拥有发明专利数进行分析，是为了摒除专利抢注、专利商业化进程等外部因素，从事后的角度看待外资技术控制的实际程度。

表 14 – 3　1999～2009 年中国高技术产业外资拥有发明专利控制度

| 年份 | 高技术产业"三资"企业<br>拥有发明专利数(项) | 高技术产业拥有发明<br>专利数(项) | 外资拥有发明专利<br>控制度(%) |
|---|---|---|---|
| 1999 | 160 | 845 | 18. 9 |
| 2000 | 435 | 1443 | 30. 1 |
| 2001 | 368 | 1553 | 23. 7 |
| 2002 | 440 | 1851 | 23. 8 |
| 2003 | 1300 | 3356 | 38. 7 |
| 2004 | 1761 | 4535 | 38. 8 |
| 2005 | 1913 | 6658 | 28. 7 |
| 2006 | 3469 | 8141 | 42. 6 |
| 2007 | 6461 | 13386 | 48. 3 |
| 2008 | 8732 | 23915 | 36. 5 |
| 2009 | 11916 | 41170 | 47. 5 |

　　数据来源：根据《中国高技术产业统计年鉴》的相关数据整理、计算得到。其中 1999～2003 年数据来自《中国高技术产业统计年鉴 2004》，2004～2007 年数据来自《中国高技术产业统计年鉴 2008》，2008～2009 年数据来自《高技术产业统计年鉴 2010》，"高技术产业拥有发明专利数"的统计项目为"中国主要年份拥有发明专利数（按行业分组）"，"高技术产业'三资'企业拥有发明专利数"的统计项目为"中国主要年份'三资'企业拥有发明专利数（按行业分组）"。

　　从表 14 – 3 可以看出，外资拥有发明专利控制度总体上低于外资市场控制度，1999～2009 年有四年外资拥有发明专利控制度低于 30%，最高为 48. 3%，低于外资市场控制度的平均水平。由此可见，我国国内企业自主创新能力近年来有所增加，国家支持教育科研的政策间接发挥了作用，从而导致我国高技术产业外资拥有发明专利控制度虽然增长趋势较为明显，但也存在显而易见的波动。近三年的数据显示，外资拥有发明专利控制度有降低的趋势，说明国内企业抵抗外资技术控制的能力有所加强。

**2. 外资对我国高技术产业拥有发明专利控制的细分行业情况**

　　以上述同样的方法对各行业的数据进行处理，具体做法如下：首先，将各产业 1999～2009 年度"三资"企业及全产业拥有发明专利数据摘录至 Excel 表格中；其次，以"三资"企业数据作为分子，全产业数据作为分母，计算各行业各年度的外资拥有发明专利控制度；再次，将计算得出的比例数字按产业（列）和年度（行）汇总起来，形成相应的数据表，可制成图 14 – 2。

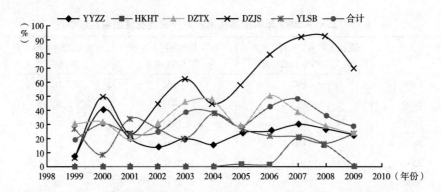

**图 14 - 2　1999 ~ 2009 年中国高技术产业各行业"三资"企业拥有发明专利控制度**

数据来源：根据《中国高技术产业统计年鉴》相关数据计算得到。

从图 14 - 2 可以看出：（1）外资拥有发明专利数控制度的波动幅度大于外资市场控制度，尤其对于电子计算机及办公设备制造业、电子及通信设备制造业以及医疗设备及仪器仪表制造业这三个产业，外资拥有发明专利控制度随年份而波动非常显著。（2）在五个产业中，电子计算机及办公设备制造业的外资拥有发明专利控制度 2004 年以前波动剧烈，2004 ~ 2008 年持续上升，2009 年急剧下降，这一方面说明整体上国内企业技术创新能力远远不如外资企业，另一方面也反映了我国针对产业外资对我国该产业安全日渐加剧的威胁采取了相关政策措施并取得了一定的成效。（3）尽管航空航天器制造业外资技术控制度在 2006 年以前一直接近零，然而，2006 至 2009 年该指标巨大的波动不得不引起有关部门的注意。

## （二）外资对我国高技术产业的研发费用控制

只做产品开发不做研究只会加速企业的消亡，一个企业研发费用的支出反映了该企业的自我生存能力。研发费用控制度指标在研究产业控制的文献中也被广泛应用，它度量的是外资企业研发费用支出占整个产业的比重。外资 R&D 费用控制程度越高，说明我国企业所面临的生存威胁越高，如果放任这一指标增长下去，最终会导致某产业我国企业数量越来越少，外资企业数量越来越多，对我国产业安全的威胁也越发不可收拾。外资研发费用控制度的计算公式见式（14 - 3）。

$$高技术产业外资研发费用控制度 = \frac{高技术产业"三资"企业研发费用}{高技术产业总产业研发费用} \times 100\%$$

$$(14-3)$$

**1. 外资对我国高技术产业研发费用控制的总体情况**

根据《中国高技术产业统计年鉴》和公式（14-3），可以计算出我国高技术产业外资研发费用控制度，结果如表14-4所示。

表 14-4　1999~2009 年中国高技术产业外资研发费用控制度

| 年份 | 高技术产业外资研发费用内部支出(万元) | 高技术产业研发费用内部支出(万元) | 外资研发费用控制度(%) |
|---|---|---|---|
| 1999 | 243641 | 675580 | 36.1 |
| 2000 | 320093 | 1110410 | 28.8 |
| 2001 | 450020 | 1570109 | 28.7 |
| 2002 | 609014 | 1869660 | 32.6 |
| 2003 | 759404 | 2224468 | 34.1 |
| 2004 | 1214189 | 2921315 | 41.6 |
| 2005 | 1525848 | 3624985 | 42.1 |
| 2006 | 2014951 | 4564367 | 44.1 |
| 2007 | 2424948 | 5453244 | 44.5 |
| 2008 | 2692553 | 6551994 | 41.1 |
| 2009 | 3294531 | 8921215 | 36.9 |

数据来源：根据《中国高技术产业统计年鉴》的相关数据整理、计算得到。其中 1999~2003 年数据来自《中国高技术产业统计年鉴 2004》，2004~2007 年数据来自《中国高技术产业统计年鉴 2008》，2008~2009 年数据来自《高技术产业统计年鉴 2010》，"高技术产业研发费用内部支出"的统计项目为"中国主要年份 R&D 经费内部支出统计（按行业分组）"，"高技术产业外资研发费用内部支出"的统计项目为"中国主要年份'三资'企业 R&D 经费内部支出统计（按行业分组）"。

从表 14-4 可以看出，外资对我国高技术产业研发费用控制度，其增长幅度比外资拥有发明专利控制度小，然而控制程度与外资拥有发明专利控制程度基本持平。外资对高技术产业研发费用控制度在 1999~2007 年有较稳定的增长趋势，但 2007~2009 年有下降的趋势。外资研发费用控制度 2009 年总体增长速度较慢，甚至出现降低的态势的原因在于金融危机使外国对华投资减少，直接影响到外资研发费用的数量，同时也从另一角度说明国内高技术企业研发费用支出有稳步上升趋势。

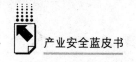

**2. 外资对我国高技术产业研发费用控制的细分行业情况**

以上述同样的方法对高技术产业各行业的研发费用数据进行处理，具体做法如下：首先，将五个产业 1999～2009 各年度"三资"企业及全产业 R&D 经费内部支出数据摘录至 Excel 表格中；其次，以"三资"企业数据作为分子，全产业数据作为分母，计算各行业各年度的外资研发费用控制度；再次，将计算得出的比例数字按产业（列）和年度（行）汇总起来形成数据表，可绘制成图 14-3。

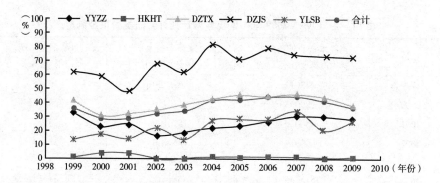

**图 14-3　1999～2009 年中国高技术产业各行业"三资"企业研发费用控制度**

数据来源：根据《中国高技术产业统计年鉴》相关数据计算得到。

从图 14-3 可以看出：（1）外资对高技术产业的 R&D 费用总体控制度不如市场控制度高，然而电子计算机及办公设备制造业的 R&D 控制度仍然是最高的，虽然其 R&D 控制度连年波动，但是平均 R&D 控制水平近年达到 65.7%。（2）对医药制造业的 R&D 控制度在 2007 年超过了 30%，表明"三资"企业对我国医药制造市场的重视程度加大，我国医药制造业的国内控制也面临越来越紧迫的威胁。（3）2007 年以前，医疗设备及仪器仪表制造业的外资 R&D 费用控制度稳中有升，但 2008 年和 2009 年有较大幅度的下降；航空航天器制造业的 R&D 控制程度一直保持在很低的水平，说明我国对航空航天器制造业这样的特殊行业具备较强的控制能力。

**（三）外资对我国高技术产业的新产品产值控制**

一般的，在分析外资产业控制的文献中，通常使用外资市场控制度、外资技术控制度、外资股权控制度等指标，本文将新产品产值控制情况包含在外资产业技术控制的分析中，是为了研究高技术产业外资企业可持续的生产能力。外资新产品产值控制度指标度量的是高技术产业"三资"企业新产品产值占整个产业新产品产值的比重，比重越高，越能说明"三资"企业在我国市场的持续生存和强大适应能力，计算公式见式（14-4）。

$$高技术产业外资新产品产值控制度 = \frac{高技术产业"三资"企业新产品产值}{高技术产业总产业新产品产值} \times 100\%$$

$$(14-4)$$

**1. 外资对我国高技术产业新产品产值控制的总体情况**

根据上述公式，外资新产品产值总体控制度采用中国主要年份（"三资"企业）新产品产值的合计数据进行计算，形成表14-5。

表14-5　1999~2009年中国高技术产业外资新产品产值控制度

| 年份 | 高技术产业"三资"企业新产品产值（万元） | 高技术产业新产品产值（万元） | 外资新产品产值控制度（%） |
|------|------|------|------|
| 1999 | 8840039 | 17207152 | 51.4 |
| 2000 | 15243981 | 26672771 | 57.2 |
| 2001 | 18921156 | 29571857 | 64.0 |
| 2002 | 22324048 | 35142813 | 63.5 |
| 2003 | 27122778 | 46921637 | 57.8 |
| 2004 | 41663050 | 60925214 | 68.4 |
| 2005 | 46772398 | 70348165 | 66.5 |
| 2006 | 58706195 | 84932623 | 69.1 |
| 2007 | 74691960 | 106712636 | 70.0 |
| 2008 | 90408241 | 130182842 | 69.4 |
| 2009 | 77951525 | 136971315 | 56.9 |

数据来源：根据《中国高技术产业统计年鉴》的相关数据整理、计算得到。其中1999~2002年数据来自《中国高技术产业统计年鉴2003》，2003~2007年数据来自《中国高技术产业统计年鉴2008》，2008~2009年数据来自《高技术产业统计年鉴2010》，"高技术产业新产品产值"的统计项目为"中国主要年份新产品产值（按行业分组）"，"高技术产业'三资'企业新产品产值"的统计项目为"中国主要年份'三资'企业新产品产值（按行业分组）"。

从表14-5可以看出，2007年以前外资对我国高技术产业新产品产值控制度随年份有明显的增长趋势，且增长幅度比外资拥有发明专利控制度大，然而控制程度与外资拥有发明专利控制程度基本持平；2007年以后，外资对我国高技术

产业新产品产值控制度有明显的下降，不仅说明金融危机影响了外资对华投资力度，也说明国内高技术企业稳步增加的研发费用支出所带来的巨大的新产品效应。

**2. 外资对我国高技术产业新产品产值控制的细分行业情况**

以上述同样的方法对高技术产业各行业（三资企业）新产品产值数据进行处理，具体做法如下：首先，将五个产业1999～2009各年度"三资"企业及全产业新产品数据摘录至Excel表格中；其次，以"三资"企业数据作为分子，全产业数据作为分母，计算各行业各年度的外资新产品产值控制度；再次，将计算得出的比例数字按产业（列）和年度（行）汇总起来形成数据表，可绘制成图14-4。

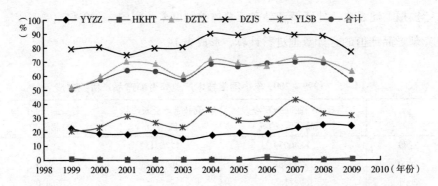

图14-4　1999～2009年中国高技术产业各行业"三资"企业新产品产值控制度

数据来源：根据《中国高技术产业统计年鉴》相关数据计算得到。

从图14-4可以看出：（1）外资对高技术产业新产品产值的控制主要还是集中在电子计算机及办公设备制造业（平均约83.6%）和电子及通信设备制造业（平均约63.6%）两个产业。（2）尽管外资对各产业的新产品产值控制度随着年份的推进并没有明显增加，然而，1999～2001年电子及通信设备制造业、2003～2004年以及2006～2007年医疗设备及仪器仪表制造业的外资新产品产值控制度表现出一定的增长速度。（3）外资对航空航天器制造业的新产品产值控制度基本为零，对医药制造业的控制度较低（约20%）。

## 三　外资对我国高技术产业的总资产控制

上述外资对市场控制度、外资对拥有发明专利控制度、外资对研发费用控制度以及外资对新产品产值控制度分别从市场、技术、成本、生产的角度衡量了我国高技术产业受外资控制的程度。总资产一般是指某一经济实体拥有或控制的、能够带来经济利益的全部资产，这里采用"三资"企业年末固定资产原价①占全产业年末固定资产原价总值的比重来衡量，具体计算公式见式（14 – 5）。

$$高技术产业外资总资产控制度 = \frac{高技术产业"三资"企业总资产}{高技术产业总产业总资产} \times 100\% \quad (14 – 5)$$

### （一）外资对我国高技术产业总资产控制的总体情况

本文采用《中国高技术产业统计年鉴 2003》、《中国高技术产业统计年鉴 2008》及《中国高技术产业统计年鉴 2010》中的"三资"企业和整个产业的合计数据对我国高技术产业外资总资产控制度进行计算，形成表 14 – 6。

表 14 – 6   1999 ~ 2009 年中国高技术产业外资总资产控制度

| 年份 | 高技术产业"三资"企业年末固定资产原价（万元） | 高技术产业年末固定资产原价（万元） | 外资总资产控制度（%） |
| --- | --- | --- | --- |
| 1999 | 9909175 | 28035223 | 35.35 |
| 2000 | 11953454 | 31414944 | 38.05 |
| 2001 | 17932441 | 40163527 | 44.65 |
| 2002 | 21239438 | 58833784 | 36.10 |
| 2003 | 29769452 | 55406399 | 53.73 |
| 2004 | 43191985 | 69258723 | 62.36 |
| 2005 | 55760844 | 87170647 | 63.97 |
| 2006 | 65467385 | 100444783 | 65.18 |
| 2007 | 83541906 | 121242068 | 68.91 |
| 2008 | 97601485 | 144375354 | 67.60 |
| 2009 | 108181485 | 175979854 | 61.47 |

数据来源：根据《中国高技术产业统计年鉴》的相关数据整理、计算得出。其中 1999 ~ 2002 年据来自《中国高技术产业统计年鉴 2003》，2003 ~ 2007 年数据来自《中国高技术产业统计年鉴 2008》，2008 ~ 2009 年数据来自《高技术产业统计年鉴 2010》，"高技术产业年末固定资产原价"的统计项目为"中国主要年份年末固定资产原价统计（按行业分组）"，"高技术产业'三资'企业年末固定资产原价"的统计项目为"中国主要年份'三资'企业年末固定资产原价统计（按行业分组）"。

---

① 《中国高技术产业统计年鉴》所采取的关于总固定资产的统计口径为年末固定资产原价，而非年末固定资产余额。

从表 14 - 6 可以看出，1999 ~ 2007 年外资对我国高技术产业的总资产总体控制度随年份而增长，并且增幅也较大，2008 ~ 2009 年有所下降，但整体上外资总资产控制度的数值比技术控制度的数值都高。由此可见，外资不仅在我国高技术产业的市场和技术方面占有较大份额，而且外资总资产占整个高技术产业的比重更大。

### （二）外资对我国高技术产业总资产控制的细分行业情况

以上述同样的方法对高技术产业各行业的年末固定资产原价数据进行处理，具体做法如下：首先，将五个产业 1999 ~ 2009 各年度"三资"企业及全产业年末固定资产原价数据摘录至 Excel 表格中；其次，以"三资"企业数据作为分子，全产业数据作为分母，计算各行业各年度的外资总资产控制度；再次，将计算所得的比例数字按产业（列）和年度（行）汇总起来形成数据表，可绘制成图 14 - 5。

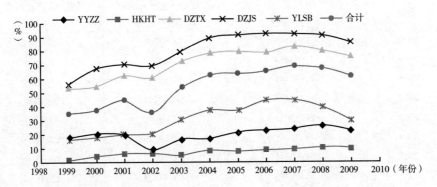

**图 14 - 5　1999 ~ 2009 年中国高技术产业各行业"三资"企业总资产控制度**

数据来源：根据《中国高技术产业统计年鉴》各行业相关数据计算得到。

由图 14 - 5 可知：（1）电子计算机及办公设备制造业和电子及通信设备制造业受外资总资产控制度最高，且随年度变化增长趋势比较明显，电子及通信设备制造业外资总资产控制度在 1999 年以前基本与电子计算机及办公设备制造业持平，2000 年以后虽有一定的差距，但增长的趋势与电子计算机及办公设备制造业相同。（2）医疗设备及仪器仪表制造业外资总资产控制度增长较快，医药制造业外资总资产控制度增加的幅度反而较其他指标小。（3）航空航天器制造业虽然外资总资产控制度一直低于 10%，但是，随着市场的不断开放，该产业受外资控制程度逐渐呈现正的增长趋势，至 2008 年，该产业外资总资产控制度首次超过 10% 的水平，考虑到航空航天器制造业的特殊性，这个增长速度已经可以足够引起重视。

## 四 结论与对策建议

通过以上对高技术产业外资市场控制度、外资拥有发明专利控制度、外资 R&D 费用控制度、外资新产品产值控制度以及外资总资产控制度 5 个指标的数据进行分析，可以得出以下结论：（1）在五个行业中，电子计算机及办公设备制造业的外资控制程度最高，在某些年份甚至达到了 90% 的水平，电子及通信设备制造业的外资控制程度较高，从而使这两个行业成为受外资控制程度最严重的两个行业，也是最值得关注的行业。（2）航空航天器制造业受外资控制程度最低，近年各项指标都呈现一定的增长趋势，医药制造业和医疗设备及仪器仪表制造业受外资控制程度相对较低，但是各项指标的增长速度是最快的。（3）由于受金融危机的影响，2008～2009 年外资对电子信息产业的控制程度有所降低，且五个行业的外资控制程度均有不同程度的下降。

通过以上分析可以看出，我国高技术产业外资控制度较高，一旦政治格局或经济格局发生动荡，将有可能引发产业安全问题。这就需要政府和企业合理引进和利用外资，带动内资企业的发展，提高我国高技术产业的竞争力。"十二五"时期，要大力培育战略型新兴产业，加快高技术产业的战略转型，发挥好自主创新对经济社会发展的支撑引领作用，促进工业化和信息化的融合（张晓强，2010）。对此，我国需要在以下两个方面加以改进。

### （一）发挥政府在高技术产业中的作用，完善制度环境

目前造成产业安全问题的一个重要原因是我国的制度环境（蒋姮，2008）。如果不改善制度环境，即使再强调国内企业要加大自主研发力度，引入再多外资，跨国公司带来最先进的尖端技术，这些外资及其技术也很难刺激和带动国内企业的技术发展，增强内资企业的产业控制力。在高技术产业的发展过程中，制度的作用比技术更加重要。政府应该致力于建立起有利于高新技术以及相关产业

发展的经济和社会制度，推动企业的技术进步和技术创新（矫庆星和姜青云，2009）。对处于竞争性领域的高技术产业，应充分发挥市场在资源配置中的基础性作用，政府的作用在于完善制度建设，改善创业环境，为推动技术进步和高技术产业发展创造良好的条件；对高技术在传统产业中的应用和产业化，政府的主要作用在研究开发环节，在共性技术和关键技术的研究中发挥引导作用，以多种形式资助和组织共性技术研究（沈宁宁，2009）。高技术产业只有具备了政策基础和制度保障，才能健康、平稳、安全地发展。

### （二）落实高技术产业的集群发展战略

集群模式可以有效促进企业间的信息交流和合作，降低成本。我国目前大量兴建的高新技术产业园区只是一种产业集聚形态，企业技术关联性较弱，还没形成真正意义上的产业集群。在高技术产业园区建设的过程中，应注重企业间基于产业价值链的相互关联和分工合作，致力于建立集群创新和合作文化，为企业的沟通构建平台，也为我国高技术产业的长期发展提供组织准备和技术源动力。

**参考文献**

[1] 蔡敏：《对我国高技术产业分类研究中存在问题的初步认识》[J]，《安徽科技》2002 年第 8 期，第 38～39 页。

[2] 陈明、王丽叶、张京：《自主研发与使用外资对我国高技术产业的影响》[J]，《企业研究》2010 年第 14 期，第 84～87 页。

[3] 杜小斌：《关于高技术及相关概念的分析》[J]，《合肥工业大学学报（社会科学版）》2004 年第 6 期，第 110～113 页。

[4] 黄烨菁：《外国直接投资的技术溢出效应——对中国四大高技术产业的分析》[J]，《世界经济研究》2006 年第 7 期，第 9～15 页。

[5] 蒋姮：《跨国并购与产业安全评估的误区及影响》[J]，《国际经济合作》2008 年第 12 期，第 15～18 页。

[6] 矫庆星、姜青云：《我国高技术产业现状及其发展战略研究》[J]，《商业现代化（产业经济版）》2009 年第 8 期，第 243 页。

[7] 李孟刚：《产业安全理论研究》[M]，经济科学出版社，2010，第 343 页。

[8] 刘勇、雷平：《日韩两国利用外资与自主创新模式及我国的发展思考》[J]，《中国软科学》2008 年第 11 期，第 26～33 页。

［9］ 沈宁宁、何建敏、庄亚明：《世界高技术产业发展模式及其对我国的启示》［J］，生产力研究（产业论坛），No. 2 – 2009，第 117 ~ 120 页。

［10］ 徐侠、陈圻、张玮：《外资高新技术产业增长与技术进步》［J］，《科学学与科学技术管理》2007 年第 4 期，第 113 ~ 116 页。

［11］ 张晓强：《以自主创新应对金融危机　以新兴产业增强经济动力》［J］，《宏观经济管理》2010 年第 2 期，第 4 ~ 7 页。

［12］ 张嵋喆、刘澄洁：《我国高技术产业 2009 年回顾与 2010 年展望》［J］，《中国科技投资》2010 年第 2 期，第 19 ~ 21 页。

**图书在版编目（CIP）数据**

中国产业安全报告 . 2010～2011. 产业外资控制研究/李孟刚
主编 . —北京：社会科学文献出版社，2011.6
（产业安全蓝皮书）
ISBN 978 – 7 – 5097 – 2423 – 1

Ⅰ.①中… Ⅱ.①李… Ⅲ.①产业 – 安全 – 研究报告 –
中国 – 2010～2011 ②产业 – 外资利用 – 研究报告 – 中国 –
2010～2011 Ⅳ.①F12 ②F832.6

中国版本图书馆 CIP 数据核字（2011）第 098935 号

产业安全蓝皮书
**中国产业安全报告（2010～2011）**
——产业外资控制研究

主　　编／李孟刚

出 版 人／谢寿光
总 编 辑／邹东涛
出 版 者／社会科学文献出版社
地　　址／北京市西城区北三环中路甲 29 号院 3 号楼华龙大厦
邮政编码／100029

责任部门／财经与管理图书事业部（010）59367226　　　　责任编辑／刘　思　王玉山
电子信箱／caijingbu@ ssap. cn　　　　　　　　　　　　　责任校对／贾迎亮
项目统筹／周　丽　恽　薇　　　　　　　　　　　　　　　责任印制／董　然
总 经 销／社会科学文献出版社发行部（010）59367081　 59367089
读者服务／读者服务中心（010）59367028

印　　装／北京季蜂印刷有限公司
开　　本／787mm×1092mm　1/16　　　印　张／17.25
版　　次／2011 年 6 月第 1 版　　　　　字　数／294 千字
印　　次／2011 年 6 月第 1 次印刷
书　　号／ISBN 978 – 7 – 5097 – 2423 – 1
定　　价／49.00 元

# 中国皮书网全新改版，增值服务大众

## 规划皮书行业标准，引领皮书出版潮流
## 发布皮书重要资讯，打造皮书服务平台

中国皮书网开通于2005年，作为皮书出版资讯的主要发布平台，在发布皮书相关资讯，推广皮书研究成果，以及促进皮书读者与编写者之间互动交流等方面发挥了重要的作用。2008年10月，中国出版工作者协会、中国出版科学研究所组织的"2008年全国出版业网站评选"中，中国皮书网荣获"最具商业价值网站奖"。

2010年，在皮书品牌化运作十年之后，随着"皮书系列"的品牌价值不断提升、社会影响力不断扩大，社会科学文献出版社精益求精，对原有中国皮书网进行了全新改版，力求为众多的皮书用户提供更加优质的服务。新改版的中国皮书网在皮书内容资讯、出版资讯等信息的发布方面更加系统全面，在皮书数据库的登录方面更加便捷，同时，引入众多皮书编写单位参与该网站的内容更新维护，为广大用户提供更多增值服务。

# www.pishu.cn

**中国皮书网提供：** ·皮书最新出版动态　·专家最新观点数据
　　　　　　　　　　·媒体影响力报道　　·在线购书服务
　　　　　　　　　　·皮书数据库界面快速登录　·电子期刊免费下载

# 盘点年度资讯　预测时代前程

## 从"盘阅读"到全程在线阅读
## 皮书数据库完美升级

### ·产品更多样

从纸书到电子书，再到全程在线阅读，皮书系列产品更加多样化。从2010年开始，皮书系列随书附赠产品由原先的电子光盘改为更具价值的皮书数据库阅读卡。纸书的购买者凭借附赠的阅读卡将获得皮书数据库高价值的免费阅读服务。

### ·内容更丰富

皮书数据库以皮书系列为基础，整合国内外其他相关资讯构建而成，内容包括建社以来的700余种皮书、20000多篇文章，并且每年以近140种皮书、5000篇文章的数量增加，可以为读者提供更加广泛的资讯服务。皮书数据库开创便捷的检索系统，可以实现精确查找与模糊匹配，为读者提供更加准确的资讯服务。

### ·流程更简便

登录皮书数据库网站www.pishu.com.cn，注册、登录、充值后，即可实现下载阅读。购买本书赠送您100元充值卡，请按以下方法进行充值。

---

## 充值卡使用步骤：

### 第一步
· 刮开下面密码涂层
· 登录 www.pishu.com.cn
点击"注册"进行用户注册

社会科学文献出版社
SOCIAL SCIENCES ACADEMIC PRESS (CHINA)　皮书系列
卡号：3028276587848394
密码：

（本卡为图书内容的一部分，不购书刮卡，视为盗书）

### 第二步
登录后点击"会员中心"进入会员中心。

SSDB
社科文献资源库
SOCIAL SCIENCE
DATABASE

### 第三步
· 点击"在线充值"的"充值卡充值"，
· 输入正确的"卡号"和"密码"，即可使用。

如果您还有疑问，可以点击网站的"使用帮助"或电话垂询010-59367227。